WHO IS HUNTER

MIA B. MEYERS

Erstauflage April 2018

Mia B. Meyers
c/o Papyrus Autoren-Club
Pettenkofer Str. 16-18
10247 Berlin

E-Mail: miabmeyers@gmail.com
www.miabmeyers.com
Facebook Autorenseite: Mia B. Meyers Autorin

Covergestaltung: www.sturmmöwen.at
Covermotiv: Shutterstock.com

Lektorat 1. Durchgang: Susan Liliales
Lektorat 2. Durchgang: Paula Herzbluth
Korrektorat: www.sks-heinen.de

Dieser Roman wurde unter Berücksichtigung der neuen deutschen Rechtschreibung korrigiert.

ISBN-13: 978-1987635638
ISBN-10: 1987635639

Für Nicole,
solange wir uns haben, werden wir niemals alleine sein.
Und vergiss die 1568 Katzen nicht.
Oder Gerdas oder Hasen.

1

»Komm schon, Payton, das wird toll.«

Oh ja, das wird es ganz bestimmt. Pärchenabend, mit dem kleinen Haken, dass ich kein Pärchen bin. Augenrollend klemme ich mir einen Aktenordner unter den Arm, über den ich mich heute Abend hermachen will. Vorzugsweise in Wollsocken, meiner ausgeleierten Jogginghose, dem T-Shirt mit den riesigen Löchern an den Achseln und drei Tafeln Schokolade. Ich lausche Laurens üblichem Monolog und lasse den Computer herunterfahren.

»Wenn du außer für die Arbeit nicht vor die Tür gehst, wirst du nie einen Typen finden«, schwadroniert sie, ohne Luft zu holen.

»Danke, Lauren, das weiß ich selbst.«

»Biiitte.«

Ohne es zu wollen, zucken meine Mundwinkel und sie klatscht aufgeregt in die Hände. Sie hat gewonnen und das weiß sie auch. Lauren ist nicht nur eine Mitarbeiterin in dem vierköpfigen Grafik- und Webdesigner-Team, das ich leite, sondern in erster Linie meine beste Freundin – leider, wie ich in Momenten wie diesem sagen muss.

»Wann und wo?«, frage ich halb genervt, halb schmunzelnd.

»Morgen um acht im *Switch off*. Und heute Abend komme ich zu dir, ich habe eine grandiose Idee.«

Lachend greife ich in die unterste Schublade des Schreibtisches und fische meine Handtasche heraus. »Bitte, keine grandiosen Ideen mehr von dir. Das Speeddating vor zwei Monaten war mehr als traumatisierend.«

»Willst du jetzt einen Kerl kennenlernen oder nicht?«

Vorwurfsvoll sehe ich sie an und halte ihr die Tür zum Flur auf. Ein Mitarbeiter aus der Akquise geht vorbei in Richtung Treppenhaus und wünscht uns ein schönes Wochenende.

»Na, wie wär es mit dem?«

»Herrgott, Lauren, so verzweifelt bin ich auch noch nicht.« Na gut, das ist gelogen. Genau genommen bin ich sogar ziemlich verzweifelt. Ich werde in wenigen Monaten erst dreißig und leite dennoch schon die Grafikabteilung der New Yorker Filiale von *Carter-Immobilien.* Des Weiteren sehe ich auch nicht zum Fürchten aus – glaube ich zumindest. Gut, mit 1,65 bin ich möglicherweise nicht die Größte, aber das machen die Kurven meines Körpers locker wieder wett. Und ich rede hier von heißen Kurven. Wer will schon eine etwas zu dick geratene Fahrradspeiche? Und doch habe ich keinen Partner. Warum? Tja, das wüsste ich auch zu gerne.

Vier Stunden später sitzen Lauren und ich mit Chips und Cola auf meiner Couch, und seitdem ich esse, fummelt sie an meinem iPhone herum. Aus dem Fernseher dringen irgendwelche Gossenwörter, weil die weibliche Hauptdarstellerin mit ihren fünf Kindern nicht weiß, wer der Vater von Kind Nummer sechs ist, mit dem sie schwanger ist. Ob diese Realityshows gestellt sind? So etwas gibt es doch nicht wirklich, oder? Und wenn doch, warum in Gottes Namen muss man damit ins Fernsehen gehen?

»Was machst du denn da?«, will ich von Lauren wissen und versuche, ihr das Smartphone wegzunehmen, doch sie streckt ihren Arm in die entgegengesetzte Richtung aus.

»Wir melden dich bei einer App an.«

»Was für eine App?«

Sie grinst teuflisch und ich ahne Schlimmes.

»Lauren!«

»Bei *Loveship*. Ich habe davon bisher nur Gutes gehört. Wenn man auf normalem Wege keinen findet, dann da.«

»Du meinst die, die in freier Wildbahn niemanden abkriegen, nehmen dann die Reste, die sich in dieser App anbieten?«

»Stell dich doch nicht so an. Was soll schon passieren? Wenn du feststellst, dass es nichts ist, dann meldest du dich eben wieder ab und fertig.«

»Hmm.« Da sie in gleicher Weise auf mich einreden wird, bis ich genervt nachgebe, kann ich diese Schmach genauso gut verkürzen und mich gleich fügen. »Dann mach halt.«

»Ich wusste, dass du das sagen würdest, und habe dir bereits ein Profil angelegt.«

»Du hast was?«, würge ich hustend hervor und

Tränen schießen mir in die Augen. Einer der Chips hat den falschen Weg genommen.

»Kannst du doch nachher auch einfach wieder löschen.«

Dass ich röchelnd neben ihr verende, nimmt sie offenbar nur am Rande wahr.

»Wir brauchen auch noch ein Foto.«

»Von mir?« Ich zeige mit der Hand an mir herunter – bekleidet mit einer Schlafanzughose und knappen Top. In meinem langen dunklen Haar befindet sich eine helle Pflegekur und meine Augen sehen von dem Hustenanfall vermutlich aus, als hätte ich gerade einen Heulkrampf hinter mir.

»Dann wüssten die Typen wenigstens gleich, wie du ungeschminkt aussiehst.«

Ich ziehe eine Augenbraue hoch und lege den Kopf schräg.

»Ist ja gut … warte mal«, lenkt sie ein. Lauren steht auf und holt ihre Handtasche vom Esstisch. »Ich glaube, auf meinem Smartphone habe ich noch eins von unserem letzten Mädelsabend.« Sekunden später lässt sie sich wieder neben mir auf die Couch fallen. Beiläufig hält sie mir ein Foto vor die Nase, von dessen Existenz ich bisher keine Kenntnis hatte. Das Bild zeigt, wie ich im *Switch off* auf einem der gemütlichen Cocktailsessel sitze und kaum noch die Augen aufhalten kann. Auf meiner hellen Bluse ist ein tellergroßer roter Fleck, vermutlich die Flüssigkeit, die vorher in dem leeren Glas war, das ich in der Hand halte.

»Dann nehme ich lieber eins mit Haarkur.«

»War doch nur Spaß. Das hier ist doch der Hammer. Du wirst dich vor Anfragen nicht retten können.« Sie wischt mit dem Finger auf dem Display herum und hält mir das Smartphone wieder vor die Nase.

Ach ja, sieh mal an. Nicht, dass ich überheblich klingen will, aber das ist schon ziemlich … nett. Das müsste auf der letzten Weihnachtsfeier gewesen sein. Die Haare sind zu einem seitlichen Dutt gebunden, ich trage ein rotes, knielanges Kleid, das meine Figur vorteilhaft in Szene setzt, und dazu schwarze High Heels.

»Und was, wenn mich in dieser App einer der Kollegen sieht?« Nachdenklich kaue ich auf meiner Unterlippe. »Wie sieht denn das aus? Eine aus der Führungscrew sucht mit einer App 'nen Kerl.«

»Wenn sie dich da sehen, müssen die schon selbst angemeldet sein und werden wohl kaum was sagen. Falls es dich beruhigt, ich hab dich nicht unter deinem richtigen Namen registriert, sondern als *Snow White*.«

»Snow White? Echt jetzt? Einfallsreicher ging's wohl nicht?« Ich nehme einen großen Schluck Cola, bevor ich mir die Schale mit den Chips auf die zum Schneidersitz gekreuzten Beine stelle und mich zurücklehne. Lauren nennt mich manchmal so. Offiziell, weil sie meint, ich würde mit meinen dunklen Haaren und der vergleichsweise hellen Haut wie Schneewittchen aussehen. Ob das ein Kompliment ist, weiß ich noch nicht und daher denke ich, dass sie mich inoffiziell einfach damit aufziehen will.

»Darf die App deinen Ort verwenden?«

»Nein, selbstverständlich nicht.«

»Dann könntest du aber einen Umkreis einstellen, aus dem dir Vorschläge gemacht werden. Man sieht natürlich nicht, wo du wohnst.«

»Herrje, dann mach es halt«, gebe ich genervt von mir und wedele mit der Hand in ihre Richtung.

»Soll die App dir Pushnachrichten schicken, wenn du neue Mitteilungen hast? Ich würde sagen, ja. Schließlich willst du es doch mitbekommen.«

Grinsend tippt sie auf meinem iPhone herum. Warum meldet sie sich nicht selbst da an, wenn sie dermaßen begeistert davon ist? Ach ja, sie hat bereits einen Ehemann und mit eben diesem sogar eine Tochter.

»Umkreis machen wir 70 Meilen, oder?«

Ich gehe davon aus, dass diese Frage wie bereits die vorherige rhetorischer Natur ist, und stopfe mir eine weitere Handvoll Chips in den Mund.

»Welches Alter?«

Oh, sie sieht zu mir. Sollte ich tatsächlich noch ein Wörtchen mitreden dürfen? »Anfang, Mitte dreißig?«

Sie nickt zufrieden, wischt noch des Öfteren auf dem Display umher und strahlt mich dann grinsend an. »Fertig. Pass auf …« Lauren rutscht näher und ich richte mich auf. »Das Nachrichtensymbol sollte klar sein, oder?«

Glasklar, bin ja nicht von vorgestern.

»Auf dem Schiff hier oben kannst du nach potenziellen Kandidaten gucken. Das Loveship quasi betreten.« Sie tippt darauf und das Foto eines Mannes mit Hornbrille und Halbglatze ploppt auf. »Nope heißt, du hast kein Interesse, Yes bedeutet, du wärst interessiert.«

»Ah ehrlich, das ist ja kaum zu durchschauen«, brummle ich und esse stattdessen noch eine Handvoll Chips.

Ohne meine Entscheidung abzuwarten, drückt sie Nope und das nächste Foto ploppt auf. Die Schwarz-Weiß-Aufnahme eines Mannes, der aussieht wie aus dem Armani-Unterwäsche-Katalog. Darunter steht sein Name *The Boss* und dass er CEO einer Fluggesellschaft ist.

»Na klar, als ob so einer sich 'ne Frau im Internet sucht«, spotte ich Augen verdrehend.

Wieder agiert Lauren ohne mein Okay und drückt Yes.

»Hey, was soll denn das?«

»Wenn Mister Hot und Sexy hier bei deinem Foto ebenfalls auf Yes geht, habt ihr einen Hit und könnt euch schreiben. Und das hier«, sie zeigt eindringlich auf den blauen Blitz, als wäre es etwas ausgesprochen Heiliges, »ist ein *Great Lightning*. Er geht nur einmal am Tag und der Typ wird sofort darüber benachrichtigt. Auch, ohne dass er dich ebenfalls ausgewählt hat. Hast du das System soweit verstanden?«

»Hmm«, ich stopfe noch ein paar Chips nach und nuschele mit vollem Mund. »If gaube son.«

2

Lustlos betrete ich unser Stammlokal, das *Switch off* und kann die anderen schon vom Eingang aus sehen. Lauren wirft lachend den Kopf in den Nacken und ihr Ehemann Alex beobachtet sie mit leuchtenden Augen. Das ist es doch, oder? Genau danach suche ich. Einen Mann, der mich ebenso ansieht. Lächelnd gehe ich zu ihnen hinüber, als Victoria mich auch schon bemerkt und aufsteht, um mich zu umarmen.

»Hey Süße, da bist du ja.«

Ich erwidere die Umarmung und begrüße dann Henry, ihren Ehemann, John und Claire, die zwar nicht verheiratet sind, aber ebenfalls eine Tochter haben, sowie Alex und Lauren, neben die ich mich dann auf die Bank setze.

»Wo ist Luca?«, frage ich hoffnungsvoll. Er ist, wenn man so will, mein einziger Verbündeter. Derjenige, der dafür sorgt, dass ich nicht das alleinige fünfte Rad am Wagen bin, weil er wie ich Single ist und wir uns dann zusammenrotten.

»Der kommt heute nicht«, flötet Claire und sieht verschwörerisch in die Runde. Ich frage mich, ob ihre Wimpern echt sind. Dermaßen lang und geschwungen. Es wäre empörend, wenn dem so ist. »Er hat sich nämlich verliebt und ist von seiner Angebeteten nicht wegzubekommen.«

Na toll. Während alle anderen über der Tischplatte zusammenrutschen, um die aktuellsten Neuigkeiten zu erfahren, hebe ich frustriert die Hand, um einen Kellner heranzuwinken. Jetzt hat sogar Luca, der männliche Wanderpokal, sich festgelegt.

Die Bedienung kommt an den Tisch und ich gebe ohne lange Umschweife meine Bestellung auf: »Ich hätte gerne einen Tequila Sunrise mit viel Tequila und wenig Sunrise.«

»Schon wieder Pärchenabend, hmm?«, fragt er und sieht mich verständnisvoll an. Toll, Mitleid von Fremden ist sogar noch schlimmer als Selbstmitleid im Stillen. Die anderen bestellen sich ebenfalls etwas zu trinken, doch anstatt sich wieder auf ihr neuestes Tratschthema Lucas Freundin herzumachen, wendet sich Victoria an mich.

»Und wie siehts bei dir aus, Payton? Was macht die Männerwelt?« Dabei stützt sie ihr Kinn in den Händen ab und trommelt mit ihren spitz gefeilten Acrylnägeln an die Wange. Wer hat das erfunden? Und überhaupt, das Erste was mir auf ihre Frage einfällt, ist: würg.

»Keine Ahnung, wir haben doch drei Exemplare der Gattung hier am Tisch, vielleicht erkundigst du dich bei denen?« So lieblich es mir möglich ist, lächle ich sie an und lasse meinen Blick dann demonstrativ durch die Bar wandern. Oha, was sehe ich denn da …

»Entschuldigung, heute sind wir aber wieder sehr empfindlich was? Wir können auch nichts dafür, dass sogar ein Ethan Richmond dir nicht gut genug war«, quakt Victoria los und ich reiße meinen Blick von diesem mehr als ansehnlichen Objekt der männlichen Spezies los, um sie grimmig anzusehen.

Kurz hat sie mich mit der Erwähnung von Ethan aus der Bahn geworfen, aber wirklich nur kurz.

»Victoria, jedes Mal wenn wir uns sehen, stellst du mir dieselbe Frage. Sobald ich weiß, was die Männerwelt macht, werde ich es dich wissen lassen«, zische ich sie an.

Der Kellner kommt wieder an den Tisch und legt vor jeden von uns eine Serviette, auf die er das jeweilige Getränk stellt. Eilig greife ich nach dem Glas, nehme einen tiefen Zug durch den Strohhalm und ignoriere das leichte Brennen im Hals. Offenbar wurde meine Bestellung wörtlich an den Barkeeper weitergegeben.

»Payton wird sich vor Bewerbern bald nicht mehr in Sicherheit bringen können«, flötet Lauren, um, wie sie es immer tut, die Stimmung zu retten, und zwinkert mir verschwörerisch zu. Meine Augen werden groß, was sie allem Anschein nach richtig deutet, zumindest geht sie nicht weiter auf ihre kryptische Bemerkung ein. Wäre ja auch noch schöner, Payton ist zu blöd, 'nen Kerl zu finden, und probiert es ab sofort im Internet.

»Also ich kann es ehrlich gesagt nicht verstehen«, mischt Henry sich ein. »Optisch bist du eine glatte Zehn.«

Geschmeichelt lächle ich ihn an und registriere mit Genugtuung Victorias entrüsteten Gesichtsausdruck. Wenn das kein Grund ist, sich gleich mal etwas gerader hinzusetzen – Bauch rein, Brust raus oder wie war das? Nachdem das geklärt ist, nehmen sie ihre Gespräche wieder auf und Lauren rutscht näher zu mir.

»Und, hast du schon ein paar Typen gefunden?«

Muss sie eigentlich immer alles wissen? »Ja, ich hab da gestern noch ein bisschen rumgewischt. Aber mal ehrlich, die Elite ist das nicht gerade.«

»Vielleicht solltest du deine Ansprüche auch ein Fitzelchen herunterschrauben?« Dabei drückt sie ihren Daumen und Zeigefinger aufeinander.

»Was?«, motze ich etwas zu laut, sodass die anderen kurz zu uns hinübersehen. »Es wäre nur schön, wenn er nicht vom Baum der Blödheit gefallen ist und oberhalb der Knie einigermaßen ansehnlich wäre. Das sollen schon zu hohe Ansprüche sein?«

»Gegen Haare auf dem Rücken kann man durchaus etwas tun«, erwidert auch sie nun überraschend in Richtung Ethan. Das ist doch … Ich sauge energisch an meinem Strohhalm und der Cocktail bewegt sich brennend meine Speiseröhre hinunter. Haare? Das waren schon Büschel, wenn ich einen Hund haben will, besorg ich mir einen.

Habe ich heute überhaupt schon etwas gegessen? Sonst könnte der Cocktail unter Umständen nicht die richtige Wahl gewesen sein.

»Oder wie war noch sein Name?« Lauren presst sich den Zeigefinger an die Lippen. »Ah genau, Ben. Der war doch wirklich toll. Was war da noch gleich dein Problem?«

Ich öffne den Mund, klappe ihn aber sofort wieder zu und beiße mir auf die Unterlippe.

»Stimmt, gegen den warst du ja allergisch.«

Wenn man es auf diese Weise ausdrücken möchte, hört es sich in der Tat ein wenig merkwürdig an. Fakt ist jedoch, ich habe einen Hautausschlag im Gesicht bekommen und musste über eine Woche Antibiotikum nehmen – innerlich und äußerlich. Deutlicher kann mir mein Körper doch wohl kaum mitteilen, dass Ben nicht der Richtige gewesen ist.

»Und hast du schon Nachrichten bekommen?«, erkundigt Lauren sich weiter.

»Nachrichten? Keine Ahnung.«

»Da musst du doch nachsehen. Los, zeig mal dein Telefon.«

Genervt stöhnend fische ich in meiner überdimensionalen Handtasche nach dem iPhone und öffne die App, nachdem ich es gefunden habe. »Tatsächlich, vier Nachrichten.« Selbst davon überrascht, grinse ich Lauren an.

»Na los, mach eine auf.« Sie rückt noch näher heran und schlürft die letzten Reste aus ihrem Cocktail. »Was steht da?«

»*Hallo Snow White.*«

»Und was noch?«, fragt sie wissbegierig weiter.

»Nichts, das ist alles.« Ungläubig sehe ich sie an. »Ist das eine Art Anmache von heute? Was soll ich denn darauf zurückschreiben?«

»Mach halt die nächste auf.«

Stirnrunzelnd öffne ich die zweite Nachricht, die ebenso erfinderisch ist, und lese vor: *Na.*

»Was na?«, fragt Lauren kopfschüttelnd.

»Das ist alles, Ende.«

»Lies die nächste vor.«

»*Du bist wunderschön. Entschuldige, wenn ich derart direkt bin.*«

»Das klingt doch recht nett.«

Ich ziehe die Nase kraus, genau das ist es – nett.

Lauren wedelt mit einer Hand in meine Richtung. »Und die letzte?«

»*Ficken?*«, gebe ich die Nachricht wieder.

Lauren reißt mir daraufhin das iPhone aus der Hand und starrt auf die letzte der Mitteilungen. »Das ist ja … also …«

»Das war wahrhaft eine super Idee«, beende ich ihr Gestotter, erobere mir mein Smartphone zurück und schiebe es wieder in die Handtasche.

Nachdem wir das geklärt hätten, sehe ich wieder zum Tresen hinüber, wo die vorhin entdeckte Augenweide noch immer sitzt und gerade weiße Zähne entblößt, als er den Typen neben sich ansieht. Wow! Frauen mögen alles mögliche bewerten, Augen, Bart – ja oder nein –, Schultern, Hintern und was weiß ich nicht noch. Ich hingegen achte zuerst auf die Zähne, die müssen gepflegt sein, alles andere kommt erst danach. Apropos danach, an meinem Strohhalm nippend mustere ich sein Gesicht. Für einen Mann hat er recht volle Lippen, jedoch nicht zu sehr und ein dunkler Bartschatten bedeckt seinen kantigen Kiefer. Ebenso dunkle Augenbrauen rahmen es perfekt ein und die gleichfarbigen Haare sind oben etwas länger als an den Seiten. Sie sehen mehr oder weniger unordentlich aus. Dennoch glaube ich, dass sie genau so aussehen sollen und er keine Strähne dem Zufall überlassen hat.

»Du musst einfach ein wenig abwarten. Ist doch klar, dass man da nicht gleich am ersten Abend den Traummann findet.«

»Hmm?«, brumme ich in Gedanken versunken

und drehe mich zu Lauren um. »Ach so, ja, ja. Ich werde geduldig sein.« Mein Glas ist leer, sodass ich es hochhalte, als die Bedienung zu uns hinübersieht und zur Antwort nickt. Wenden wir uns demzufolge wieder den erfreulichen Themen des Abends zu. Automatisch schiele ich zum Tresen und inspiziere seine Kleidung. Nicht overdressed, aber er weiß sich zu kleiden. Das schwarze Hemd, dessen Ärmel bis zu den Ellenbogen aufgekrempelt sind, gibt den Blick auf ein paar äußerst ansehnliche Unterarme frei. Dazu eine dunkle Jeans und edle schwarze Schuhe, die sicher nicht von der Stange sind.

Jemand schiebt sich in mein Blickfeld und versperrt mir die Sicht, sodass ich den Kopf in den Nacken lege – der Kellner. »Noch einer mit viel Tequila und wenig Sunrise.«

Lächelnd nehme ich das Glas an mich und stecke mir den Strohhalm direkt wieder in den Mund.

»Was meinst du, Payton?«, will Claire wissen und ich hebe fragend die Augenbrauen. »Wir haben gerade darüber gesprochen, dass wir doch in absehbarer Zeit einen Urlaub zusammen machen könnten. Immer nur ein Abend ist doch zu wenig, oder?«

»Klar«, gebe ich zurück und schiebe in Gedanken *eher fresse ich eine Packung Rasierklingen* hinterher. Die nächsten zehn Minuten höre ich Claires emsigen Reisplänen zu, wobei sie John dank ihrer wilden Gesten beinahe einen Finger ins Auge sticht. Selbstverständlich müssten dann auch ihr Sohn, die beiden Kinder von Henry und Victoria und die Tochter von Lauren und Alex mit.

»Das würde mega werden«, trällert Victoria und sieht mit strahlendem Blick in die Runde.

Ja, genau, mega – mega scheiße.

Eine Duftwolke aus Leder, Zitrone und Whiskey zieht an mir vorbei und ich wende den Kopf in Richtung der vermutlichen Quelle. Oh heilige Mutter Gottes, er sieht nicht nur aus wie ein Blend-a-Med-Adonis, sondern riecht auch noch verteufelt gut. Okay, dann gibt es genau drei Möglichkeiten. Option eins: Er ist bereits vergeben und seine Frau ist das bestbezahlteste Model der Welt. Zwei: Er ist schwul, oder Wahlmöglichkeit drei: Er ist ein megamäßiges Arschloch.

Er verschwindet um die Ecke, hinter der sich die Toilettenräume befinden und ich starre weiterhin am Cocktail schlürfend in ebendiese Richtung, bis er wieder auf der Bildfläche erscheint.

Nichts weiter als der Anblick seines geschmeidigen Ganges und ich möchte mir Luft zufächeln. Gedankenversunken kaue ich am Strohhalm, als sein Blick auf meinen trifft – sie sind blau, seine Augen sind strahlend blau und ein kleines Lächeln umspielt seine Mundwinkel.

3

Das schlürfende Geräusch des letzten Restes in meinem Glas reißt mich aus den Gedanken und ich drehe mich eilig wieder zu den anderen herum. Ob er gesehen hat, wie ich ihn anschmachte? Nein, Payton, natürlich nicht. Du hast ihn mit Blicken verschlungen wie eine Kaufsüchtige den Grabbeltisch beim Michael-Kors-Schlussverkauf, wie sollte ihm das aufgefallen sein?

»Hey«, ich lehne mich zu Lauren hinüber. »Sieh nicht hin, aber hinter mir am Tresen auf zwei Uhr …«

Lauren richtet sich auf, macht einen langen Hals und giert dermaßen, dass es nicht auffälliger sein könnte.

»Der da?« Sie zeigt über meine Schulter und

ich reiße panisch die Augen auf. Ich korrigiere, es geht doch noch auffälliger.

»Spinnst du?« Ärgerlich schlage ich ihren Arm herunter. »Was ist an *sieh nicht hin* so schwer zu verstehen?«

»Oh, er schaut her.« Sie grinst allerliebst und winkt mit wedelnden Fingern in Richtung Bar.

Oh bitte, kann sich nicht ein Loch unter mir auftun und mich verschlingen? Vielleicht hat sie gar nicht den Richtigen ins Visier genommen. Bewusst langsam drehe ich mich herum und blicke in das grinsende Gesicht des Mannes, der heute Nacht die Hauptrolle in meinem Traum besetzen sollte. Damit wäre der letzte Funken Hoffnung dann auch im Keim erstickt worden.

»Geh doch mal rüber. Wie der lacht, wartet er nur darauf.« Mit diesen Worten rammt Lauren mir ihren Finger in die Brust. »Auf die Art wird das nie was.«

Statt ihr zu antworten, gebe ich dem netten Kellner erneut ein Handzeichen und deute auf mein leeres Glas. Vielleicht sollte ich auch in Erwägung ziehen, auf Alkoholfreies umzusteigen oder zumindest langsamer zu trinken?

Nun, da er mich entdeckt hat, kann ich ihn auch nicht mehr weiter anstarren, sodass ich mich auf das Gespräch am Tisch einlasse. Es geht um Colin, den Sohn von Claire und John, der endlich gelernt hat, auf die Toilette zu gehen und wir dürfen uns nun anhören, wie oft es noch danebengeht. Ganz schlimm ist die Story über sein großes Geschäft, das in der Jeans gelandet ist. Euphorisch lässt Claire uns in allen Einzelheiten daran teilhaben, wie unerfreulich das Ausspülen dieses Missgeschickes war und dass die Brocken den Abfluss beinahe verstopft hätten. Natürlich bin ich auch hier die Einzige, die ihre Freude über diesen Meilenstein und die Fäkalien nicht ganz nachempfinden kann. Sollte ich mir eine Singlefreundin zulegen? Eine ohne Kind.

»Entschuldigung.«

Ich blicke hoch und in das lächelnde Gesicht des Kellners, der mir einen weiteren Cocktail auf den Tisch stellt.

»Von dem Herrn dort an der Bar.«

Wie bitte? Ein Ball aus hysterischem Gelächter formt sich in meinem Bauch, doch bevor ich ausflippe, drehe ich mich im Sessel herum, um mich zu vergewissern, dass er wirklich von dem Herrn spricht, den ich im Kopf habe. Oh mein Gott. Okay, Payton, nur nicht das Atmen vergessen. Schnell rufe ich mir den Steve-Edwards-Ratgeber

Machen Sie sich unwiderstehlich ins Gedächtnis. Welche Reaktion würde er jetzt empfehlen?

So lässig wie möglich greife ich nach dem Glas und hebe es in Richtung Bar, wobei ich lächelnd nicke. Aber nur ein bisschen, er soll schließlich nicht denken, dass das irgendwas Besonderes für mich sei. Dann drehe ich mich wieder zu den anderen herum und grinse Lauren breit an. Und nun, wie gehts weiter? Rübergehen fällt aus, Steve Edwards meint, der Mann wolle erobern. Wenn ich nun also hingehen würde, wäre ich viel zu leichte Beute. Folglich bleibe ich schweren Herzens sitzen, obwohl ich nichts lieber täte, als mich laufend in seine Arme zu werfen und zu rufen: »Los, mach mir ein Kind, das sich dann die Jeans vollkackt, damit ich sie auswaschen kann.« Na gut, so schnell dann vielleicht doch nicht.

»Du glühst schon, trink langsamer«, flüstert Lauren mir zu, sodass ich aus purem Trotz einen extragroßen Schluck nehme. »Sag nicht, ich hätte dich nicht gewarnt«, belehrt sie mich weiterhin mit anklagendem Blick.

»Ja, Mama«, zische ich zurück und drehe mich lieber noch einmal in Richtung Tresen. Ups, schnell wieder weg. Beim Spannen erwischt werden, ist peinlich, allerdings spannt er ja selbst. Langsam spüre ich meine Blase, entscheide aber den spendierten Cocktail auch noch auszutrinken, bevor ich zu den Toilettenräumen gehe. Mittlerweile ist es nach zehn, was bedeutet, dass ich dort ohnehin in einer Schlange aus Frauen stehe, die teilweise noch immer gemeinsam aufs Klo zotteln. Ja, das gibt es noch. Dabei dachte ich, dass es ab achtzehn Jahren eine imaginäre Grenze für kollegiale Toilettensitzungen gibt.

Lachend registriere ich, dass Henry praktisch schon eingeschlafen ist und wieder und wieder mit dem Kopf auf Victorias Schulter kippt. Obwohl er bewiesenermaßen nicht der einzige Single unserer Runde ist – denn der bin ja ich – scheint er diese Abende noch schlimmer zu finden als meine Wenigkeit. Meistens betrinkt er sich derart schnell, dass er nach höchstens zwei Stunden einschläft. Könnte aber auch daran liegen, dass er sehr viel arbeitet, was wiederum die Frage aufwirft, warum? Damit er nicht länger als nötig zu Hause sein muss, wo seine übereifrige Frau den ganzen Tag versucht, an ihm herumzuerziehen? Bei solchen Gedanken lobe ich mir mein Singleleben dann doch.

Okay, jetzt muss ich aber doch langsam los, geht nicht anders. Überraschenderweise ist die Schlange vor den Toilettenräumen kürzer als erwartet und ich bin schnell an der Reihe. Als ich von der Toilette aufstehe, schließe ich die Augen und stütze mich rechts und links an den Trennwänden der Kabine ab. Hoppala, vielleicht habe ich den letzten Cocktail doch etwas zu eilig heruntergestürzt? Mit verschwommenem Blick schließe ich den Knopf meiner Jeans und streiche den schwarzen Longpullover herunter.

Bei den Waschbecken stelle ich mich an das weit geöffnete Fenster, um die klare Luft einzuatmen. Mit etwas Glück klärt sich mein Gleichgewichtssinn dadurch wieder. Unabsichtlich stoße ich auf. Das Mädel neben mir sieht mich mit angewidert verzogenem Mund an und wedelt mit der Hand vor ihrem Gesicht herum. Okay, vielleicht war aufstoßen auch eine recht nette Umschreibung für einen mächtigen männlichen Rülpser. Ich ignoriere sie demonstrativ und drehe das kalte Wasser an, um es mir über die Unterarme laufen zu lassen. Gerne würde ich mir auch etwas ins Gesicht spritzen, was ich wegen des Make-ups aber verwerfe. Danach gehe ich zielstrebig auf unseren Tisch zu, zumindest glaube und hoffe ich das. Was ist denn nur plötzlich los?

Jemand stellt sich mir in den Weg. »Ich habe keine Ahnung, wie ich dich ansprechen soll, aber wenn ich es nicht mache, ärgere ich mich vermutlich den Rest meines Lebens.«

Das heutige Objekt meiner Begierde. Das bilde ich mir ein, oder? Sollte ich tatsächlich so beschickert sein? Was habe ich getrunken? Vier Cocktails, oder waren es fünf? Das in der Konstellation mit nicht existentem Essen ist nicht gut, oder?

»Ich bin Gabe«, erklärt er weiter. Gleichzeitig geht ein Rumoren durch meinen Magen und der Hals wird mir eng. Reflexartig greife ich mir an die Kehle, um das pochende Gefühl dahinter zu beruhigen, und starre wortlos auf die Hand, die Traummann-Gabe mir hinhält. Hart schluckend sehe ich zu ihm auf und hebe meinen Zeigefinger, um anzudeuten, dass ich gleich wieder zurück bin, doch bevor ich mich herumdrehen kann, lässt es sich nicht mehr aufhalten. Stürmisch springt er mit einem dröhnenden »Scheiße!« zurück, als ich mich direkt auf seine noch vorhin bewunderten Schuhe übergebe.

4

»Hey, guten Morgen. Kaffee?«, ruft Lauren mir zu, als ich das Großraumbüro der Grafiker betrete.

»Guten Morgen«, brummele ich vor mir hin und gehe zwischen den sich gegenüberliegenden Schreibtischen zu meinem Büro. Außer Lauren hat mich niemand angesprochen, was zum einen daran liegt, dass ich nicht unbedingt das bin, was man als Morgenmensch bezeichnen würde und zum anderen sehe ich heute auch noch wie ein Augentrauma aus. Dabei weiß ich doch, dass Alkohol mir nicht guttut, dennoch komme ich ständig in Situationen wie diese, in denen mir noch zwei Tage später elend zumute ist. Obwohl ich die Spitzenposition meiner Peinlichkeiten dieses Mal sogar noch getoppt habe. Ich möchte noch immer im Boden versinken, wenn ich daran denke, wie angewidert Gabe mich angestarrt hat – mich und seine Schuhe. Er hat mich wüst beschimpft, und wenn sein Begleiter nicht da gewesen wäre, hätte er mich vermutlich genötigt, sein – wie er extra betonte – maßangefertigtes Schuhwerk sauber zu lecken.

Er hatte wirklich außergewöhnliche blaue Augen, als er da stand und sich mir vorstellte. Der Abend hätte so nett ausgehen können, statt Kotze auf Schuhen eine Einladung zum Essen. Hätte, ist er aber nicht.

»Hier.«

Eine Kaffeetasse schiebt sich in mein Blickfeld und ich sehe lächelnd zu Lauren hoch. »Danke.«

»Wie geht's dir? Besser als gestern?«

»Besser ja, aber noch weit entfernt von gut. Liegt heute irgendwas Relevantes an?«

»Nein, nichts Besonderes. Eine Präsentationsmappe wird heute fertiggestellt, aber die kannst du auch morgen noch überprüfen. Abgabetermin ist erst am Freitag.«

Ich nicke, nippe am Kaffee und genieße die Hitze, die sich in meinem Magen ausbreitet.

»Dann hole ich dich zum Mittagessen ab.« Mit den Worten geht sie wieder zu den Kollegen, lässt die Bürotür aber offen stehen, wie immer. Bis vor knapp einem Jahr habe ich auch noch zwischen den anderen gesessen und mag die Einsamkeit in meinem Einzelbüro nicht.

Geistesabwesend klicke ich mich durch die Logos, für die ich noch grünes Licht geben muss. Doch solange ich derart neben mir stehe, kann ich keine richtige Entscheidung treffen. Kurzerhand öffne ich den Internetbrowser und scrolle mich durch die neuesten Dessous von *Passionata*. Ich habe eine Schwäche für schöne Unterwäsche. Selbst wenn sie keiner sieht, fühle ich mich darin immer irgendwie sexy.

»Guten Morgen«, dringt es aus dem Nebenraum zu mir hinüber, sodass ich aufblicke und die Assistentin der Geschäftsleitung auf mich zukommen sehe. Das Alter von über sechzig sieht man ihr kaum an und sie trägt wie gewöhnlich ein schwarzes Kostüm zur perfekt geschwungenen Föhnfrisur.

»Joyce, was kann ich für Sie tun?«, frage ich lächelnd.

»Können Sie nach der Mittagspause hoch ins Büro kommen? Mister Harper hat etwas mitzuteilen, es sollte aber nicht länger als eine halbe Stunde dauern.«

»Natürlich«, nicke ich ihr zu, als sie sich auch

schon wieder zum Gehen abwendet. Nicht, dass es etwas Ungewöhnliches wäre, in das Büro von Arthur Harper bestellt zu werden, aber muss es ausgerechnet heute sein?

Noch drei Stunden bis zur Mittagspause, hmm … Ich schürze die Lippen, ziehe mein iPhone aus der Handtasche und öffne die Loveship-App.

Zu den vier Nachrichten haben sich noch weitere gesellt und ich lese eine nach der anderen – bis auf eine beginnen sie alle mit *Hello Snow White* oder mit *Na*.

Was soll man denn darauf antworten? Selber Hallo? Eventuell gehe ich da auch mit einer zu großen Erwartungshaltung heran und sollte den Männern eine Chance geben. Die Nachricht mit dem einzelnen Wort *Ficken?* lösche ich direkt und blockiere den Idioten, der sie mir geschickt hat, dann gehe ich die Accounts der anderen durch.

Manche machen sich die Mühe, ein paar Zeilen über sich in ihrem Profil zu schreiben, die Restlichen zeigen lediglich ein Bild. Zumindest hoffe ich in meiner Naivität, dass es wirklich sie sind. Ist das die Art, wie man heutzutage den Menschen finden soll, mit dem man plant, sein Leben zu verbringen? Vielleicht ist einer von den Männern, die mir optisch nicht gefallen und die ich achtlos wegwische, der richtige? Stattdessen gehe ich zum nächsten, der mich visuell mehr anspricht, aber womöglich ein widerlicher Typ ist. Wird man da nicht irgendwie zur Sache degradiert? Und nicht nur die Männer, nein, auch ich.

Ich entscheide mich, nur den dreien zurückzuschreiben, die auch ein wenig über sich geschrieben haben, reagiere mit einem ebenso einfallsreichen *Hallo* und öffne die Message von *Be a Romantic*. Von ihm kam am Samstag auch die Mitteilung, wie wunderschön ich sei. Er gibt vor, die Nachricht versehentlich an mich geschickt zu haben, was grundsätzlich keine schlechte Idee ist. Aber wenn er dann die vermeintlich unbeabsichtigte Message zusammen mit der schickt, in der er sich für den Fehler entschuldigt, ist das schon irgendwie … witzig. Achselzuckend lehne ich mich in meinen Stuhl zurück und tippe eine Antwort.

Be a Romantic, Sonntag 23:26
Wie geht es dir? Oh Verzeihung, ich habe mich verchattet und wollte eigentlich jemand anderem schreiben. Snow White, bist du das? Du bist wunderschön.

Ich, Montag 9:53 Uhr

Wie sind denn bei derartigen Nachrichten die Erfahrungswerte, zieht das bei irgendeiner?

Be a Romantic, Montag 9:57 Uhr
Es ist nichts als die Wahrheit, du bist außergewöhnlich schön. Um deinen Namen zu erfahren, würde ich sogar niederknien.

Ich, Montag 10:04 Uhr
Irgendwie bist du schräg, aber niederknien find ich gut. ;-)

Be a Romantic, Montag 10:08 Uhr
Dann knie ich vor dir, du Schönheit.

Ich, Montag 10:13 Uhr
Ich heiße Payton. Wie ist dein Name?

Be a Romantic, Montag 10:15 Uhr
Carl. Darf ich wieder aufstehen?

Ich lache derart laut auf, dass Kate von ihrem Schreibtisch aufsieht, und presse eilig die Lippen aufeinander. Das meint der doch nicht im ernst oder?

Ich, Montag 10:19 Uhr
Du darfst, Carl.

Be a Romantic, Montag 10:21 Uhr
Danke, du Großzügige.

Lachend schließe ich den Nachrichtenverlauf, und bis Lauren mich zur Pause abholt, habe ich noch gefühlte hundertneunzig weitere Männer ausgewählt, dreihundert aussortiert und bin mittendrin sogar für ein paar Minuten eingenickt. Leider habe ich heute noch nichts von dem getan, wofür ich eigentlich hier bin. Nie wieder Hochprozentiges.

Für gewöhnlich mag ich die Mittagspausen in der Betriebsküche, aber heute bin ich froh, als wir endlich im Fahrstuhl stehen und sich die Türen hinter uns schließen. Der Geräuschpegel, den ein paar Dutzend Menschen rein mit Besteck auf ihren Tellern verursachen können, ist enorm, wenn der Kopf kurz vorm Zerplatzen ist. Sekunden später steigt Lauren in unserer Etage aus und ich überlege kurz, mir noch schnell eine Kopfschmerztablette zu holen, bevor ich weiter nach oben zu

Mister Harper fahre. Ich entscheide mich dagegen und drücke den Knopf vom zwölften Stockwerk. Die paar Minuten wird es dann auch noch ohne gehen.

Kurz bevor der Aufzug oben ankommt, streiche ich meinen Rock glatt und zupfe die rote Bluse zurecht. Noch ein Kontrollblick über die Schulter in den Spiegel, um zu überprüfen, ob die Strümpfe keine Laufmasche haben, und los geht's.

Dylan, der leitende Makler, sieht zu mir auf, als ich den Gang entlanglaufe, und ich bin mir seines anzüglichen Blickes durchaus bewusst. Der Vorteil eines Körpers mit Rundungen ist – richtig, Rundungen. Lauren müht sich mit ihrem knöcherigen Hintern regelrecht ab, um einen Hüftschwung hinzulegen, den ich ohne zusätzliche Anstrengung habe. Auf die Art hat doch alles seine Vor- und Nachteile. Dylan sieht dazu noch ausgesprochen gut aus. Das Problem ist, er ist verheiratet und scheidet damit aus.

»Guten Morgen«, begrüße ich die Führungskräfte sowie die anderen Teamleiter und beobachte leicht verwirrt, dass ein Kollege aus dem Catering mit einem Tablett Kanapees in das Büro von Mister Harper durchmarschiert. Stirnrunzelnd sehe ich zu Dylan auf. »Gibt es was zu feiern?«

»Keine Ahnung, wir wissen alle nicht, weshalb wir herzitiert wurden.«

»Wir sind vollzählig«, hallt Joyce' Stimme durch den Flur. »Wenn Sie dann alle eintreten wollen.« Mit diesen Worten hält sie die Tür zum Chefbüro auf und Dylan geht mit zuckenden Schultern voran. Wir anderen schließen auf und reihen uns im Halbkreis um den Schreibtisch, vor dem ein längerer Tisch mit Champagner und den soeben gesichteten Kanapees arrangiert ist.

Unfreiwillig werde ich zwischen den anderen hin- und hergeschoben, sodass ich mich erst auf Mister Harper konzentriere, als er das Wort ergreift.

»Sie wundern sich vermutlich, weshalb ich Sie kurzfristig hergebeten habe, aber ich wollte nichts publik machen, bevor ich nicht ganz sicher sein konnte.« Er strahlt mit seiner väterlichen Herzlichkeit in die Runde. »Wie Sie alle wissen, arbeite ich bereits seit dreißig Jahren für *Carter-Immobilien* und habe es immer vielmehr als eine Berufung als einen Beruf angesehen. Trotzdem habe ich mich nach reiflichen Überlegungen entschieden, in den vorzeitigen Ruhestand zu gehen.«

Ein erstauntes Raunen erfüllt den Raum und

auch ich hätte niemals mit dieser Info gerechnet. Wie alt ist er, Mitte fünfzig?

»Vermutlich fragen Sie sich, ob es einen Auslöser gab, der mir diese Entscheidung vereinfacht hat, und den gibt es.« Mit Tränen in den Augen streckt er seinen Arm einladend nach rechts aus, von wo aus sich ein Mann aus unserer Kette löst, um sich neben Mister Harper zu stellen. Groß, nicht extrem trainiert, aber dennoch gut in Form, ein pedantisch gestutzter Dreitagebart und das dunkelblonde Haar zu einem präzisen Seitenscheitel frisiert. Shit.

»Einige kennen ihn noch aus dem Managementtraining für Führungskräfte, das Mister Richmond seit einigen Jahren geführt hat. Doch endlich hat *Carter-Immobilien* es geschafft, ihn abzuwerben«, endet Mister Harpers Rede mit einem Klopfer auf die Schulter seines Nachfolgers.

Wenn ich bis gerade eben noch nicht ganz wach war, jetzt bin ich es. Das ist ein Traum, oder? Ein furchtbarer Albtraum. Ich bin über meinem Schreibtisch und dieser gruseligen App eingeschlafen und wäre bereit, aufzuwachen.

Die Ältesten der Führungsriege gehen auf besagten Mister Richmond zu und umarmen ihn ebenfalls mit wohlwollenden Klopfern auf den

Rücken. Nach und nach folgen auch die anderen und reichen ihm zur Begrüßung die Hand. Vermutlich sollte ich das Gleiche tun. Verdammte Scheiße, ich glaub, ich fang an zu heulen. Dylan sieht mich auffordernd an und wundert sich offensichtlich über mein Zögern. Dann wollen wir mal. Eilig wische ich mir die schwitzigen Handflächen am Rock ab und gehe auf meinen zukünftigen Chef zu. Ein Chef, dem ich vor drei Monaten nach fast einem Jahr Beziehung den Laufpass gegeben habe, weil er behaart ist wie ein Vierbeiner.

»Herzlichen Glückwunsch zu diesem herausragenden Aufstieg«, rassele ich herunter und strecke ihm die Hand entgegen, die er automatisch ergreift. Erst dann hebt er seinen Blick, der auf meinen trifft. Sekundenlang halte ich den Atem an und werfe Stoßgebete gen Himmel, während ich mich seiner Musterung unterziehe. Seine Mimik lässt keinerlei Zweideutigkeit aufkommen, nein, ganz im Gegenteil. Sein Gesichtsausdruck ist ziemlich eindeutig – eindeutig ablehnend.

5

Nach unbedeutenden Anfangsschwierigkeiten muss ich sagen, diese Loveship-App hat einen gewissen Suchtfaktor. Ich habe schon Hornhaut am Zeigefinger vom vielen Über-den-Bildschirm-Wischen. Mittlerweile habe ich auch meine erste richtige Konversation.

Er heißt Parker, ist zweiunddreißig und das, was ich auf dem Foto erkennen kann, gefällt mir sehr gut. Ich weiß inzwischen, dass seine Eltern getrennt leben, seit er ein kleiner Junge war, dass er zwei Geschwister und sieben Exfreundinnen hat. Er arbeitet in einem Autohaus und trinkt sechs Liter Wasser am Tag. Im Vergleich dazu weiß er von mir so ziemlich nichts … null. Was daran liegen könnte, dass er in einer Tour Monologe über sich selbst hält und an mir als Person eher wenig bis gar kein Interesse zu haben scheint. Vielleicht kann er es aber auch nur nicht richtig in Worte packen? Ist ja auch nicht einfach, so virtuell. Völlig ohne Gestiken und all das, was ein normales Gespräch eben ausmacht. Seine nächste Nachricht geht ein:

Parker, Montag 21:06 Uhr
Würde dich gerne persönlich treffen.

Na bitte, geht doch. Bevor ich jedoch antworten kann, beginnt das iPhone in meiner Hand zu klingeln und Laurens Gesicht erscheint auf dem Bildschirm. »Hey.«

»Ich wollte nur hören, ob du den ersten Schock überwunden hast?« Sie legt wie immer sofort los, ohne sich mit irgendwelchen Floskeln aufzuhalten.

»Erinnere mich doch nicht daran, ich habe es gerade sehr erfolgreich verdrängen können.«

»War es denn wirklich so schlimm?«

»Ethan ist ab sofort mein Chef, was meinst du wohl?«

»Womöglich ist schon Gras über eure Trennung gewachsen?«

»Oh nein, wenn du seinen zurückweisenden Gesichtsausdruck gesehen hättest, wüsstest du, was ich weiß.« Das einzig Positive an dieser Geschichte ist, dass ich meinen bisherigen Chef eher selten zu Gesicht bekam, was dann hoffentlich auch auf seinen Nachfolger zutreffen wird. »Außerdem mache ich hier gerade ein Date klar und du störst.«

»Ach ehrlich, über Loveship?«

»Gute Nacht, Lauren.« Lachend lege ich auf und sofort öffnet sich die App wieder. Was würde der Männerexperte Steve Edwards in diesem Fall raten? Mit gekräuselten Lippen tippe ich eine Antwort ein:

Ich, Montag 21:17 Uhr

Morgen Abend, achtzehn Uhr im Café Welcome. Und sei pünktlich!

Danach will ich das Smartphone ausmachen, bekomme aber eine Nachricht, dass jemand diesen Blitz-Button bei meinem Profil gedrückt hat und mich somit direkt anschreiben kann – auch ohne einen *Hit* zu haben. Ich klicke sein Bild an, um es zu vergrößern, wobei mir beinahe die Augen aus dem Kopf fallen. Zugegebenermaßen ist der Mann darauf – Ryan – äußerst attraktiv, doch daneben steht *Und dich bums ich auch noch.* Stirnrunzelnd will ich ihn löschen, als schon die erste Nachricht eingeht.

Ryan, Montag 21:23 Uhr
Hallo Snow White, wie geht es dir?

Du hast ja keine Ahnung, aber nett, dass du fragst. Ich bin mir ziemlich sicher, dass er keine auf Tatsachen beruhende Antwort darauf will, aber ich könnte mir einfach mal alles von der Seele schreiben. Also berichte ich von meinem ereignisreichen Samstag mit den Schuhen, dem heutigen wirklich furchtbaren Tag und schicke die Nachricht gute fünfhundert Worte später ab.

Ryan, Montag 22:02 Uhr
Schön Süße, das freut mich für dich. Was hast du an?

Schön? Hat der Idiot meine Nachricht überhaupt gelesen? Daran ist rein gar nichts *schön*. Und Süße? Wer bitte will denn von einem Typen Süße genannt werden, der offenbar überall mal reinjauchen will? Dennoch bin ich neugierig, worauf das hier hinauslaufen würde. Prüfend sehe ich an meinem XXL-Shirt und der überdimensionalen

Jogginghose, die mit den vielen Knötchen vom Waschen, herunter.

Ich, Montag 22:06 Uhr
Ein knappes Negligé.

Ryan, Montag 22:08 Uhr
Willst du nicht wissen, was ich anhabe? Sag mir, dass du kein Höschen trägst.

Will ich das wissen? Nein, eigentlich nicht, aber ich muss mich schon auch darauf einlassen.

Ich, Montag 22:11 Uhr
Was hast du an? Und nein, kein Höschen.

So kann man sich langweilige Abende, an denen nichts im Fernsehen kommt, auch vertreiben.

Ryan, Montag 22:13 Uhr
Ich bin nackt und hart, während ich an dich denke.

Genau klar, ebenso wie ich hier in einem Negligé sitze.

Ich, Montag 22:15 Uhr

Klar, was sonst.

Eine Sekunde später lasse ich vor Schreck das Smartphone auf meinen Schoß fallen. Was zur Hölle … Mit spitzen Fingern nehme ich es wieder an mich und sehe auf das mehr als Brechreiz erregende Bild. Okay, ich habe mich geirrt, er hat nicht gelogen, ich sehe es quasi hautfarben auf weiß. Gefühlte Minuten später zwinkere ich hektisch, weil ich meine Augen vor Erstaunen so lange aufgerissen habe, dass die Lider zwischenzeitlich an den Augäpfeln festgetrocknet sind. Ich bin … also das ist doch … eine Unverschämtheit.

Wie bekomme ich dieses widerliche Etwas von meinem Telefon? Ich will, dass der mir nie wieder eine Nachricht schicken kann. Mit Bestimmtheit hacke ich auf den Bildschirm ein, als es erneut piept.

Ryan, Montag 22:21 Uhr
Na, bist du jetzt sprachlos? So einen Hammer hast du wohl noch nicht oft gesehen was?

Ich glaube, ich möchte mich schon wieder übergeben, aber eine Nachricht muss ich dann doch noch schreiben, bevor ich ihn in die ewigen Jagdgründe schicke.

Ich, Montag 21:26 Uhr

Wo ist denn da was, ich seh gar nichts. Wächst der noch oder bleibt der so klein?

Widerling.

Hektisch schiebe ich meinen Finger auf dem Display hin und her und tatsächlich, als ich nach links wische, erscheint das *Nope* auf dem Chat. Schnell lasse ich los.

Das wird doch wohl hoffentlich eine Ausnahme gewesen sein. Vielleicht waren die Zeiten, in denen Telefone noch nicht in der Lage waren, Fotos zu schießen und es noch keine Spur von Internet gab, doch gar nicht so schlecht.

Unter Umständen sollte ich mich ausschließlich auf Parker reduzieren. Gilt es eigentlich schon als polyamorös, wenn man mehrere virtuelle Kontakte hat?

Wieder gibt mein Telefon einen Signalton von sich und ich wische über das Display. Oh, der Snowboarder – er nennt sich *Present* – und wir haben einen Hit. Man kann nicht wirklich erkennen, wie er aussieht, weil er sich mit einem Schal vermummt hat, aber er ist offenbar sportlich.

Present, Montag 21:32 Uhr
Na.

Leider hört es bei der Sportlichkeit dann auch direkt auf, einfallsreich ist er schon mal nicht. Sollte ich ebenso geistreich antworten?

Ich, Montag 21:34 Uhr
Selber Na.

Present, Montag 21:35 Uhr
Was stimmt mit dir nicht?

Äh, wie bitte? Ich kann gar nicht so schnell blinzeln, wie er den Hit wieder gelöst hat und der bisherige, ziemlich mickrige Gesprächsverlauf verschwindet. Sprachlos kratze ich mich am Kopf und sehe das Display an, als könnte es mir die Vorgehensweise dieser Männer in irgendeiner Form erklären. Wenn das alles ist, was ich in dieser App finden kann, bleib ich lieber doch alleine und fang an, mir Katzen-Annoncen anzusehen.

6

Ein Pfeifen schallt durch die Eingangshalle, als ich auf die Wand mit den Fahrstühlen zugehe, weshalb ich mich suchend umsehe und Lauren an mich herantritt.

»Wen willst du denn aufreißen?« Sie sieht anerkennend über mein knallrotes Etuikleid, bis hinunter auf die schwarzen High Heels mit den Mörderabsätzen. Ich weiß, dass mir heute Abend die Füße schmerzen und ich die nächsten Tage kaum werde laufen können, aber zumindest kann keiner sagen, ich hätte mich nicht angestrengt.

»Ich habe heute Abend ein Date«, gebe ich betont lässig von mir, als ich in den Fahrstuhl steige, dessen Türen sich zuerst öffnen.

»Mit wem? Was ist das für einer?«, fragt sie und folgt mir.

Tja, was soll ich darauf sagen? Soll ich ihr von seinen sieben Exfreundinnen erzählen oder doch eher von dem bedenklichen Trinkverhalten? Klar, trinken ist wichtig, aber sechs Liter am Tag? »Er heiß Parker.«

»Parker?«, fragt sie unzufrieden und drängt sich ein Stück näher an mich, als sich die Türen des Aufzugs erneut öffnen und mehrere Herren in Anzügen hinzusteigen. »Was macht er beruflich?«

»Das weiß ich noch nicht, wir sehen uns erst heute Abend.«

»Du kannst dich doch nicht einfach mit jemandem treffen, um dann festzustellen, dass er nichts taugt. Diese App ist unter anderem dafür da, sich abzuklopfen, und erst dann, wenn man denkt, das könnte passen, trifft man sich.«

Ich werde einfach gar nicht mehr darauf reagieren. Nun hat sie mich schon so weit, dass ich diesen Quatsch mitmache, dann soll sie mich doch bitte selbst entscheiden lassen, wie ich es handhabe. Die Fahrstuhltüren gleiten zur Seite und die Anzugfraktion tippt gleich wieder wild auf ihre Smartphones ein. Im Lift gibt es kein Netz und für manche gleicht das offenbar einer mittelschweren Katastrophe. Einer bleibt natürlich mitten im Weg stehen und versperrt allen anderen, die aussteigen wollen, den Ausgang. Solche liebe ich ganz besonders, aber sagen darf man ja nichts. Energisch ramme ich dem Typen im Vorbeigehen den Ellenbogen in die Flanke und lächle ihn zuckersüß an, als er sich mit dem Telefon am Ohr zu mir herumdreht. Natürlich runzelt er seine faltige Stirn und schüttelt den Kopf, wobei die drei silbernen Haarsträhnen, die er sich über die Glatze drapiert hat, durcheinandergeraten. Idiot.

»Wir müssen das irgendwie absichern«, schnauft Lauren neben mir, als sie wieder zu mir aufgeholt hat. »Wer weiß, was das für ein armer Irrer ist. Wann und wo trefft ihr euch? Ich komme mit.«

»Wie bitte?« Aus dem Laufschritt heraus bleibe ich prompt stehen und sehe sie irritiert an. »Was soll das denn heißen?« Wobei … Parker hat sieben Exfreundinnen, ein ganz schöner Verschleiß. Wo sind die denn alle hin? »Um sechs im *Café Welcome*. Aber wehe du blamierst mich. Wir kennen uns nicht, klar!«

»Glasklar.« Lauren salutiert und biegt in die Küche der Etage ab, um Kaffee für das Team zu holen, und ich gehe weiter. Völlig in Gedanken betrete ich das Großraumbüro und laufe fast in jemanden herein, der direkt hinter der Tür steht. Schon wieder so ein Vollidiot.

»Kann ich Ihnen vielleicht helfen?«, frage ich in einem Ton, der meine gereizte Stimmung über den zweiten Mitten-im-Weg-Steher nicht verbirgt, bis er sich zu mir umdreht. Ich werfe ein Stoßgebet für ein Erdloch gen Himmel, in das ich versinken kann. Oder wirf Steine nach ihm, damit er ohnmächtig wird, aber tu irgendwas.

Wie bei unserem letzten Zusammentreffen als Paar presst Ethan seine Lippen zu einem schmalen Streifen zusammen und die Augen werden einen Ticken kleiner.

»Ist es üblich, dass man in diesem Fachbereich der Firma auf die Art empfangen wird?« Ähm. »Ich hätte auch ein Kunde sein können.«

Kunden kommen nie hier hoch, nie. Mein neuer Boss zieht seine Augenbrauen zusammen und scheint auf eine Antwort zu warten.

»Ich …«

Während ich noch überlege, was ich Geistreiches sagen könnte, brüllt Lauren vom Flur aus los: »Das ist so ein Saftladen hier. Meinst du, die haben Milch in den Kühlschrank gestellt? Aber Hauptsache, den Geldsäcken da oben gehts gut. Und Ethan mit seinem Affenpelz mittendrin …« Sie kommt neben mir zum Stehen und lässt vor Schreck beinahe das Tablett mit den Kaffeetassen fallen. Mein Blick pendelt zwischen Lauren und Ethan, dessen Mimik sich, wenn überhaupt möglich, noch mehr verfinstert hat. Sollte er seine Augenbrauen noch weiter zusammenziehen, sieht er aus wie Bert aus der Sesamstraße. Okay, jetzt heißt es, sich etwas einfallen lassen, und ich möchte behaupten, ich bin ein Improvisationstalent. Humor ist immer gut, also fange ich an, lauthals zu lachen. Okay, Ethans Blick hat sich tatsächlich dezent verändert, von ziemlich empört zu leicht irritiert und möglicherweise auch ein bisschen ängstlich. Lauren schüttelt kaum merklich den Kopf und ich verstumme augenblicklich.

»Guten Morgen, ihr Lieben«, flötet Lynn, die sich zwischen Lauren und mir ins Büro schiebt. »Oh, hallo.« Ihre Stimme wird noch eine Spur piepsiger. Routiniert wirft sie sich ihre langen blonden Haare über die Schulter nach hinten und streckt Ethan die Hand entgegen. »Ich bin Lynn Malone, kann ich Ihnen irgendwie helfen?«

Sein bitter zusammengekniffener Mund verzieht sich zu einem Lächeln, das zugegeben noch in gleichem Maße atemberaubend ist, wie ich es in Erinnerung habe. »Ich bin froh, dass nicht die ganze Abteilung hier von Dilettanten betreut wird, und somit haben Sie mir schon geholfen, danke.« Er greift nach ihrer Hand und Lynn folgt jeder seiner Bewegungen mit schmachtendem Blick. »Ethan Richmond, freut mich.«

»Mister Richmond, es tut mir leid, wenn ich gewusst hätte …« Zumindest hat sie den Anstand, rot zu werden. Ich beobachte das Schauspiel weiterhin und Lauren scheint zum gefühlten dreißigsten Mal die Kaffeetassen auf dem Tablett zu zählen.

Ethan lacht leise auf und kleine Grübchen bilden sich auf seinen Wangen, als er ihre Hand loslässt. Dann sieht er wieder zu Lauren und mir, drängt sich zwischen uns in den Flur hinaus und dreht sich noch einmal um. »Vielleicht sind Sie morgen in der Lage, mich vernünftig zu empfangen und mir die Abteilung zu zeigen.«

Als er endlich verschwindet, sacken Lauren und ich sichtbar zusammen, woraufhin sie es mit einem einfachen Wort ziemlich treffend auf den Punkt bringt – Scheiße.

»Meinst du, er hat das mit dem Affen auf sich bezogen?«

Zeitweise frage ich mich, ob sie wirklich so voller naiver Hoffnung ist oder nur so tut. »Quatsch, natürlich nicht. In der Chefetage gibt es bestimmt Dutzende, über deren Körperbehaarung du auf dem Laufenden bist. Ich bin mir sicher, er hat da keinen Zusammenhang entdeckt«, gebe ich genervt von mir und nehme eine der Kaffeetassen vom Tablett.

»Kann mich vielleicht mal einer aufklären«, mischt Lynn sich ein und erntet nur böse Blicke von uns, die sie gleich wieder zum Verstummen bringen.

Ich gehe zu meinem Büro durch, bleibe kurz vorher stehen und lasse meinen Blick über die Schreibtische wandern. »Räumt den Nagellack und diesen ganzen Mist weg. Reicht schon, dass er denkt, ich hab hier nichts im Griff, dann muss er sich nicht auch noch darin bestätigt fühlen.« Unbeherrscht werfe ich die Tür hinter mir zu und lasse mich auf meinen Bürostuhl fallen.

7

»Ist er das?«, fragt Lauren und drückt ihre Stirn gegen das Fenster des Cafés.

»Ich bin mir nicht sicher.« Eilig suche ich Parkers Profil in meinem iPhone heraus und klicke eines der Fotos an. Mit gespitzten Lippen sehe ich vom Foto zu dem Mann dort drinnen am Tisch und zurück auf das Bild. »Könnte schon sein. Hier ist er noch etwas kräftiger und hat Haare.« Zum Beweis halte ich ihr mein Smartphone unter die Nase und sie stellt ebenfalls den Vergleich an.

»Dann lass uns abhauen«, schlägt sie vor und ich bin kurz ihrer Meinung.

»Nein«, gebe ich entschlossen von mir. »Jetzt bin ich so weit gegangen, da haue ich doch nicht ab, nur weil er keine Haare mehr hat. Dann hat er woanders vielleicht auch keine«, gebe ich grinsend zu bedenken. »Zumal das auch nichts an seinem Charakter ändert.« Dass auch der mich noch nicht vollends überzeugt hat, behalte ich lieber für mich.

Lauren sieht mich an, als würde sie an meinem Verstand zweifeln, nickt dann aber und zieht die Tür auf. »Ich setze mich drei Tische weiter. Wenn du genug hast, gib mir ein Zeichen.«

»Warte!«, keuche ich mit leicht erhöhtem Puls und halte sie am Arm zurück. »Was für ein Zeichen?«

»Keine Ahnung.« Sie zuckt mit den Schultern. »Kotz ihm auf die Schuhe oder so.«

»Haha.« Lachend betrete ich nach ihr das Café, atme noch einmal tief durch und gehe auf den Tisch zu, an dem mein vermeintliches Date sitzt.

»Parker?« Als er zu mir hochsieht, muss ich schon das erste Mal aufpassen, dass mir nicht sämtliche Gesichtszüge entgleisen. Dass er auf dem Kopf keine Haare mehr hat, habe ich ja bereits von draußen erkennen können, kein Problem. Leider hat er alles, was oben fehlt in Form von Vollbart und ebenso dichten Augenbrauen in sein Gesicht ausgelagert. Das jedoch nicht naturgetreu, sondern … keine Ahnung, was ist das, geschminkt? Tätowiert?

Bevor ich mich sammeln kann, springt er auf, reißt mich in eine stürmische Umarmung und drückt seinen kahlen Kopf an meine Halsbeuge. Größer als ich ist er demnach leider auch nicht. Hilfe suchend sehe ich mich nach Lauren um, die wie besprochen drei Tische weiter sitzt und sich offenbar köstlich amüsiert. Sogar von hier aus kann ich die Tränen erkennen, die ihr vor lauter Gegacker über die Wangen laufen. Endlich zieht er sich von mir zurück und seine Umarmung hinterlässt einen unangenehmen Nachhall an meinem Körper. Am liebsten möchte ich das Ganze sofort abbrechen, aber eine letzte Chance hat er doch verdient. Möglicherweise gibt es für die balkenartigen Augenbrauen und den riesigen schwarzen Fleck um seinen Mund eine logische Erklärung.

Ich lächle schmallippig, setze mich ihm gegenüber an den Tisch und greife sofort nach der Karte, um die unangenehme Atmosphäre zu überspielen.

»Schön, dass es spontan geklappt hat«, eröffnet er das Gespräch und ich stelle fest, dass seine Stimme in der Tat sehr angenehm ist. Mein Lächeln, das sich daraufhin formen will, erstirbt jedoch sofort, als er weiterspricht. »Heiß siehst du aus.«

Bitte? Heiß?

Zeitgleich kommt die Bedienung an den Tisch: »Darf ich Ihnen etwas bringen?« Dabei betont sie das *Ihnen* derart prägnant, dass ich sie verständnislos ansehe, aber keine Reaktion erhalte.

»Einen Kaffee bitte und haben Sie welche von den Streuselschnecken da?«

Die Bedienung dreht sich in Richtung Tresen und wieder zu mir zurück. »Ja, haben wir da.«

»Dann nehme ich eine davon.«

Verwundert beobachte ich, wie Parker unter dem Tisch herumfuchtelt. Der wird es doch wohl nicht wagen, schon in den ersten fünf Minuten nach meinem Knie zu suchen? Falsch gedacht, wenn überhaupt möglich werden meine Augen noch größer, als er einen Einwegbecher hervorzaubert. Was zur Hölle …

»Ähm, möchtest du auch … etwas bestellen?«, frage ich ihn, der völlig in Gedanken versunken auch noch eine Flasche Wasser hervorholt.

»Nein, ich hab alles dabei, danke.«

Die Bedienung geht kopfschüttelnd in Richtung Bar und ich lehne mich möglichst unauffällig zurück, um einen Blick unter den Tisch zu erhaschen.

»Ich hab einen Korb mit eigenen Lebensmitteln

dabei«, beantwortet er meine unausgesprochene Frage und ich zucke ertappt zusammen.

»Willst du was?«, möchte er wissen und verteilt nach und nach irgendwelche Riegel, Dosen und drei Flaschen Wasser auf dem Tisch. Zum krönenden Abschluss bekomme ich ebenfalls einen Plastikbecher.

Soll das ein Scherz sein? Prüfend sehe ich mich um. Ist hier irgendwo eine Kamera und gleich kommen sie aus den Ecken, um sich scheckig zu lachen, dass ich überhaupt so lange sitzen geblieben bin?

»Nun ja«, setze ich an und sehe kurz zum gut gefüllten Tortenbüfett hinüber. »Grundsätzlich ist es eher unüblich, sich eigene Getränke und Schokoriegel mit in ein Café zu bringen, in dem genau das verkauft wird.«

»Stimmt schon, aber ich sehe das nicht ein. Für die Preise, die in solchen Läden wie diesem für ein Glas Wasser genommen werden, bekomme ich im Supermarkt eine ganze Kiste.« Während er vor sich hin schwadroniert, bringt die Bedienung meine Bestellung und sieht sich den gut gefüllten Tisch irritiert an. Wortlos geht sie wieder, was entweder bedeutet, sie ist genauso perplex wie ich oder sie kennt ihn einfach schon. Er stopft sich einen der

Riegel in den Mund, spült mit Wasser hinterher und spricht weiter: »Trinken ist wichtig, ich bekomme total schnell einen trockenen Mund.« Noch nicht ganz ausgesprochen, räuspert er sich wild und macht gurgelnde Geräusche. »Also, was sucht eine Frau wie du bei Loveship?«, hustet er hervor und spuckt einen Krümel über den Tisch bis an den Henkel meiner Tasse. Na schönen Dank auch. Angewidert schiebe ich sie von mir weg.

»Meine Freundin hat mich dazu genötigt.«

Parker lacht laut auf, sodass ich einen unfreiwilligen Blick auf den gut durchgekauten Riegel in seinem Mund werfen kann.

»Diese Freundin«, antwortet er, wobei er bei dem Wort Freundin Gänsefüßchen in die Luft zeichnet, »haben wir doch alle.« Ich überlege, was ich darauf erwidern soll, und er deutet mit seinem Riegel auf meine Streuselschnecke. »Übrigens, dir ist schon klar, was du deinem Körper damit antust, oder?«

Ähh …

»Ich war auch mal in dieser Falle aus Diät und Fresserei gefangen, bis ich die hier entdeckt habe.« Er schiebt die Dosen über den Tisch in meine Richtung. »Rührt man mit Wasser an und dann ersetzen sie eine vollwertige Mahlzeit und sieh dir das Ergebnis an.« Er streckt seine Brust raus, posiert mit den Oberarmen seitlich von seinem Kopf und strengt abwechselnd die Muskeln an. Ich gluckse leise auf und drehe mich auf dem Stuhl herum, um Laurens Blick zu suchen. Sie beißt sich auf die Lippen, was bedeutet, dass ich nicht überreagiere. Nein, der Typ ist total intelligenzbefreit.

»Jeden zweiten Tag Sport, dazu die Schätzchen hier«, er schiebt sich den letzten Bissen des Riegels in den Mund, »und genügend Flüssigkeit. Ich fühl mich wie neu geboren.«

Erneut kramt er etwas aus dem wundersamen Korb unter dem Tisch hervor und legt ein Papier vor mich auf den Tisch. »Wenn du willst, kannst du hier sehen, welche Geschmacksrichtungen es gibt.« Gelähmt blicke ich seiner Hand hinterher, die nach dem Teller mit meiner unangerührten Streuselschnecke greift und diesen auf den Nachbartisch stellt. »Willst du nicht auch ein neues Lebensgefühl? Und das nicht morgen und nicht übermorgen, sondern heute?«

Ich würde wirklich gerne einen Schluck Kaffee trinken, um meinen trockenen Gaumen zu befeuchten, aber da kleben die Riegelreste dran. Also klappe ich meinen offen stehenden Mund zu und räuspere mich notdürftig. »Was wird das hier, ein Verkaufsgespräch?«

Er lacht hochmütig und grabbelt wieder nach seinem Korb, wobei ich mich umdrehe und Lauren unmissverständliche Blicke zuwerfe. Die amüsiert sich jedoch bestens und liegt mittlerweile lachend auf der Bank. Zumindest scheint sie nicht im Traum daran zu denken, mich zu erlösen. Ich zucke zusammen, als es knallt, und drehe mich wieder Parker zu, neben dem Bestellzettel liegen nun zwei Fotos.

»Das war ich noch vor einem halben Jahr.« Er deutet auf das Bild, das ich von Loveship kenne. »Und das bin ich heute.« Gut okay, ich muss zugeben, dass er offenbar an Muskelmasse zugelegt hat. Dafür hat er aber allem Anschein nach an Hirnmasse abgenommen und die schönen Haare sind auch nicht mehr zu sehen. Vermutlich wegen Mangelernährung ausgefallen. Er reibt sich mit den Fingern über das Kinn, wodurch ein schabendes Geräusch entsteht, demzufolge scheint der Bart echt zu sein. Aus der Nähe würde ich sagen, er korrigiert ihn mit Augenbrauenpuder. Wie der wohl aussieht, wenn man morgens neben ihm aufwacht?

Ich sehe sehnsüchtig zu meinem Kuchenstück hinüber, was ihm nicht entgeht, und er schiebt das

Bestellformular noch näher zu mir. »Und mal ganz unter uns, Snow White, ein bisschen pummelig bist du schon um die Hüften. Damit bringe ich dich in eine ganz andere Liga.«

Okay, das reicht. Ich schnappe mir meine Handtasche, springe auf und gehe zum Tresen. Auf halbem Weg gehe ich wieder zurück, um noch schnell die Streuselschnecke zu holen. »Ich möchte zahlen!« Gleichzeitig drehe ich mich zu Lauren herum und rufe ihr zu: »War *das* jetzt Zeichen genug?«

Hektisch rafft sie ihre Tasche, nimmt noch einen Schluck aus ihrer Tasse und kommt dann zu mir hinübergelaufen. »Was denn? Ist er doch nicht Mister Right?«

Offenbar reicht mein Blick, denn sie hebt ergeben die Hände und sagt nichts mehr.

»Gefällt es dir hier nicht? Wir können auch gerne woanders hingehen«, spricht Parker mich von hinten an. Ich reiche der Bedienung einen Zehn-Dollar-Schein, schließe die Augen und atme tief ein. Das kann doch nur ein Scherz sein.

Langsam drehe ich mich zu ihm herum, von wo aus er mit in den Nacken gelegtem Kopf zu mir aufsieht.

»Also … Parker …«, stammele ich auf der

Suche nach einer guten Ausrede und beiße ein großes Stück von meiner Streuselschnecke ab, was er mit angewidert verzogenem Mund in Augenschein nimmt. »Ich stehe auf Essen und natürliche Gesichtsbehaarung.«

8

»Der muss auch noch weg«, sage ich zu meinem Team, dem ich den Rücken zudrehe, und nehme den Pin-up-Kalender von der Wand. Mister September grinst mich nur mit knappen Badeshorts bekleidet an. So einen findet man bei Loveship vermutlich nicht und wenn doch, dann kann er aller Voraussicht nach kaum seinen Namen buchstabieren.

»Muss der Aufriss sein? Ist doch egal, wie das Büro aussieht, solange wir unsere Arbeit machen, und das kann uns doch wirklich keiner vorwerfen«, kommentiert Kate, die mit Mitte vierzig die älteste im Team ist, meine Aufräumwut.

»Nein, Payton hat recht, hier muss alles tipp-topp aussehen«, geht Lauren dazwischen und wischt die Fensterbänke ab.

»Macht das nicht die Reinigungskraft?«, fragt Kate sie mit gerunzelter Stirn.

»Also, ich fand ihn unheimlich nett«, flötet Lynn und dreht sich eine Strähne langer Haare um den Zeigefinger. »Und gut aussehend. Ich glaube nicht, dass der ein Korinthenkacker ist, der sich an Staub auf Fensterbänken oder halb nackten Männern auf Kalendern aufhängt.«

»Wie der war schon mal hier?«, fragt Kate nun doch irritiert. »Warum hat er sich das Büro dann nicht direkt angesehen?«

»Keine Ahnung.« Lynn zuckt mit den Schultern. »Irgendwie war die Stimmung leicht gedrückt, als ich reinkam. Oder?«

Lauren und ich wechseln einen kurzen Blick, bevor sie weiter die Fensterbank bearbeitet und ich Kates Schreibtischschublade aufreiße, um Mister September darin zu verstecken.

»Wie auch immer«, beantworte ich Kates fragenden Blick. »Wir lassen ihn hier einmal durchmarschieren, zeigen unsere durchstrukturierten Arbeitsabläufe und danach geht alles wieder seinen normalen Gang.«

»Äh, von welchen Arbeitsabläufen sprichst du? Das Einzige, was hier durchstrukturiert ist, ist die

Tapete«, gibt Kate von sich und wir anderen starren sie fassungslos an.

Ich lache unfreiwillig auf und sehe von ihr zu Lauren, die darauf genauso wenig zu erwidern weiß wie ich. Gut, kann schon sein, dass wir ein kleines bisschen chaotisch sind. Entscheidend ist doch aber das Endergebnis und da gab es bisher nie einen Grund zur Beanstandung. Wir liefern all unsere Grafiken und den ganzen Kram pünktlich und vor allem in hochwertiger Qualität aus. Der Weg dorthin sollte dann doch zweitrangig sein.

Ein quiekender Schrei von Lynn lässt mich zusammenzucken. »Was ist los?«

»Er hat mir zurückgeschrieben.« Sie hüpft auf der Stelle und gibt weiterhin nicht definierbare Geräusche von sich.

»Wer ist er?«, hake ich nach und sie kommt mit ihrem Smartphone zu mir hinübergelaufen, darauf das Bild eines Mannes. Bevor ich den Grund ihres freudigen Ausbruchs mustere, fällt mir die Aufmachung der Seite auf.

»Sag nicht, du bist auch bei dieser idiotischen Loveship-App?«, rutscht es mir heraus, ehe ich mich bremsen kann.

»Du etwa auch?« Lynn freut sich, als hätten wir

ab heute eine Beste-Freundin-Verbindung, nur weil wir beide verzweifelt genug sind, uns in den Moloch der übrig gebliebenen Männer zu stürzen.

»Na, bestimmt nicht freiwillig, Lauren hat …«

»Soll ich noch einmal wiederkommen? Keinesfalls möchte ich diese tiefsinnigen Gespräche unterbrechen, die ganz bestimmt betrieblicher Natur sind«, werde ich von einer Stimme hinter mir unterbrochen und erstarre. Mit offen stehendem Mund suche ich Laurens Blick, die wie gebannt über meine Schulter starrt.

»Das war nur ein kurzer Plausch unter Frauen«, gluckst Lynn und fährt sich mit den Fingern durch ihr Haar. Warum macht sie das in einer Tour?

»Ich habe nichts gegen einen Plausch unter Frauen«, erwidert Ethan hinter mir und Lynn grinst breit. Vermutlich ist jetzt der richtige Moment gekommen, dass auch ich mich ihm zuwende. Als ich seine abwertende Mimik bemerke, überlege ich kurz, mich doch wieder wegzudrehen. »Jedoch hat die Arbeitnehmerregelung dafür etwas vorgesehen, das sich Freizeit nennt.« Er blickt auf das Smartphone in meiner Hand und sieht zu mir auf. »Sind Sie in der Verfassung, mir heute die Abteilung zu zeigen, oder möchten Sie vorher vielleicht noch ein paar Textnachrichten beantworten? Dann warte ich.« Seinem klaren Tonfall nach könnte man fast annehmen, das wäre ein nettes Angebot. Lediglich sein verkniffener Gesichtsausdruck macht deutlich, dass er keineswegs vorhat zu verharren, bis ich irgendwelche Nachrichten oder dergleichen beantwortet habe.

Ich reiche Lynn eilig ihr Mobiltelefon und schiebe mir die Ärmel der Bluse die Unterarme hoch. Junge, ist das heiß hier drin. »Wollen wir in meinem Büro anfangen?« Ich deute in die Richtung und gehe voraus, ohne eine Antwort abzuwarten. Da bis auf Lauren niemand etwas von Ethans und meiner Vorgeschichte weiß und es auch in seinem Interesse sein sollte, dass dem so bleibt, möchte ich die Tür hinter uns schließen. Ich denke, je eher wir ein klärendes Gespräch führen, desto besser.

»Lassen Sie die Tür ruhig offen«, weist er mich knapp an und geht zu meinem Schreibtisch hinüber. Desinteressiert blättert er einige Arbeiten durch, die ich noch absegnen muss. »Wie lange brauchen Sie im Durchschnitt für den Entwurf eines Flyers?«

»Das kommt auf die Ausgangsbasis an, ob Mister Harper bereits genaue Vorstellungen hat oder …«

»Wie lange brauchen Sie im Durchschnitt?«, unterbricht er mich barsch und ich sehe leicht irritiert zu ihm auf. »Einzelne Fälle interessieren mich gerade nicht.«

»Vier Tage.«

Er nickt zufrieden, blättert sich weiter durch den Stapel und stoppt bei dem Probedruck eines Handzettels. »Sind ausschließlich studierte Grafikdesigner in dieser Abteilung?«

Fragend sehe ich von ihm zu den anderen und wieder zurück. »Nein.« Ich stocke kurz und schiebe dann ein »Warum?« hinterher.

»Wer hat den gemacht?«, übergeht er meine Frage hochmütig.

Ich schlucke hart, nehme ihm den Faltprospekt aus der Hand und erkenne nach wenigen Sekunden, wessen Arbeit es ist. »Das sieht nach der Handschrift von Miss Walker aus.« Ich deute auf Kate, die an ihrem Schreibtisch in das nächste Projekt vertieft ist.

»Und würden Sie das genehmigen?«

Stirnrunzelnd überfliege ich den Flyer, an dem auf den ersten Blick rein gar nichts auszusetzen ist, und antworte wahrheitsgetreu. »Ja, er ist fehlerfrei gearbeitet und trifft exakt die Wünsche von Mister

Harper.« Ich sehe wieder zu Ethan auf. »Darf ich fragen, was Sie daran stört?«

»Der Flyer sieht aus, als hätte meine fünfjährige Nichte sich am Computer ausprobiert«, antwortet er mit einer Gleichgültigkeit in der Stimme, die mich kurz sprachlos macht. Was ist das denn für ein Scheißkerl? War der schon immer so?

»Auf welches fachliche Wissen bezieht sich Ihre Meinung? Haben Sie im letzten Vierteljahr ebenfalls Grafikdesign im Schnelldurchlauf studiert?« Langsam habe ich auch genug von diesem Siezen, schließlich haben wir uns schon mehrmals nackt gesehen. Freak.

Er zieht kaum merklich eine Augenbraue hoch, übergeht meine schnippische Bemerkung jedoch und mustert noch einmal das Büro. »Um das zu erkennen, braucht man kein Studium.« Ohne mich eines weiteren Blickes zu würdigen, verlässt er den Raum und geht langsam durch das Großraumbüro, wobei er jeder meiner Kolleginnen demonstrativ über die Schulter auf den Computerbildschirm sieht.

»Sehr gut, das gefällt mir«, lobt er, als er hinter Lynn stehen bleibt. Wie dressiert streckt sie ihren Rücken durch und die Brust raus.

»Vielen Dank, Mister Richmond«, kichert sie und hält sich die Hand vor den Mund. Abgestoßen von diesem anbiedernden Getue verdrehe ich die Augen und treffe auf seinen Blick, als ich damit fertig bin.

»Ich habe Sie und Mrs. Hanson zu einem Kommunikationstraining angemeldet, das am Donnerstag und Freitag nächster Woche stattfinden wird. Miss …«, er hält kurz inne und wendet sich wieder Lynn zu, die ihm ein »Malone« zuhaucht. »Miss Malone wird Sie an den beiden Tagen Ihrer Abwesenheit vertreten.«

Tausend Erwiderungen von *Hää* bis *Geht's noch* liegen mir auf der Zunge und ich kann nur hoffen, dass ich nicht ganz so dusselig aussehe, wie ich mir gerade vorkomme. Aus dem Augenwinkel erkenne ich, dass Lauren ihn mit offenem Mund ebenfalls anstarrt. Da stellt sich mir doch die Frage, hinnehmen oder runterschlucken und ich entscheide mich für das Zweite.

Ethan lächelt Lynn zu und geht dann mit leichten Schritten auf den Ausgang des Zimmers zu. An der Tür angekommen, dreht er sich noch einmal zu mir um.

»Für Sie bucht Miss Blair dann noch einen

weiteren Kurs, für professionelle Mitarbeiterführung.« Er lässt den Blick durch das in meinen Augen tadellose Büro streifen, bevor er mir wieder ins Gesicht sieht. »Das scheint mir hier angebracht.«

9

Nachdem der gestrige Arbeitstag ohne besondere Vorkommnisse vergangen ist, muss ich nur noch den heutigen durchstehen, um diese unsägliche Woche endgültig hinter mich zu bringen. Leider habe ich neben diesem ganzen Loveship-Kram und dem schockähnlichen Zustand der Veränderungen an meinem Arbeitsplatz das Wäschewaschen vernachlässigt. Somit musste ich mich heute in einen schwarzen Bleistiftrock zwängen, der mir vor zwei bis sechs Jahren auch mal gepasst hat. Als wäre das irgendwie der krönende Abschluss an Unannehmlichkeiten in dieser Woche. Die Hill kommt in einem Fummel, in dem sie sich nicht mal hinsetzen kann. Obenrum zu meinem Leidwesen das gleiche Spiel. Zwar passt die Bluse mehr oder weniger und ist wie der Rock pechschwarz, sitzt aber leider ebenfalls reichlich eng. Ich wage mich zu erinnern, dass sie damals schon figurnah geschnitten war, heute ist sie meiner Oberweite jedoch kaum noch gewachsen und das wörtlich. Schnell checke ich noch die Benachrichtigungen bei Loveship und sehe, dass mir jemand einen Blitz gegeben hat. Bei der Erinnerung an den ersten Blitz-Geber oder vielmehr das Foto von seinem … Angewidert schüttelt es mich und ich sehe zur Anzeigentafel des Aufzugs hoch, ob ich noch Zeit habe, die Nachricht zu lesen.

Hunter, Freitag 8:03 Uhr
Mein penetranter Kumpel hat mich bei dieser selten dämlichen App angemeldet und ich weigere mich standhaft, irgendjemandem ein *Yes* zu geben (Nennt man das so?) Bei dir mache ich wegen deiner originellen Bildunterschrift eine Ausnahme.

Reflexartig sehe ich oben in die Ecke zu meinem Profilbild und klicke darauf.

Kann sein, dass ich keine Modelmaße habe, kein mit Botox behandeltes Gesicht, kein Einser-Abschluss und die Zwanzig ist auch schon gefühlte dreißig Jahre überschritten, aber … jetzt weiß ich nicht mehr, was ich ursprünglich sagen wollte.

Lauren, dieses Miststück!

»Was ist denn mit dir los?«, werde ich von der Seite angesprochen, sodass ich mein Telefon wegstecke und eben erwähntes Miststück erspähe, die mich auffallend mustert. »Musst du noch zu einer Beerdigung?«

»Haha, ich lache mich gleich tot«, gebe ich zurück und sehe stur auf die Fahrstuhltüren vor mir. Dabei presse ich meine Handtasche vor die Brust, um die leicht strapazierte Knopfleiste zu verstecken.

»Ich hab gestern noch mit Alex über dieses selten dämliche Kommunikationstraining gesprochen. Er meint, wir könnten dagegen angehen, und ich finde, er hat recht«, schwadroniert Lauren weiter und sieht mich auffordernd an.

»Und hat Alex auch eine Idee, wie genau wir das machen sollen?«, frage ich und betrete den Fahrstuhl, als er sich öffnet.

»Wir gehen zum alten Harper und erläutern ihm, dass sein Nachfolger uns schon am zweiten Tag wahllos Seminare aufdrängt.«

»Oh«, gebe ich gespielt beeindruckt von mir. »Tolle Idee. Und wenn er fragt, warum? Erzählen wir ihm dann was von meiner abgelaufenen Liaison mit Ethan, weil das in dieser Firma auch gerne gesehen wird? Dann ist er ganz bestimmt auf unserer Seite.« Der Fahrstuhl hält, wobei Lauren die Augen schließt und den Hinterkopf an die Kabinenwand lehnt.

»Ich wette, der ist immer noch behaart und hat deswegen seit dir keinen mehr weggesteckt. Darum ist er auch so ungenießbar«, gibt Lauren von sich. Im Zuge dessen öffnen sich die Türen und ich blicke in die Gesichter von Ethan und Dylan. Reflexartig ramme ich Lauren meinen Ellenbogen in die Seite.

»Aua, was soll …«

Hoffentlich erstickt sie an den Worten, die ihr bei Ethans Anblick im Hals stecken geblieben sind.

Dylan lacht auf und betritt zuerst die Kabine. »Wer steckt keinen mehr weg?«

Ethans Augen verziehen sich zu kleinen Schlitzen, als er mich fixiert, und sogar ich habe in diesem Moment das Anstandsgefühl zu erröten. Ich tippele weiter in die Ecke, um Ethan Platz zu machen, der sich sofort von mir weg in Ausstiegsrichtung dreht.

Na schön, mag sein, dass ich bei ihm nach dem berühmten Haar in der Suppe gesucht habe. Schon wieder dieses Wort – Haar. Wir haben uns vor über einem Jahr beim Training für Führungskräfte kennengelernt und es hat mir gefallen, wie er um mich geworben hat. Ein schickes Essen hier, ein Kinobesuch da, er hat mir sogar die Türen des Wagens aufgehalten. Kurzum, ich fand ihn einfach unglaublich aufmerksam. Die berühmten Schmetterlinge blieben zwar aus, aber ich dachte, die würden sich nach einer Weile von ganz alleine einstellen. Je mehr Zeit wir dann aber miteinander verbrachten, desto mehr fiel mir auf, dass Ethan sich eigentlich nur für einen einzigen Menschen in seinem Dunstkreis interessiert und das ist er selbst. Vermutlich muss nicht weiter erwähnt werden, dass seine Freunde, sofern sie diesen Namen denn verdient haben, genauso versnobt sind. Stets geht es nur darum, wer die bessere Wohnung hat oder das schnellere Auto fährt. Wer im teuersten Urlaub war und sogar wer die schmückendste Freundin hat. Bevorzugt wurde hier die Art von Frau, die sich den ganzen Abend an einem kalorienfreien Getränk aufhält und nicht spricht, es sei denn, sie wird gefragt. Selbstredend sollte sie jederzeit in die Runde lächeln, als wäre das, was die Kerle da von sich geben, nicht der größte Stuss, den sie je gehört hat. Und dann seine Eltern, oh Graus … Ethans Vater hat irgendwann seine gut gehende Telekommunikationsfirma zu einem mehr als gewinnbringenden Preis verkaufen können und seitdem leben sie von den Zinsen oder irgendwas in der Art. Natürlich haben sie sich für ihren Sohn auch eher eine erfolgreiche Anwältin oder eine Chefärztin vorgestellt, aber doch bitte keine dürftige Grafikdesignerin.

Irgendwann funktionierte ich Ethan dann offenbar nicht mehr genug. Er wollte, dass ich mich außergewöhnlicher kleide, mein Haar anders trage, und wenn es denn möglich wäre, meine Ernährung ein wenig mehr an seine anpassen könnte. Was genauer betrachtet hieß, ich sollte draußen den Rasenmäher machen. Aber wehe dem, ich habe auch mal eine kleine Verbesserungsmöglichkeit entdeckt und hier kommen wir zu seinem Rücken. Er ist haarig, und hier meine ich nicht nur ein paar verirrte Haare. Nein, beim Streicheln hatte ich das Gefühl, mich im Rückengestrüpp zu verheddern.

Als ich das angesprochen habe, hat er sich aufgeführt, als hätte ich ihm vorgeschlagen, sich die Hoden entfernen zu lassen. Soweit ich mich erinnere, war der genaue Wortlaut, dass ich ihn seiner Männlichkeit berauben wolle.

Die Ansage, dass wir in unserer Etage angekommen sind, bringt mich ins Hier und Jetzt zurück. Ich folge Ethan aus dem Fahrstuhl und inspiziere, ob etwas seiner Nackentapete aus dem Hemd herausguckt. Aber wie schon damals hat er den Bereich sorgsam entwachsen lassen, was das Ganze irgendwie noch schlimmer machte. Wie ein T-Shirt aus Fellimitat und kurz unter dem Nacken ist der Kragen. Nur dass es leider kein Imitat ist.

Angriff ist die beste Verteidigung oder wie war das? »Mister Richmond, hätten Sie einen Moment Zeit?«

Ethan bleibt abrupt stehen, nickt Dylan zu und geht in die rechte Ecke des Flurs. Lauren geht schnellen Schrittes an ihm vorbei, doch obwohl sie diejenige war, die eben Witze über ihn gerissen hat, würdigt er sie keines Blickes. Ich stattdessen müsste unter seinem Killerblick schon zu modern anfangen.

»Was gibt es denn, Miss Hill?«, fragt er in eben dem überheblichen Tonfall, mit dem er damals immer die Aushilfen in irgendwelchen Bars bedacht hat. Nur zu gut erinnere ich mich daran, wie sehr ich mich oftmals geschämt habe, mit einem derart arroganten Schnösel zusammen zu sein, der lediglich das Glück hatte, in eine Familie mit Geld hineingeboren zu sein.

Ich warte, bis zwei sich nähernde Kolleginnen an uns vorbeigegangen sind, und antworte ihm dann: »Was unsere Zusammenarbeit angeht … Ich hoffe, dass wir beide professionell genug sind, unsere private Vergangenheit außen vor zu lassen und stattdessen die Firma in den Fokus stellen.« Na bitte, also wenn sich das nicht kompetent angehört hat, dann weiß ich auch nicht.

Ethans Augenbrauen zucken kurz, was mir sagt, dass er nicht ganz mit mir übereinzustimmen scheint, und ich sehe ihn geduldig an. Auch er wartet ab, dass eine weitere Kollegin an uns vorübergegangen ist, und beugt sich dann zu mir herunter: »Nur zum Verständnis, dass diese ungelernte Kraft über Privates meinerseits unterrichtet ist, gehört laut deiner Auffassung zu professionell?«

Sieh mal einer an, plötzlich duzen wir uns wieder.

»Es sollte dir seinerzeit nicht entgangen sein, dass Lauren meine Freundin ist, mit der ich natürlich auch über private Dinge spreche. Darüber hinaus weißt du sehr wohl, dass sie auch ohne Grafikerausbildung eine der besten ist.«

»Dennoch empfinde ich es nicht als förderlich, dass eine meiner Angestellten weiß, wie ausgeprägt mein Testosteronspiegel ist.«

»Dein Testosteronspiegel?«, echoe ich verdutzt und er lacht selbstverliebt auf.

»Selbstredend, dass dir das nichts sagt. Dem warst du ja auch nicht gewachsen. Wie so vielem anderen.« Ethan sieht demonstrativ auf seine Armbanduhr und dann wieder zu mir. »War es das? Ich habe noch ein Meeting.« Er zupft sich den Jackettärmel über die Uhr, dreht auf dem Absatz um und setzt sich in Bewegung. Ich stehe unterdessen sprachlos da und starre ihm hinterher.

Die zwei wohlbekannten Seiten in mir streiten sich. Zum einen die meist unterlegene, die mir sagt, ich solle die aufkommende Wut herunterschlucken und ihn ziehen lassen. Doch dann ist da noch die im Allgemeinen überwiegende emotionale Seite und die sagt mir gerade ganz deutlich: Tritt ihm in seinen wabbeligen Hängearsch.

»Vielleicht warst ja auch du mir nicht gewachsen«, rufe ich ihm hinterher und denke erst jetzt daran, mich zu versichern, dass niemand Weiteres im Flur ist und mich hören kann. Als ich wieder zu Ethan sehe, hat er sich zu mir herumgedreht. »Anders lässt es sich wohl kaum erklären, dass ich deinen Mikroben-Penis nie spüren konnte.« Ich recke das Kinn vor, schiebe die Bügel meiner Tasche energisch über die Schulter und stolziere an ihm vorbei. Leider kann ich seinen konsternierten Ausdruck nur aus dem Augenwinkel genießen, weil ich sonst meinen Auftritt versauen würde, aber es reicht mir auch so.

Das erhabene Gefühl von Macht hält jedoch nur an, bis ich das Büro betrete und Lauren mit einem »Und? Hast du mit ihm geredet?« auf mich zugelaufen kommt.

»Ähm ja, habe ich.« Irgendwie zumindest, führe ich den Satz in Gedanken zu Ende.

»Tut mir leid, was mir da vorhin herausgerutscht ist. Das war total …«

»Ja, das war es«, unterbreche ich sie, lege meine Handtasche auf dem Schreibtisch ab und lasse mich in den Bürostuhl sacken, was den Bund des Rockes fies in meinen Bauch schneiden lässt.

»Meinst du, die Situation wird sich nach eurem Gespräch etwas entspannen?«, fragt sie hoffnungsvoll weiter.

Ich presse die Lippen aufeinander und reibe mir mit den Fingern über die in Falten gelegte Stirn.

»Payton?« Der schrille Klang ihrer Stimme zeigt deutlich, dass sie etwas ahnt.

»Er hat mich beleidigt. Uns beide, wenn man es genau nimmt.« Aufgebracht springe ich empor und tigere vor dem Schreibtisch auf und ab. »Soll ich mir etwa alles gefallen lassen, nur weil er mein Boss ist? Okay …« Ich atme tief durch, um wieder runterzukommen. »Ich gebe zu, die bisherigen Zusammenkünfte sind nicht ideal verlaufen, aber ich dachte, dass wir es professionell angehen können. Wenn wir denn alle das Gleiche wollen.« Ich sehe Lauren eindringlich an und sie nickt leicht.

»Soll ich raten, ob du seine Beleidigung klugerweise einfach hingenommen hast, oder lieber nicht?«

Ich setze mich wieder in den Stuhl, dieses Mal etwas langsamer, um dem Reißverschluss des Rockes nicht noch mehr aufzubürden, und lächle sie an. Hoffentlich sieht es nicht ganz so gezwungen aus, wie es sich anfühlt. »Ich denke, lieber nicht.«

10

Was für ein wunderbares Gefühl, endlich wieder durchatmen zu können, ohne Angst zu haben, dass sämtliche Knöpfe oder der Reißverschluss des Rocks wie feindliche Geschosse durch die Luft jagen.

In meiner übergroßen Jogginghose lasse ich mich erschöpft auf die Couch fallen und lege den Unterarm über die Augen. Dieser Tag war ein Martyrium. Ich weiß, irgendwas Ähnliches sagte ich schon öfter, aber da wusste ich auch noch nicht, dass es für alles eine Steigerung geben kann.

Mama von den *Spice Girls* dröhnt aus dem iPhone und ich nehme den Arm vom Gesicht, um zu beobachten, wie es sich vibrierend über den Wohnzimmertisch bewegt. Das Gespräch nach diesem Höllentag annehmen oder ignorieren, das ist hier die Frage. Bei Ersterem könnte ich es schnell bereuen, bei Letzterem wird sie immer wieder anrufen, bis ich irgendwann genervt doch rangehe. Als könnte ich damit irgendwas besser machen, seufze ich laut, setzte mich auf und tippe auf den grünen Hörer, der auf dem Display leuchtet.

»Hey, Mom.«

»Hast du kurz Zeit? Ich habe gerade zu deinem Vater gesagt, dass du bestimmt noch arbeiten bist«, plappert sie los. Im Hintergrund ist ein Rascheln zu hören, vermutlich Dad, der auf seinem Sessel sitzt und sich die Tageszeitung zurechtlegt. »Ich habe heute Mary getroffen und die hat erzählt, dass sie von Ann gehört hat, dass Ethan seit Kurzem bei dir arbeitet. Stimmt das?«

Augenrollend lasse ich mich wieder auf den Rücken sinken. Ich habe nicht den leisesten Schimmer, wer Mary oder Ann sein soll, aber sehr wohl, worauf das hier hinauslaufen wird. »Warum bekommt ihr überhaupt die Zeitung, wenn ihr doch auch ohne immer auf dem neuesten Stand seid?«, erwidere ich, ohne auf ihre eigentliche Frage einzugehen.

»Also stimmt es, Ethan ist bei Carters?«, fragt sie erneut und sinniert direkt weiter, ohne auf eine Antwort zu warten. »Aber was macht er mit seinen

Kompetenzen denn dort? Ist er da nicht überqualifiziert?«

»Soll das heißen, für deine ungebildete Tochter reicht der Laden, aber für jemanden von Ethans Kaliber nicht?«

»Ach was, du weißt doch, wie ich das meine«, lacht sie und ich kann mir bildlich vorstellen, wie sie eine wegwerfende Handbewegung macht, um ihre Worte zu untermauern.

Mom ist, was das angeht, noch nicht ganz im einundzwanzigsten Jahrhundert angekommen, und ich glaube, das möchte sie auch gar nicht. Sie und Dad haben sich kennengelernt, als er noch Medizinstudent war und Mom ist dann recht schnell mit mir schwanger geworden. Sie hätte auch später noch studieren können, ihre schulischen Leistungen waren außerordentlich, aber sie wollte schlichtweg nur Mutter sein. Heute arbeitet sie stundenweise an der Rezeption von Dads Hausarztpraxis und ist vollkommen zufrieden damit, dass sie in Belington als Frau Doktor angesprochen wird.

»Payton, hörst du mir überhaupt zu?«, unterbricht sie meine Gedanken und ich räuspere mich, um zu antworten.

»Kannst du das Letzte noch mal wiederholen?«

»Ich sagte, dass ich es absolut nicht verstehen

kann, wie man eine derart gute Partie einfach ziehen lassen kann.«

Na bitte und schon sind wir an dem Punkt, auf den ich seit der Erwähnung von Ethans Namen gewartet habe. »Mom, rufst du deswegen an?«

»Nein, ich wollte es nur beiläufig ansprechen, wenn ich dich gerade an der Strippe habe. Im Grunde rufe ich dich an, um dir zu sagen, dass das diesjährige Familienessen zu Thanksgiving bei uns stattfindet.«

»Das ist noch über fünf Wochen hin«, gebe ich zurück und werde sogleich von ihr unterbrochen.

»Die letzten Jahre war es dir angeblich immer zu spontan, obwohl Thanksgiving in etwa so plötzlich kommt wie Weihnachten. Wenn das Essen bei uns ist, wirst du anwesend sein. Das ist keine Bitte, Payton.«

Ich verdrehe ein weiteres Mal die Augen und ärgere mich, dass ich die verdammten Spice Girls nicht einfach habe weiterträllern lassen.

»Abby und Brian kommen auch«, erklärt sie noch dazu, als ob mich das davon überzeugen könnte, nun unbedingt auch dabei sein zu wollen. Abby ist meine zwei Jahre jüngere Schwester und im Gegensatz zu mir hat sie mit ihren achtundzwanzig schon einen akzeptablen Mann geheiratet

– Brian, fünfunddreißig, genannt Bärchen. Und Bärchen ist zur Freude meiner Mutter nicht nur ein erfolgreicher Anwalt, nein, er hat es sogar irgendwie geschafft, meine Schwester zu schwängern. In gut drei Monaten wird es ein kleines Jeans vollkackendes Monster mehr in der Familie geben. Ich mag Abby, wirklich, aber seit sie Nachwuchs erwartet, dreht sich alles nur noch um Wasser in den Knöcheln, Harndrang und empfindliche Nippel.

»Payton, hörst du?«

»Ja, Mom. Ich schreibe es mir auf.«

»Sogar Onkel Harry wird kommen, den magst du doch.«

»Äh. Ich mochte nicht ihn, sondern das Meerschweinchen, das er mir geschenkt hat. Ganz davon abgesehen, war ich da wie alt? Zehn?«, erwidere ich ungläubig.

»Vielleicht, da du nun wieder mehr Kontakt zu Ethan haben wirst …«

»Denk nicht mal dran«, unterbreche ich sie schroff und bekomme sie ausnahmsweise für wenige Sekunden zum Schweigen, bevor sie von Thrombosestrümpfen anfängt, die sie für Abby besorgt hat. Zwanzig quälend lange Minuten später legt sie endlich auf und ich frage mich, was genau ich verbrochen habe, dass mein Schicksal mich die letzten Tage dermaßen prüft. Das vom Telefonieren ganz warme Smartphone noch in der Hand, öffne ich die Loveship-App und scrolle durch die Nachrichten. Bis auf *Be a Romantic*, oder besser gesagt Carl – Crazy Carl – hat sich niemand gemeldet. Er schreibt: *Dein Profilbild verschlägt mir beinahe den Atem* und ein küssendes Emoji.

Hmm, schickt man jemandem Küsschen, nur weil man drei oder vier Nachrichten ausgetauscht hat? Vermutlich bin ich einfach wieder viel zu genau und weil ich nicht weiß, ob und was ich darauf entgegnen soll, öffne ich die Mitteilung von Hunter, die ich schon heute Morgen gelesen habe.

Ich, Freitag 20:04 Uhr
Dein penetranter Kumpel kennt nicht zufällig meine penetrante Freundin?

Danach sehe ich mir das Profil ausführlicher an. Auf dem Foto ist jedoch nur ein Oberkörper im Anzug zu sehen, ohne Gesicht und der Hinweis, dass er nur einen Block von mir entfernt wohnt. Gerade als ich das Smartphone ausmachen will, kommt eine neue Nachricht von ihm rein.

Hunter, Freitag 20:11 Uhr
Haben wir nicht alle diesen einen Freund beziehungsweise Freundin?

Grinsend antworte ich sofort, auch wenn das vollkommen gegen die Verhaltensregeln von Steve Edwards verstößt.

Ich, Freitag 20:13 Uhr
Gemäß aktuellen Loveship-Regeln sollte deine zweite Nachricht lauten: Was sucht jemand wie du bei Loveship?

Hunter, Freitag 20:16 Uhr
Also Snow White, was sucht jemand wie du bei Loveship?

Snow White, Freitag 20:18 Uhr
Keinen Sex.

Hunter, Freitag 20:21 Uhr
Oh, mal was ganz anderes, eine kleine Rebellin. Was willst du dann?

Snow White, Freitag 20:26 Uhr
Nach exakt sieben Tagen kann ich sagen: Ich suche

weder tiefsinnige Gespräche noch meine große Liebe. Man muss einsehen, wann es chancenlos ist. Und du?

Hunter, Freitag 20:31 Uhr
Jetzt hast du mir alle Hoffnung genommen. Mein Kumpel hat mir versprochen, genau das hier zu finden. Und eine Antwort habe ich jetzt immer noch nicht.

Ich muss grinsen, weil er doch tatsächlich der erste Mann ist, der Fragen stellt und es bemerkt, wenn er keine Antwort bekommt. Alle anderen wollten bisher nur schnell zum Ziel und das besteht meiner Empfindung nach in sechsundneunzig Prozent der Fälle aus Sex.

Snow White, Freitag 20:37 Uhr
Meine besagte Freundin ist der Meinung, ich brauche einen Mann. Offensichtlich hatte sie die Auswahl dieser Plattform betreffend – die ich bestenfalls als mangelhaft benoten würde – aber kein allzu großes Hintergrundwissen.

Hunter, Freitag 20:41 Uhr
Nichts liegt mir ferner, dir schmeicheln zu wollen,

aber sofern du wirklich die Dame auf deinem Profilbild bist, sollte das doch auch auf reale Weise machbar sein, oder?

Snow White, Freitag 20:46 Uhr

Nichts liegt mir ferner, als mich geschmeichelt zu fühlen, aber tatsächlich bin ich eben diese Dame. Soll ich deiner Aussage entnehmen, dass du optisch derart benachteiligt worden bist, dass dein Kumpel versucht, dich hier an eine Frau dritter Wahl zu bringen? Kein Problem, dann wärst du erst recht der perfekte Kandidat für einen Buddy zum Lästern.

Die Minuten vergehen und es passiert nichts. Hmm, hab ich was geschrieben, das er falsch aufgenommen haben könnte? Oder womöglich ist er furchtbar entstellt von einem Unfall und ich habe ihn mit meiner ursprünglich spaßigen Äußerung verletzt. Nervös kaue ich auf der Unterlippe und überlege, ob ich schnell noch eine entschärfende Nachricht hinterhersende. Aber was würde Steve Edwards dazu sagen? Der würde schon mit der Zunge schnalzen, dass ich überhaupt so emsig mit diesem Hunter schreibe. Seinem Rat nach muss *Mann* sich zweimal melden, bis *Frau* sich geradezu herablässt zu antworten. Aber die im Ratgeber beschriebenen Frauen sind bestimmt auch noch keine dreißig.

Der Loveship-Nachrichtenton lässt mein Herz schneller schlagen, aber sie ist von jemand anderem – Jayden. Hab ich diesen Typen wirklich ausgesucht? Ich halte das Smartphone bis auf wenige Zentimeter vor mein Gesicht und kneife die Augen zusammen. Ist der Bart von dem Typen mit seinem Brusthaar verwachsen? Wo ist da ein Hals? Ich muss hinzufügen, dass ich dazu neige, neben dem Fernsehen mit der App zu spielen. Gut möglich also, dass ich diesen komischen Vogel hier aus Versehen angewählt habe.

Jayden, Freitag 21:07 Uhr
Hallo Snow White, ich will von vornherein ehrlich sein, ich suche keine Beziehung und auch keinen Sex. Ich suche lediglich eine Frau, die mir beim Masturbieren zusieht. Wenn du dabei nackt sein möchtest, gerne, aber das ist keine Voraussetzung. Was meinst du? Liebe Grüße Jayden.

Stirnrunzelnd starre ich auf die Nachricht und lache trocken auf. Das meint der doch nicht ernst, oder? Das ist ein Witz. Der Nachrichtenton ertönt erneut und wieder schlägt mein Herz schneller. Dieses Mal jedoch nicht aus Vorfreude, sondern aus Angst, Masturbator-Jayden könnte noch weitere tolle Vorschläge haben. Aber es ist Hunter und mein Mund verzieht sich unwillentlich zu einem Lächeln.

Hunter, Freitag 21:09 Uhr
Es hat mich zu meiner eigenen Überraschung gefreut, dich kennenzulernen, und Buddy zum Lästern hört sich nach einem guten Plan an. Ich muss leider los, also hoffentlich bis bald.

Mein Lächeln erstirbt und ich werfe das Smartphone neben mich auf die Couch. Stattdessen nehme ich die Schale mit den Chips an mich. Endlich mal einer, der nicht total minderbemittelt zu sein scheint und der würgt mich gleich ab. Steve Edwards rennt in Form eines kleinen Männchens durch meinen Schädel und tadelt mich, weil ich bei jeder Nachricht sofort geantwortet habe. Missmutig grapsche ich mit einer Hand nach den Chips und stopfe sie mir undamenhaft in den Mund, gleichzeitig zappe ich mit der anderen unschlüssig durch das Fernsehprogramm. Freitagabend und ich hocke in Schlabbershirt und verwaschenem Baumwollslip auf der Couch, obwohl draußen das Nachtleben tobt. Kein Wunder, dass ich keinen finde. Hier wird der Richtige bestimmt nicht plötzlich aus dem Fußboden wachsen. Höchstwahrscheinlich zieht Hunter jetzt durch die Bars und reißt sich eine auf, dann braucht er Loveship auch nicht mehr und ich bin wieder nur von Idioten umgeben. Abermals geht eine Nachricht ein und ich ärgere mich, dass ich doch tatsächlich hoffe, dass er es ist. Ich nehme das Smartphone in die fettigen Finger und muss mehrmals über das Display wischen, weil es meinen Fingerdruck durch das Geschmiere nicht erkennt.

Jayden, Freitag 21:24 Uhr
Dank moderner Technik könnten wir es auch über Skype machen und müssten uns nicht mal treffen. Und falls doch, hast du medizinische Erfahrung und könntest mir einen Katheter legen? Liebe Grüße Jayden.

Kathet… was? Alle miteinander geistesgestört, die Menschheit ist verloren. Ich zwinkere dreimal, viermal, bevor ich unseren wie auch immer zustande gekommenen Hit löse und das Smartphone abstelle.

11

FRAGE DES TAGES: WIE TRINKST DU DEINEN KAFFEE?

Auf einer Skala von eins bis zehn der bescheidensten Tage überhaupt, wobei zehn für das Beste steht, ist der heutige bei minus fünfzig. Ethan dreht zur Höchstform auf, wenn es darum geht, mich zu schikanieren. Habe ich nie mitbekommen, was für ein arroganter Scheißkerl das ist, oder ist er erst nach unserer Zeit so geworden?

Mit einer vollen Einkaufstüte in der einen, meiner Handtasche plus Haustürschlüssel in der anderen Hand, schiebe ich mich durch den Türspalt und hämmere mit meinem rechten Ellenbogen auf die Wand ein. Wo ist denn der verdammte Lichtschalter? Aha, na bitte. Die schwere Papiertüte stelle ich gleich rechts auf der Küchenarbeitsplatte ab, lege die Handtasche daneben und schleudere die High Heels von meinen Füßen. Wer auch immer solche Schuhe erfunden hat, muss ein sadistischer Kunstschaffender gewesen sein. Oder aber es war eine masochistisch veranlagte Frau. Ich fische mir die Seifenflasche, die obenauf in der Tüte liegt, und lese mir das Etikett durch. Demnach hat Cleopatra höchstpersönlich in solchen Mischungen gebadet, ja? Na dann mal los. Ich suche noch schnell mein iPhone aus der Handtasche, schenke mir ein Glas Rotwein ein und gehe damit ins Bad, das direkt an die Küche angrenzt. Genau genommen ist in meiner Wohnung alles an die Küche angrenzend. Wohnzimmer und Küche bilden einen Raum und die beiden Türen, die davon abgehen, sind das erwähnte Bad und ein Schlafzimmer. Nichts Besonderes und inzwischen wäre finanziell auch etwas Größeres machbar, aber ich sehe das ganz praktisch. Viele Räume wollen auch sauber gehalten werden und dazu habe ich weder Zeit noch Lust.

Ich deponiere Smartphone und Weinglas auf der Fensterbank über der Badewanne, stelle das Badewasser an und gebe etwas von dem Cleopatra-Öl hinzu. Warum schäumt das nicht? Skeptisch sehe ich auf die Flasche in meiner Hand, die nebenbei bemerkt sauteuer war. Wenn ich danach nicht eins zu eins wie die Olle auf dem Etikett aussehe, verklag ich den Laden. Viel hilft viel, also schütte ich den gesamten Inhalt ins Wasser und spüle das Fläschchen anschließen noch mit dem Wasserstrahl aus. Schaum hab ich jetzt aber immer noch nicht. Als die Wanne voll ist, streife ich eilig die Kleidung ab und steige mit einem Bein voran hineeeein. Ein pochender Schmerz zieht von meinem Schienbein in den Oberschenkel und treibt mir augenblicklich Tränen in die Augen. Au, verdammt, tut das weh! Reflexartig greife ich an mein lädiertes Schienbein, das sich mit dem Rand der Wanne gemessen hat. Scheiß Badezeug, nicht schäumen, aber dermaßen glitschig, dass man sich beim Reinsteigen das Genick bricht. Durch den Tränenschleier hindurch erkenne ich, dass sich das Badewasser rötlich verfärbt, und sehe schnell zu meinem Bein, das zwar hämmert wie verrückt, aber ansonsten ganz normal aussieht. Ein Kontrollblick in Richtung Fensterbank erklärt dann alles. Na gut, ich mag Wein sowieso nicht, aber soll ich mich da jetzt reinsetzen? Ich blinzle die letzten Tränen weg, reibe noch einmal über mein Bein und fische das leere Weinglas aus dem Wasser. Widerlich glitschig, vielleicht habe ich es doch etwas übertrieben. Dieses Mal halte ich mich am Badewannenrand fest, um hineinzusteigen. Nützt nichts, die Option, das teure Zeug ungenutzt den Abfluss herunterzujagen, fällt weg und ein bisschen Rotwein schadet der Haut gewiss auch nicht. Sind doch Trauben drin, rein pflanzlich also. Oh ja, das tut gut, wenigstens riecht Cleopatra erstklassig, aber die Stelle an meinem Bein pocht fies, als ich mich in die Wärme lege. Sagte ich vorhin, die Skala des Tages läge bei minus fünfzig? Dann korrigiere ich, sie liegt bei minus achtzig.

Ich schließe kurz die Augen und greife dann nach meinem Smartphone. Nicht auszudenken, wenn ich das, statt des Weins, mit meinem wilden Rumgefuchtel ins Wasser geworfen hätte. Automatisch öffne ich die Loveship-App und sehe, dass ich heute fünf weitere Nachrichten bekommen habe – läuft doch.

»Ha«, quieke ich auf und lasse vor Freude doch fast das Telefon ins Wasser rutschen. Alles ein bisschen sehr schlüpfrig, nicht nur die Wanne und das Glas, nein, auch ich. Wie dem auch sei, *The Boss* und ich haben einen Hit. Das Armanimodel vom ersten Tag, als Lauren mich angemeldet hat. Wenn ich mich recht erinnere, nannte sie ihn *Mister Hot und Sexy*, und wenn die Fotos stimmen, dann ist das eine Untertreibung von beachtlichem Ausmaß.

Als könnte ich ihn damit animieren, starre ich wie gebannt auf das Display und versuche, eine Mitteilung von ihm heraufzubeschwören. Nun schreib schon, du Sahneschnitte. Na gut, er ist schüchtern, dann sehe ich mir zuerst die anderen Nachrichten an.

Kevin, Montag 15:08 Uhr
Klopf, klopf.

Äh … Zumindest ist es was anderes als *Hallo* oder *Na*, aber richtig einfallsreich ist es trotzdem nicht. Also nächste Nachricht:

Billy, Montag 14:59 Uhr
Hey Snow White, um das direkt abzukürzen, ich suche nur jemanden für unverbindlichen Sex. Ist das okay für dich? Würde mich freuen, von dir zu hören.

Stirnrunzelnd überfliege ich die Zeilen noch einmal, habe mich aber definitiv nicht verguckt. Soll ich jetzt gut finden, dass er zumindest ehrlich ist? Auf zu Nummer drei:

William, Freitag, 11:46 Uhr

Hallo Snow White, ich freu mich über den Hit und würde mich freuen, von dir zu hören. William

Sollte ich tatsächlich noch ein weiteres normales Wesen im Loveship-Restmüll gefunden haben?

Die letzte Meldung habe ich mir sozusagen als Nachtisch aufgehoben, sie ist von Hunter. Lächelnd lese ich seine Frage des Tages, von denen ich auch schon am Wochenende zwei bekommen habe. Mittendrin beginnt das Smartphone in meiner Hand zu vibrieren und eine Nachricht ploppt auf.

The Boss, Montag 21:03 Uhr
Kannst du mir bitte die Nummer von dem Model auf deinem Profilbild geben, das kann nur ein Fake sein.

Ich glaubs nicht, Mister Hot und Sexy und die Nachricht ist … dermaßen schlecht, dass ich sie irgendwie durchgehen lassen könnte. Schulterzuckend tippe ich meine Antwort.

Ich, Montag 21:06 Uhr
Kenn ich leider nicht. Hab ich auf einer Seite für lizenzfreie Fotos gekauft.

The Boss, Freitag 21:08 Uhr
Wirklich? Ich meins auch. Was sucht jemand wie du hier bei Loveship?

Bravo, Loveships Frage Nummer eins, dennoch entlockt er mir mit der Reaktion ein kleines Lächeln. Auch wenn ich fürchte, dass er sein Bild wahrhaftig irgendwo gekauft hat. Ich schüttle den Gedanken ab und antworte ihm, als eine weitere Nachricht von William – dem normalen – eingeht.

William, Montag 21:16 Uhr
Hallo Snow White, ich freu mich über den Hit und würde mich freuen, von dir zu hören. William

Warum schickt der mir zweimal dieselbe Nachricht? Wahrscheinlich kommt er mit der Masse an Mitteilungen, die er verschickt, durcheinander und alle bekommen die gleiche. Zumindest denkt er daran, die Namen oben auszutauschen.

The Boss, Freitag 21:19 Uhr
Ich verspreche mir nicht zu viel, aber wer weiß, vielleicht ist die Richtige dann doch irgendwann dabei. Ich bin übrigens Ian und du?

Ian … das gefällt mir.

Als ich mich eine Stunde später lächelnd von Ian verabschiede, ist das Rotwein-Cleopatra-Bad schon kalt und die Haut an meinen Füßen ziemlich runzlig. Hoffentlich bleibt die nicht auf ewig so. Ich tippe eine Antwort an Hunter, berichte ihm von den heutigen Loveship-Versagern und wünsche ihm eine gute Nacht. Bevor ich aus der Wanne steige, schreibe ich noch ein *Wer ist da?* auf die originelle *Klopf klopf*-Nachricht zurück und lösche den scheinbar *normalen* William. Der schreit mir doch etwas zu sehr nach Massenakquise.

12

FRAGE DES TAGES: WAS IST DEINE GRÖSSTE FANTASIE?

Notiz an mich selbst, wie blöd bin ich eigentlich? Die letzten beiden Abende habe ich wie ein verliebtes Schulmädchen gackernd auf der Couch gesessen und habe die gesamte Zeit über mit Hunter gechattet. Inzwischen weiß ich, dass er beruflich irgendwas mit Immobilien macht, sodass wir durch meine Arbeit bei *Carter-Immobilien* gleich ein gemeinsames Thema hatten. Er drückt sich unglaublich gewählt aus, ist intelligent und das Allerbeste, er hat einen extrem trockenen Humor gepaart mit einer Prise Sarkasmus. Obwohl es wohl eher schon als Zynismus bezeichnet werden kann. Ich weiß nicht, wann ich das letzte Mal dermaßen viel gelacht habe und das, ohne auch nur ein gesprochenes Wort, geschweige denn eine Gestik dafür bekommen zu haben. Rein sein Geschriebenes reichte aus, um mir dieses Hochgefühl zu geben. Das ist aber gar nicht der Grund meiner Blödheit, nein. Eher dass er mir heute noch keine *Frage des Tages* geschickt hat und ich minütlich auf mein Smartphone sehe, ob nicht doch endlich etwas von ihm eingegangen ist. Erneut drücke ich den Homebutton – nichts – und meine Stimmung sinkt mit jedem weiteren Versuch mehr.

Lynn klopft an die Tür und betritt mein Büro. »Ich hab das Verkaufsexposé für das Hotel fertig. Hast du Zeit, es dir kurz anzusehen?« Ohne eine Antwort abzuwarten, setzt sie sich in den Besucherstuhl und ich öffne ihren Ordner auf meinem Computer. »Und, wie läuft es bei Loveship?«

Ertappt sehe ich zu ihr auf. Merkt man etwa, dass ich wie eine verzweifelte Jungfer auf Nachricht warte? Aber Lynn begutachtet ihre Fingernägel und es macht den Eindruck, dass sie nur nebenbei fragt. Obwohl … sie ist schon länger dabei als ich und kennt sich vielleicht aus.

»Hast du da schon mal jemanden kennengelernt, der dich wirklich ernsthaft interessiert hat?«, frage ich möglichst beiläufig und sehe mir oberflächlich die Grafik an.

»Am Anfang schon.« Sie sieht zu mir auf und zuckt mit den Achseln. »Aber dann hab ich schnell mitbekommen, wie die Kerle da ticken, und seitdem halte ich mich mit Hoffnungen zurück.«

In meinem Bauch kribbelt es unangenehm. »Wie die Kerle da ticken?«

»Ja, das ist für die doch wie ein großer Fischteich in dem jeden Tag was anbeißt. Warum sollen die sich also festlegen?«

Ich runzle die Stirn und auch wenn ich denke zu wissen, was sie meint, kann ich einfach nicht glauben, dass Hunter so einer ist. Andererseits denken das vermutlich alle dämlichen Weiber, wenn sie meinen, den einzigen Lachs im Fischteich gefangen zu haben. Und irgendwie fahren wir ja auch die Buddy-Schiene, die ihm offenbar – was noch schlimmer ist – auch vollkommen ausreicht.

»Du musst dir das wie einen riesengroßen Handtaschenladen vorstellen«, spricht Lynn weiter. »Du rennst da durch und kannst alle haben, die du möchtest. Trag sie einmal und morgen nimmst du einfach eine andere Tasche.«

»Ich glaube, ich kann dir nicht folgen«, unterbreche ich sie.

Sie hält ihre Hand in die Höhe und bringt mich damit zum Schweigen. »Ich bin auch noch nicht fertig. Hast du die Vorstellung im Kopf? Egal, welche Handtasche, du bist in der Lage, sie alle zu haben.«

Ich hab noch immer keinen Schimmer, wie wir auf das Thema kommen konnten, aber ich nicke.

»Und nun stell dir vor, das gibt es plötzlich nicht mehr, du darfst dir nur eine Einzige aussuchen und alle anderen sind ab sofort für dich tabu.« Sie agiert, als hätte sie etwas unheimlich Logisches erkannt. »Genauso ist es mit den Männern im Internet, ob nun Loveship oder irgendwo anders. Sie können alle Frauen haben, warum sollen sie sich dann auf eine einzige festlegen?«

Ich starre sie an und zur Hölle, sie hat verdammt noch mal recht. Es war noch nie dermaßen einfach. »Aber ich bin eine hammergeile *Birkin Bag* von *Hermès,* die sich nur die wenigsten leisten können«, stelle ich unerschütterlich fest und mache die Datei mit dem Flyer wieder zu, da ich ohnehin nicht richtig hinsehe.

»Das mag sein, aber da draußen gibt es allerhand Birkin Bags, das kannst du mir glauben.« Sie rümpft die Nase und nickt klugscheißerisch.

Verstohlen sehe ich zum Smartphone hinüber und wieder zu Lynn, die meinem Blick gefolgt ist.

»Sag nicht, du hast jemanden kennengelernt?«

Seufzend lehne ich mich im Stuhl zurück. »Das

dachte ich zumindest, aber möglicherweise ist er gerade im Handtaschengeschäft unterwegs und sieht sich nach einer anderen um. Einer Second-hand-Tasche.«

Lynn lacht auf und schüttelt den Kopf. »Neues Szenario. Stell dir vor, du willst unbedingt diese eine bestimmte Handtasche haben, kannst sie dir aber nicht sofort leisten. Nein, du musst auf sie hin sparen und dann irgendwann nach langen Entbehrungen gehört sie dir. Ist das dann nicht deine allerliebste, für die du alle anderen im Schrank verrotten lässt?«

»Du verwirrst mich«, lache ich auf und sie schüttelt tadelnd den Kopf, als wäre ich hier das Kommunikationsproblem.

»Du musst halt zu dieser besonderen Tasche werden. Einer, die es nicht sofort gibt und die *Mann* sich erst verdienen muss. Und dann wird er überhaupt kein Interesse mehr an all den anderen haben.« Sie steht auf und schiebt den Besucherstuhl wieder unter den Schreibtisch.

»Okay, und wie genau stelle ich das an?«, frage ich, als sie sich schon zum Gehen weggedreht hat und noch einmal über die Schulter zu mir heruntersieht.

»Ich habe keinen blassen Schimmer. Aber erklär es mir, wenn du es herausgefunden hast.«

Zeitgleich läuft Lauren an der offen stehenden Bürotür vorbei und ich springe eilig auf. »Lauren, warte mal!« Ich laufe zu ihr hinüber und vergewissere mich, dass uns keiner hören kann. »Ich gehe nachher zu Harper hoch und spreche ihn auf das dämliche Kommunikationstraining nächste Woche an.«

»Ich weiß nicht, ob das heute eine gute Idee ist.« Lauren verzieht den Mund und füttert den Drucker mit Papier. »Ich war vorhin kurz oben und irgendetwas ist da im Busch. Ethan sah ganz schön fertig aus und vor zehn Minuten ist eine Riege dunkler Anzüge nach oben gefahren.«

»Eine Riege schwarzer Anzüge?«, wiederhole ich sie und runzle die Stirn. »Ist mir egal und wenn die Mafia persönlich da einmarschiert, das mit dem Training ist doch die reinste Schikane.«

»Lass es uns auf morgen verschieben.«

Ich rolle mit den Augen und gehe wieder in mein Büro. Das ist typisch Lauren, zuerst macht sie einen verrückt, in den Krieg zu ziehen, und wenn der Feind dann einmal traurig dreinschaut, wedelt sie mit der weißen Fahne. Da fällt mir ein, ich hab bestimmt schon seit fünfzehn Minuten nicht auf mein iPhone gesehen und ich werde es auch jetzt nicht tun. Oder doch? Nein, ich bleibe hart.

Motiviert öffne ich Lynns Datei und will mir den Flyer ansehen. Nebenbei linse ich verstohlen zum dunklen Display des Smartphones hinüber. Nein, Payton, du überprüfst nicht, ob er geschrieben hat. Denk dran, der Drecksack ist gerade zwischen anderen Taschenregalen unterwegs. Entschlossen nicke ich und sehe wieder auf den Computerbildschirm. Aber es kribbelt ganz schön in den Fingern, eigentlich überall. Das hat beinahe etwas von einem kleinen Entzug, wenn der ganze Körper wie eine Sehne gespannt ist und nur die Sicht aufs Smartphone für Entspannung sorgen kann. Ach egal, werfe ich halt einen Blick drauf.

Ich spüre förmlich, wie meine Schultern heruntersacken und die bis eben noch da gewesenen Endorphine sich ins Gegenteil verwandeln. Warum meldet er sich nicht? Wiederholt gehe ich in Gedanken unsere letzten Nachrichten durch und überlege, ob ich vielleicht etwas geschrieben habe, das ihn gekränkt oder abgestoßen haben könnte. Mir fällt nur einfach nichts ein. Das Miniaturmännchen Steve Edwards joggt erneut durch meinen Kopf und tippt hysterisch mit dem Zeigefinger gegen seine Stirn. Laut dessen

Ratgeber habe ich so ziemlich alles falsch gemacht, was Frau nur falsch machen kann. Ich soll doch nicht immer gleich zurückschreiben, sondern dem Mann das Gefühl geben, dass ich viel zu beschäftigt bin, um sofort auf seine Nachrichten zu antworten. Wo wir wieder bei den Handtaschen wären. Die Tasche, auf die ich jahrelang hinsparen muss, will ich natürlich viel lieber als die, die ich im Sonderangebot hinterhergeschmissen bekomme. Scheiße!

Andererseits, wenn es doch so gut passt. Warum sollte ich dann solche Spielchen spielen und mich nicht zurückmelden, obwohl eine Kommunikation doch nur auf die Art funktioniert? Und wenn ich der Mann wäre und die Auserwählte meldet sich nur alle paar Stunden zurück, weil sie übertrieben beschäftigt ist. Da kann *Mann* die Lust an der Annäherung aber auch schnell vergehen, oder? Ich würde mir dann eine andere, billigere Handtasche für zwischendurch besorgen, wenn die, die ich eigentlich will, zurzeit nicht lieferbar ist.

Junge, ist das schwierig.

Energischer als nötig springe ich auf und marschiere durch das Großraumbüro und den Flur direkt auf das Treppenhaus zu, um nach oben zu gehen. Eindeutig die perfekte Stimmung, um dem alten Harper zu sagen, dass ich mir Ethans Schikane nicht weiter bieten lasse.

Oben angekommen, will ich schnurstracks zu den hinteren Räumen durchgehen und werde von der Rezeptionistin zurückgerufen.

»Miss Hill, wo möchten Sie denn hin?«

»Ich möchte zu Mister Harper«, deute ich in die Richtung seines Büros und gehe einfach weiter.

»Mister Harper ist in einer Besprechung. Ich weiß nicht, wie lange es noch dauern wird«, flüstert sie mir zu und deutet nickend zu ihrer rechten Seite, in der sich der gläserne Konferenzraum befindet. Na ganz toll, da ist man einmal im Begriff, energisch den Mund aufzumachen, und dann so was. Im Augenwinkel sehe ich, dass der Konferenztisch voll besetzt ist, lasse die Schultern sacken und gehe unverrichteter Dinge wieder nach unten.

Die Stunden bis zum Feierabend ziehen sich wie Gummi und natürlich bekomme ich auch keine Nachricht von Hunter. Dafür meldet sich Crazy Carl.

Be a Romantic, Donnerstag 18:02 Uhr

Ich bewundere seit Stunden dein Profilbild, es verschlägt mir einfach den Atem.

Der Kosename Crazy ist Programm, nicht unbedingt originell, aber immerhin reizend. Wenigstens etwas.

Genervt, weil ich doch immer wieder auf das Smartphone starre, will ich es auf dem Weg zu meinem Wagen abschalten, als der Loveship-Nachrichtenton eine neue Mitteilung meldet. Bestimmt von Crazy Carl. Ich sehe auf das Display und augenblicklich überschlägt sich mein Herz und poltert dann in rasendem Tempo weiter – Hunter. Vergessen ist der Ärger, der sich über den ganzen Tag hin aufgebaut hat. Möglicherweise war einfach nur der Akku seines Telefons leer, kann alles möglich sein. Ich starre weiterhin wie gebannt auf das Smartphone und balle die andere Hand zur Faust. Wenn ich die Nachricht lese, sieht er es und denkt vielleicht, ich hätte die ganze Zeit nur darauf gewartet. Was genau genommen ja der Wahrheit entsprechen würde, stelle ich stirnrunzelnd fest. Aber das muss er natürlich nicht wissen, oder? Mini-Steve-Edwards schüttelt den Kopf und ich sollte wirklich auf ihn hören. Auf der anderen Seite … Ehe ich weiter darüber nachdenken kann, öffne ich die Nachricht.

Hunter, Donnerstag 18:15 Uhr

Die Frage des Tages heute leider verspätet: Was ist deine größte Fantasie?
Nebenbei bemerkt, Rot steht dir ausgezeichnet.

Ich lese den zweiten Teil noch mal, aber die Worte und der Sinn dahinter bleiben derselbe. Dachte ich eben gerade noch, mein Herz würde schneller schlagen, scheint es mir jetzt aus dem Brustkorb springen zu wollen. Das kann nicht sein, oder? Ich trage heute einen Pullover mit Carmenauschnitt – einen roten.

13

FRAGE DES TAGES: WAS GEFÄLLT DIR AN EINEM MANN?

»Ich sage dir, der weiß, wer ich bin«, zische ich Lauren zu, als wir den lang gezogenen Flur in Richtung Büro entlanggehen.

»Nur weil er geschrieben hat, dass dir Rot steht?«, fragt sie und verzieht ihren Mund, als würde ich unter Paranoia leiden. Wir biegen in die Küche ab und Lauren nimmt zwei Becher aus einem der Hängeschränke.

»Ich hatte gestern einen roten Pullover an. Der meldet sich den ganzen Tag nicht und kommt dann mit so einer Nachricht? Nee.« Ich verschränke die Arme vor der Brust und lehne mich mit der Hüfte gegen die Arbeitsplatte der Küchenzeile. »Da stimmt was nicht.«

»Payton, hör auf!« Irritiert über ihren lauten Tonfall sehe ich zu ihr. »Du hast den Typen sieben

Tage in der Leitung und fängst schon wieder an, dich nach irgendeinem Fliegenschiss umzusehen.«

»Bitte?«, piepse ich schockiert auf. »Ich habe den ganzen verdammten Tag wie eine läufige Hündin auf meinem Telefon gesessen, in der Hoffnung, dass es mal vibriert. Ich suche bestimmt keine nichtigen Gründe.«

»Guten Morgen«, kommt es von der Tür, sodass wir unsere Unterhaltung unterbrechen und hinübersehen. Toll, der hat mir gerade noch gefehlt – Ethan.

»Payton, hast du einen Moment?«

Ich denke Nein, verziehe meinen Mund aber dennoch zu einem gezwungenen Lächeln und folge ihm auf den Flur hinaus. »Was gibt es denn?« Hoffentlich will er nicht die Sache mit dem Mikroben-Penis ausdiskutieren.

Ethan fährt sich mit der Hand durch die dunklen Haare und einmal mehr fällt mir auf, dass er mit seinem kantigen Gesicht und dem einwandfrei gestutzten Dreitagebart nahezu makellos aussieht. Keine Ecken und Kanten, was ihm beinahe etwas Unnatürliches gibt. Wüsste ich nicht, welche Beleidigung fürs Auge sich unter dem Hemd … lassen wir das. »Ich hab da letztens überreagiert.«

Hä?

»Das mit dem Kommunikationstraining war eine bescheuerte Idee. Ich hab unseren privaten Disput mit dem Beruflichen vermischt und das war unprofessionell.« Er sucht meinen Blick und scheint das, was er da sagt, absolut ernst zu meinen.

Mund zu, Payton, rufe ich mich selbst zur Ordnung und räuspere mich, um Zeit zu schinden, in denen ich ein paar Worte zusammenstellen kann. »Danke, das ist … Dass du das eingestehst.« Ich lächle ihn – dieses Mal ehrlich – an. Dann können wir unseren engen Kreis der Abbitte aber auch direkt wieder auflösen, oder?

Ethan streichelt mir über den Oberarm, und obwohl es nicht unangenehm ist, kann ich nicht behaupten, die Berührung zu begrüßen. Was wird das denn?

»Die Hose steht dir gut, betont deinen Hintern«, äußert er mit einem Zwinkern, dreht sich um und geht.

Bitte lass das nicht wahr sein …

Ich starre Ethan hinterher, bis er durch die Glastür ins Treppenhaus verschwunden ist, und weiß nicht, ob ich hysterisch lachen oder doch eher weinen soll. Ein unangenehmes Kribbeln zieht von meinem Bauch aus durch meine Arme.

»Was ist mit dir denn los, hast du dich in den neuen Chef verliebt, oder was?«, spricht Dylan mich von der Seite an und ich zucke zusammen. »Oh sorry, hab ich deinen Gedankenporno unterbrochen?« Als hätte er den Witz des Jahrtausends gemacht, grunzt er und hält sich den Bauch vor Lachen. »Ihr Frauen seid auch so was von billig. Kaum kommt da ein Kerl in einer leitenden Position, fangt ihr das Sabbern an.«

Unter normalen Umständen würde mir jetzt irgendein flapsiger Kommentar über die Lippen kommen. Aber das hier ist kein verdammter normaler Umstand. Ohne auf Dylans unsinnige Anspielung anzuspringen, gehe ich zum Großraumbüro und lasse ihn stehen. Als ich im Büro ankomme, werfe ich die Tür hinter mir zu, lehne mich mit dem Rücken dagegen und schließe die Augen. Das kann – nein, das muss – ein ganz böser Zufall sein.

»Alles klar?« Ich öffne die Augen und Lauren inspiziert mich von oben bis unten. »Was wollte Ethan?«

»Mir sagen, dass wir das mit dem Kommunikationstraining nicht machen müssen.«

»Ehrlich?« Sie strahlt von einer auf die andere

Sekunde wie eine Hundert-Watt-Glühbirne. »Das ist doch großartig.«

»Ja, total.« Ich stoße mich von der Tür ab und gehe in mein Büro durch, wobei ich die Blicke der anderen auf meinem Rücken spüre.

»Oookay«, zieht sie das Wort unnötig in die Länge und ich höre ihre Absätze über den Teppich hinter mir hertippeln. »Und was ist noch?«

»Diese Hose betont meinen Hintern.«

»Äh, aha.« Irritiert setzt sie sich auf die Kante des Schreibtisches.

»Ich sage dir, Ethan ist mein Hunter.« Es laut auszusprechen, lässt mich beinahe aufschluchzen. Wie kann man nur dermaßen bescheuert sein? Ethan kennt mich, er weiß genau, was mir an einem Mann gefällt. Und wo ist es schließlich leichter, sich als irgendeine andere Person auszugeben, als im anonymen Internet? »Ich Idiotin habe echt gedacht, dort einen gefunden zu haben, den ich … na ja, den ich mögen könnte. Dieses Warten auf Nachrichten habe ich schon ziemlich lange nicht mehr gehabt, und auch wenn es richtig Scheiße ist, fand ich es auch auf eine gewisse Art schön, es mal wieder zu fühlen.«

»Payton, du spinnst dir da was vor. Nur weil

Ethan plötzlich einen kurzen Anfall von Freundlichkeit hatte?«

»Und was ist mit *Rot steht dir gut*«, gebe ich zu bedenken.

»Du trägst auf deinem Profilbild ein rotes Kleid. Er wollte dir einfach ein Kompliment machen. Freue dich darüber.« Ich schürze die Lippen, stimmt, da könnte was dran sein. Da fällt mir doch direkt die selten dämliche Bildunterschrift ein, doch bevor ich es thematisieren kann, spricht Lauren weiter. »Hast du dich mal bei ihm gemeldet?«

Ich schüttle den Kopf. »Heute Morgen kam noch eine Nachricht von ihm, aber ich habe noch nicht geantwortet.«

»Dann schreibe ihm und schlag sobald wie möglich ein Treffen vor. Dann hast du Gewissheit.« Sie lässt mich allein und ich setze mich seufzend an den Schreibtisch, um mein Gesicht in den Händen zu vergraben. Ob es einfacher wäre, lesbisch zu werden? Klar, auch gleichgeschlechtliche Paare haben ihre Problemchen, aber zumindest sprechen sie dieselbe Sprache.

Was solls? Ich ziehe das Smartphone aus der Handtasche und schreibe ihm schnell eine Nachricht. Natürlich beantworte ich, brav – oder blöd –

wie ich bin, seine Frage des Tages, erwähne, dass der Anzug ihm auch ausnehmend gut steht und es mich beschäftigt, wie er wohl im Ganzen aussieht.

Dennoch, mein Misstrauen ist geweckt und ganz so zwanglos, wie ich es die letzten Tage empfand, fällt mir das Schreiben nicht mehr. Aus einem leichten Anfall von Trotz öffne ich die Nachricht von Ian, aka Mister Hot & Sexy. Die erste, ob wir uns treffen wollen, kam vor drei Tagen. Seitdem hat er täglich geschrieben, die letzte ist von gestern Nacht.

The Boss, Freitag 1:56 Uhr
Willst du gelten, mach dich selten, beherrschst du in Perfektion. Wenn du dich damit interessant machen möchtest, ist es dir gelungen. Nun komme ich hier also angekrochen und bitte dich ein weiteres Mal um ein Treffen. Ian

Steve Edwards tanzt durch meinen Kopf und macht eine Geste mit der Hand, die wohl bedeuten soll: *Siehst du, es funktioniert.* Nur schade, dass ich bei diesem doch gar nicht wollte, dass irgendwas funktioniert. Ich wollte Hunter, oder wer auch immer er tatsächlich ist.

Ich sehe einmal zurück in den Chatverlauf, aber

Hunter hat meine Nachricht noch nicht gelesen. Natürlich nicht. Er sitzt ja vermutlich nicht wie ich permanent vor dem Smartphone und betet es an, endlich einen Nachrichtenton abzugeben.

Weil mich Ians Worte zum Schmunzeln bringen, schreibe ich zurück.

Ich, Freitag 9:37 Uhr
Wenn, dann morgen.

Vielleicht antworte ich ihm auch nur, um zu rebellieren, das kann ich zurzeit nicht genau benennen.

Keine Minute später vibriert mein Smartphone auf dem Schreibtisch und das Herz schlägt mir bis in den Hals. Es ist Ian und mein Puls reguliert sich sofort wieder in den normalen Modus. Realistisch betrachtet ist das ein Anflug von Enttäuschung, weil die Meldung nicht von Hunter ist, was ebenfalls realistisch betrachtet nach ein paar Tagen chatten absolut abnormal ist.

The Boss, Freitag 9:40 Uhr
Kennst du die Bar *My Room*? Um acht?

Also schön, treffe ich also Mister Hot und Sexy.

14

FRAGE DES TAGES: BIST DU EMOTIONAL ODER RATIONAL?

Ach du ahnst es nicht, ist das Ian? Im *My Room* ist es brechend voll und trotzdem scheint es, als würde sich eine Lichtschneise zwischen all den Menschen bilden und mit einem Spot auf ihn herabscheinen. Ich habe mich geirrt, er sieht nicht aus wie ein Armani-Model, nein, dieses Exemplar Mann ist nicht nur heiß, der brennt schon lichterloh. Und an den Blicken der Damen, die sich in der Nähe seines Tisches aufhalten, entnehme ich, dass ich nicht die Einzige bin, die das so sieht. Augenblicklich ärgere ich mich, dass ich mir mit meinem Styling nicht mehr Mühe gegeben habe. Zu beigefarbenem Blazer und weißem Shirt trage ich eine schwarze Röhrenjeans und passende High Heels. Wenigstens die Haare hätte ich zurechtmachen können, doch da ich annahm, es wäre den Aufwand nicht wert, habe ich sie nur zu einem unordentlichen Dutt auf dem Oberkopf gestapelt. Eilig löse ich das Zopfgummi und schüttle mein dunkles Haar, bis es sich in Naturwellen über die Schultern verteilt. Nicht gerade berauschend, aber besser.

Selbstbewusster als ich mich eigentlich fühle, gehe ich auf den Tisch zu und bleibe direkt vor Ian stehen. Er sieht zu mir hoch und ich bin auf Anhieb fasziniert. Wow, was für Augen. Hatte ich vorhin noch ein schlechtes Gewissen, weil ich doch eigentlich auf eine Antwort von Hunter lauere – und auf die ich nur nebenbei noch immer warte –, ist es soeben verflogen. Nein, mehr als das. Wer zur Hölle ist Hunter? Ich könnte es bei dem sich mir bietenden Anblick beinahe vergessen.

Ians Blick gleitet an meinem Körper hinunter, was ein wohliges Kribbeln zwischen meinen Beinen auslöst, und streift wieder hinauf in mein Gesicht. Oh Himmel und jetzt lächelt er auch noch. »Snow White?«

Für dich bin ich alles, was du willst. Hab ich das eben gerade wirklich gedacht? Ich muss es ja mächtig nötig haben, obwohl … wenn ich es recht bedenke, habe ich das de facto auch. Wann zur Hölle hatte ich das letzte Mal Sex? Also ich meine richtigen, mit einem lebenden, fleischigen Objekt und nicht mit einem Vibrator. Bei dem übrigens seit Wochen oder sogar Monaten die Batterien leer sind, was mir jedes Mal aufs Neue einfällt, wenn ich ihn benutzen will. Ich sollte mir angewöhnen, welche auf Vorrat zu kaufen.

»Hallo?« Ian entblößt strahlend weiße Zähne und ich schüttle den Kopf, um mich auf das eigentliche Projekt zu konzentrieren – ihn.

»Payton«, sage ich lächelnd und setze mich auf den Stuhl ihm gegenüber.

Wir beginnen mit leichtem Small Talk, wobei ich erfahre, dass er siebenunddreißig ist, CEO einer privaten Fluggesellschaft und ursprünglich aus England kommt. Er erzählt, dass er eine langjährige Beziehung hinter sich habe und seit einem halben Jahr Single sei, was ich einfach mal gelten lasse. Exfreundinnen sind nicht unbedingt das Must-Have-Thema fürs erste Date, aber zumindest weiß ich dadurch, dass er zu etwas Festem fähig wäre.

»Entschuldigen Sie, aber wir schließen gleich. Würde es Ihnen etwas ausmachen zu zahlen?«, spricht uns die Bedienung von der Seite aus an und ich blicke mich irritiert um. Bis auf ein anderes Paar sind wir die Letzten in der Bar. Ich sehe auf meine Armbanduhr und überrascht zu Ian. »Es ist schon Mitternacht.«

»Würdest du noch einen Wein mit mir trinken?«

Lächelnd schüttle ich den Kopf. »Eigentlich gern, aber wir müssen wohl.«

Die Bedienung zuckt entschuldigend mit den Achseln. »Tut mir leid, wir haben nur samstags länger geöffnet. Ich bringe Ihnen dann die Rechnung.«

Sie will sich gerade umdrehen, als Ian sie zurückruft. »Ich nehme noch eine Flasche von dem Wein.« Er zeigt auf sein leeres Glas. »Zum Mitnehmen.«

Wieso? Oh. Oh … Verdammt, was mache ich? Was soll ich tun? Ians Blick bohrt sich in meinen und auch wenn ich absolut keine Ahnung habe, wie so etwas am ersten Abend abläuft, bin ich mir dem Ausdruck in seinen Augen durchaus bewusst. Steve Edwards schreit: *Lauf!*, aber ich schüttle ihn energisch ab.

»Ich bin gleich wieder da«, gebe ich wenig erotisch von mir, raffe meine Handtasche und steuere auf die Toilette zu. Mit zitternden Fingern stelle ich die Tasche auf dem Waschtisch ab, suche das Smartphone heraus und wähle Laurens

Nummer. Los, geh schon ran. Es klingelt und klingelt, bis die Mailbox anspringt. Shit! Also noch mal, es klingelt und kling…

»Ja«, kommt es verschlafen aus dem Hörer und ich drücke ihn noch fester an mein Ohr.

»Lauren, Mister Hot und Sexy ist der optische Oberhammer und ich glaube, er will Sex.«

»Payton? Spinnst du, ich hab geschlafen.«

»Hörst du mir nicht zu? Der will Sex. Was mache ich denn jetzt?«

Alex brummt im Hintergrund, was, wie ich zitiere: *Welcher Volltrottel ruft um diese Uhrzeit noch an,* klingt und es knackst laut, sodass ich den Hörer einen Augenblick vom Ohr nehme. »Warte, ich muss eben aus dem Schlafzimmer raus.«

Das dauert mir wieder viel zu lange und ich tippe mit dem Fuß auf den Fliesenboden. Klack, klack, klack, das Geräusch macht mich erst recht nervös. Ich kann schließlich nicht den ganzen Abend auf dem Klo verbringen, was denkt Ian denn von mir? Vermutlich, dass ich unter beschleunigter Verdauung, sprich Durchfall oder Ähnlichem leide, und das ist nun wahrlich kein sinnlicher Gedanke.

»Also was soll ich machen?«, versuche ich, das Ganze voranzutreiben.

»Woher soll ich das denn wissen? Willst du auch oder nicht?«

»Hmm«, überlege ich. »Aber kann ich das tun? Ich meine, ich hab den heute erst kennengelernt, da steigt man doch nicht sofort mit einem ins Bett.« Dazu muss ich sagen, dass ich noch nie einen One-Night-Stand hatte. Ich weiß nicht mal, ob ich dazu in der Lage bin, ohne mich direkt Hals über Kopf zu verlieben.

»Payton, wir leben im einundzwanzigsten Jahrhundert. Wenn du Bock drauf hast, warum nicht? Scheiß auf Konventionen.«

»Aber ich bin eine verdammte Birkin Bag, die man sich erst verdienen muss.«

»Wie bitte? Was zur Hölle redest du da?«

Kann ich das? Will ich das? Oh ja ich will, das steht außer Frage. Aber dann denkt er hinterher, ich bin leicht zu haben und springe mit jedem sofort in die Kiste. Auf der anderen Seite macht er es ja auch und gleiches Recht für alle, oder?

»Vergiss es, nicht wichtig«, ich nicke meinem Spiegelbild bestimmt zu. »Ich machs. Bis morgen.« Damit lege ich auf und gehe aus den Toilettenräumen heraus, vor denen Ian mich bereits erwartet.

»Alles okay?«, will er wissen und ich nicke

lächelnd.

»Alles bestens«, gebe ich zurück und schiebe gedanklich *Jetzt schaff mich in deine Höhle und machs mir, du Tier* hinterher.

Keine halbe Stunde später betreten wir seine Wohnung und ich lasse meinen Blick einmal durch den offenen, komplett in schwarz-weiß gehaltenen Wohnraum gleiten.

»Schön hast du …«, weiter komme ich nicht und werde gegen die Wand neben der Haustür gedrückt. Okay, das geht schnell, aber es erübrigt sich die Frage, wie wir den Übergang schaffen. Seine flinken Fingerchen schieben sich ohne Umwege direkt unter mein Shirt, klappen die Körbchen des BHs herunter und umfassen meine Brüste. Stirnrunzelnd überlege ich, ob er sie vielleicht mit einem Stressball verwechselt. Verstörendes Rumkneten, aber wer wird sich denn direkt beklagen. Erschrocken reiße ich die Augen auf, als sich seine Zunge in meinen Gehörgang schiebt. Nicht falsch verstehen, meine Ohren sind definitiv eine meiner erogensten Zonen, aber das ist etwas zu weit und viel zu nass. Ich kann das Gefühl von Wasser darin nicht leiden.

»Du machst mich so scharf«, röchelt er mir zu.

Ich wünschte wirklich, das könnte ich auch von

dir behaupten, du Kickstarter. Sekunden später spüre ich seine Lippen, die sich wirklich angenehm anfühlen, auf meinen – verdammt weich. Kann sein, dass wir auch einfach erst mal warm miteinander werden müssen. Ich streiche mit den Fingern durch Ians Haar, ziehe ihn näher zu mir heran und öffne den Mund. Er stupst vorsichtig mit der Zunge gegen meine und tatsächlich setzt sich das ersehnte Kribbeln in meinem Bauch in tieferen Regionen fort. Ich glaube, das kann er … stopp, Moment, will der mit seinem Schleckmuskel mein Gaumenzäpfchen kitzeln? Sanft drücke ich ihn etwas zurück und er lässt mich los, um sich das Shirt über den Kopf zu ziehen. Heilige Scheiße, es gibt doch einen Gott und Ian ist definitiv eines seiner Geschenke an die Frauenwelt. Seine muskulöse Brust hebt und senkt sich im schnellen Rhythmus, einen beträchtlichen Oberkörper hat er definitiv, da kann ich über das Gesabber noch einmal hinwegsehen. Reicht ja, wenn ich ihn anfasse, küssen wird ohnehin überbewertet. Auch die Ausbeulung seiner Jeans verspricht einiges.

»Zieh dich aus!«

Und er sagt, was er will, irgendwie macht mich das an. Ohne zu zögern, knöpfe ich meine Bluse möglichst erotisch auf, bleibe mit den Handgelenken jedoch in den zugeknöpften Ärmeln hängen. Damit ist der Versuch, lasziv zu sein, dann auch gescheitert. Ich friemele umständlich an den Knöpfen und lächle Ian schulterzuckend an. Das hätten wir, aber es ist kalt hier.

Ian streicht mit dem Daumen über meine rechte Brustwarze und ich beiße mir auf die Lippe. Damit darf er gerne weitermachen.

»Du bist schon ganz rattig, hm?«

Rattig? Echt jetzt? Wäre es mir physisch möglich, würden sich meinen Nippel auf der Stelle nach innen krempeln. Vielleicht sollte ihm mal irgendwer erklären, dass sich die Haut des Menschen bei Kälte zusammenzieht und sich dadurch die Oberfläche rund um die Brustwarze verkleinert, sodass sie dann abstehen.

Ian kommt wieder näher, doch bevor er mich erneut mit seinem Speichelfluss ertränken kann, drehe ich den Kopf zur Seite. Das nenne ich Leben am Limit, kurz vorm Absaufen. Als ich noch vor mich hin sinniere, öffnet er meine Jeans und schiebt mir eine Hand in den Slip. Oh ja, das ist nicht schlecht. Meine Klit pulsiert vor lauter Vorfreude, das letzte Mal ist schon ein kleines bisschen her. Ich schließe die Augen und fahre mit den Fingernägeln über seine Schultern. Ja genau da, mach damit weiter … nein, nicht da, lieber wieder zurück und schon ist die Hand verschwunden. Verwundert blinzle ich ihn an, das war es jetzt oder was? Na wenigstens hat er keinen Echthaarpelz auf dem Rücken, ich gebe mich ja inzwischen mit Kleinigkeiten zufrieden.

»Ich hab schon einen Dicken, Payton. Willst du ihn anfassen?«

Ich keuche auf, jedoch nicht aus sexuellem Verlangen, sondern um das aufkommende Gelächter zu unterdrücken. Das ist doch nicht wahr? Soll das eine Form von unschönem Dirtytalk sein? Rattig? Einen Dicken? Zumindest kann es ja wohl kaum noch schlimmer werden.

»Ja, lass alles raus, ich steh drauf, wenn die Frau laut ist.«

Er nestelt an seiner Jeans herum, zieht sie herunter und sein Dicker springt mir wie eine Bettfeder entgegen. Der ist allerdings nicht von schlechten Eltern. Pro und Kontra halten sich demnach mit Tendenz zum hysterisch schreiend Weglaufen die Waage. Ian dreht mich herum, drückt mich mit dem Gesicht an die Wand und schiebt mir die Jeans über den Hintern.

»Dann will ich der Katze mal Milch geben.«

Bitte???

15

FRAGE DES TAGES: WO MAGST DU ES, WENN MANN DICH BERÜHRT?

»Hey, na wie war es?«, flüstert Lauren und schließt die Tür zu meinem Büro. »Erzähl schon.

»Oh, das kann ich dir sagen, es war gruselig, beängstigend und verstörend zugleich.«

Lauren zieht die Augenbrauen zusammen und scheint abzuwarten.

»Unser *Mister Hot und Sexy*«, dabei deute ich Gänsefüßchen in die Luft, »ist eine Naturkatastrophe. Vermutlich hat er die guten Gene nur abbekommen, weil er andernfalls nie eine klarmachen könnte. Wenn ich mich entscheiden müsste, würde ich lieber ein Lama abknutschen, das hat weniger Speichelabsonderung, und ich bin schon sehr sicher, dass er nicht mal den Ansatz einer Ahnung hat, dass Frauen eine Klitoris haben. Der hat da unten rumgerührt wie in einer Suppenschüssel.«

»Oh man«, Lauren setzt sich mir gegenüber.

»Das kannst du aber laut sagen, und als er dann auch noch – halt dich fest – meiner Katze Milch geben wollte, habe ich zugesehen, dass ich da wegkomme. Und als wäre das noch nicht alles, bekomme ich kaum zu Hause auch noch eine Nachricht von ihm. Mit hektischen Fingern ziehe ich das Smartphone aus der Handtasche und starte die App. Kopfschüttelnd öffne ich den Chatverlauf mit Ian und zeige ihn Lauren.

»Und stell dir vor, da fragte der doch tatsächlich, ob ich rattig bin. Hast du so was schon mal gehört?«

»Frigide Alte«, liest sie laut vor.

Lauren zwingt die Lippen aufeinander, doch ihre Mundwinkel zucken.

»Das ist nicht lustig«, empöre ich mich und merke selbst ein Kichern in mir aufsteigen, als Lauren schon ihren Kopf in den Nacken wirft und lauthals loslacht. Ich pruste quer über den Tisch und wir verfallen regelrecht in einen Lach-Grunz-Anfall.

»Was ist das denn?«, unterbricht Lauren abrupt, reißt mir das Smartphone aus der Hand und tippt wild darauf ein. »Du willst nicht ernsthaft von diesem Hunter wissen, ob er Haare auf dem Rücken hat?«

Energisch nehme ich mir das Telefon zurück und schließe die App. »Warum nicht? Er stellt doch auch laufend irgendwelche Fragen und dann wären die Eckdaten zumindest geklärt. Außerdem, was, wenn Hunter eigentlich Ethan ist?«

»Wow, du bist ja ein kriminalistisches Genie. Und warum genau sollte er darauf ehrlich antworten?«

Hmm, das ist wahr. Lauren schüttelt lachend den Kopf und ich beiße mir auf die Lippen, um nicht aufs Neue mit einzustimmen.

»Darf ich mitlachen?« Sekundenschnell haben Lauren und ich uns wieder gefasst, doch Ethan macht tatsächlich den Eindruck, als hätte er das positiv gemeint. »Payton, ich muss in zwei Stunden zu *Cunningham & Son*, würdest du mich begleiten?«

»Äh.« Was hab ich getan? »Warum denn ich?«

Ethan zieht überrascht die Augenbrauen hoch. »Weil ich nicht alleine gehen soll und niemand der Immobilienmakler abkömmlich ist. Würdest du also? Nur wenn es dir nichts ausmacht?« Okay, das klingt schon nicht mehr ganz so positiv und ich schüttle schnell den Kopf.

»Nein, natürlich begleite ich dich. Gern.«

Zwei Stunden später sitze ich neben Ethan in einer dunklen Limousine und beobachte aus dem Augenwinkel, wie seine Kiefermuskeln angespannt arbeiten.

»Also, was wollen wir bei *Cunningham & Son?*« Wenn man das Immobiliengeschäft New Yorks als Ozean bezeichnen will, gibt es nur einen Hai darin und der ist *Cunningham & Son*.

»Unterlagen abgeben.« Aha, klingt wie die Übersetzung von Fischfutter. Ethan sieht kurz zu mir hinüber, bevor er wieder auf die Straße blickt. »Ist wirklich noch nichts durchgesickert, oder tust du nur so?«

»Durchgesickert?«

»Ja, du weißt es doch bestimmt schon, oder?«

Augenblicklich bricht mir der Schweiß aus den Poren und ich sehe verbissen aus dem Beifahrerfenster. Ich wusste es. Gequält presse ich die Lippen aufeinander und schließe die Augen. Ethan ist Hunter. Vor Enttäuschung muss ich den aufsteigenden Kloß in meinem Hals herunterschlucken. Ob die Frustration daher rührt, dass er mich auf diese perfide Art reingelegt hat, weiß ich noch nicht.

Oder doch davon, dass der Mann, den ich dachte, interessant – oder mehr – zu finden, gar nicht existiert?

»*Cunningham & Son* will uns übernehmen.«

»Was?« Überrascht sehe ich zu ihm.

Ethan blickt über die Schulter und biegt links in die Michigan-Avenue. »Die Firma will keine Konkurrenz haben, wenn es um das Verkaufen und Kaufen von Wolkenkratzern und Hotels geht. Also schaffen sie uns aus dem Weg.«

Oh Gott sei Dank. Ich sacke auf dem Beifahrersitz zusammen und muss mir ein erleichtertes Auflachen verkneifen. »Moment mal, und was ist dann mit uns?«, fällt mir spontan ein.

»Das wissen wir noch nicht. Bisher ist über das Personal noch nicht verhandelt worden.«

Wir halten direkt vor dem Eingang eines schwarzen Glaskastens und werden von einem Pförtner in Empfang genommen. Leicht übertrieben für ein Bürogebäude.

Ethan tritt neben mich und legt mir eine Hand auf meinen unteren Rücken, was mein Körper mit einer Gänsehaut beantwortet. Nur fürchte ich nicht aus Gründen des Entzückens.

»Bitte hier entlang«, deutet uns der Portier durch eine überdimensionale Drehtür, hinter der uns eine Miniaturausgabe des New Yorker Flughafens erwartet. Zwei Metalldetektoren, umringt von etwa zwanzig Securityleuten, versperren uns den Weg. Fragend sehe ich zu Ethan hoch, der das Prozedere offenbar schon kennt und seine Tasche in eine der Kisten legt, die durch den Scanner gefahren werden.

»Was ist das hier, Fort Knox?«, frage ich zu ihm gelehnt und er grinst mich an. Dieses bestimmte Grinsen, das ich früher einmal sehr anziehend gefunden habe.

Räuspernd lege ich meine Handtasche in eine Kiste und werde von einem Sicherheitsmitarbeiter durch den Körperscanner gewunken. Ohne Gepiepe und weitere Zwischenfälle darf ich die Tasche wieder an mich nehmen und warte auf Ethan, dessen Aktenkoffer sie genauer inspizieren. Unterdessen sehe ich mich in dem weitläufigen Empfangsbereich um. Laut der Informationstafel über der Rezeption residiert *Cunningham & Son* lediglich auf den obersten fünf Stockwerken. Die anderen Geschosse sind für Anwälte, Steuerberater und Ähnliches reserviert, die jedoch alle das C&S Logo über ihrem Namen stehen haben.

»Wir können dann.« Ethan tritt neben mich und deutet auf die gläsernen Fahrstühle zu unserer

Rechten. Er friemelt sich pausenlos an der Nasenspitze oder den Ohren herum und steckt mich auf die Art beinahe mit seiner Nervosität an.

»Was genau machen wir jetzt hier?«

»Wir geben die Bilanzen des letzten Jahres ab, aber damit es nachher nicht heißt, ich wäre nicht da gewesen oder Ähnliches, bist du dabei. Du kannst dann auch draußen warten und ich gehe alleine zu dem alten Schmiersack rein.«

»Alter Schmiersack? Was sind das denn für neue Ausdrücke?«

Ethan sieht zu mir runter und verzieht seinen Mund zu einem schiefen Lächeln. »Ich meine natürlich Mister Cunningham.«

Der linke der fünf Aufzüge öffnet sich, sodass wir einsteigen können und von typischer Fahrstuhlmusik eingelullt werden. Alles ein bisschen too much für meinen Geschmack, aber was weiß ich schon. Ich trommele mit den Fingern am Henkel meiner Handtasche herum, sehe einmal lächelnd zu Ethan hoch und starre dann auf das Bedienfeld. Ziemlich viele Knöpfe und ein Kartenlesegerät. In der achtzehnten Etage öffnen sich die Türen und wir stehen direkt vor einem U-förmigen Tresen, hinter dem eine unnatürlich gut aussehende Frau sitzt. War klar: Portier, Flughafensecurity und Fahrstuhlmusik, da darf die Rezeptionsschönheit nicht fehlen. Fragt sich nur, was als Nächstes kommt. Sie bemerkt uns und lächelt Ethan an, der auf Anhieb schmilzt wie Käse im Backofen.

»Äh …« Hilfe suchend sieht er mich an und ich kann mir ein Augenrollen nicht verkneifen.

»Wir kommen von *Carter-Immobilien* und haben einen Termin bei Mister Cunningham«, übernehme ich das Reden und schiebe Ethan an die Seite.

»Wenn Sie sich dann bitte hier eintragen würden.« Sie lächelt fachgerecht und legt mir ein Klemmbrett vor, auf dem ich Ankunftszeit, unsere Namen und Grund des Termins notieren muss. Aha, pedantisch sind sie also auch noch.

Ich tue, wie mir befohlen, und schiebe ihr das Dokument nicht weniger strahlend wieder zurück, ich hab nämlich auch ein nettes Lächeln. Umwerfend nett, um nicht zu untertreiben.

»Dann setzen Sie sich bitte noch einen kurzen Moment, Mister Cunningham hat gleich Zeit für Sie.«

Ich gehe zur Sitzecke hinüber und drehe mich auf halbem Weg zu Ethan herum, der weiterhin wie festgenagelt am Tresen steht. »Ethan?«

Mit drei Ausfallschritten ist er bei mir und zuckt

mit den Schultern. »Was denn? So was sieht man eben nicht jeden Tag.«

Steigerungsform: primitiv – primitiver – Mann.

Wir warten und ich zupfe mir imaginäre Fusseln von meinem schwarzen Etuikleid, ja wohl schwarz. Ich weigere mich hartnäckig, Rot zu tragen, bis die Wer-ist-Hunter-Frage geklärt ist.

»Mister Richmond, Sie werden erwartet«, kommt es von der Schönen und Ethan springt mit der ersten Silbe aus ihrem Mund auf.

Sie werden erwartet? Allen Ernstes? Ich äffe ihre Worte still nach und sehe zum Fenster, vor dem ein mit Trinkgefäßen bestückter Servierwagen steht. Ein Kaffee wäre nicht schlecht. Schmunzelnd registriere ich die Keksdose und eine Torte. Eine Torte … im Wartebereich vor einem Büro? Der Schuppen wird immer verrückter. Ich schiebe mir einen der Schokoladenkekse in den Mund und greife nach der Kaffeekanne. Gar nicht mal übel. Ich neige die Kaffeekanne, sehe kurz zum Empfangstresen und japse erschrocken nach Luft. Fuck, das kann nicht sein.

Na bravo, aufgrund der Schnappatmung drehen sich sowohl Miss Beauty als auch er um und sehen zu mir hinüber. Ein Plätschern zieht meine Aufmerksamkeit auf sich und ich springe automatisch einen Schritt zurück. Nein! Ich kneife die Augen zusammen, getreu dem Motto, wenn ich ihn nicht sehe, dann sieht er mich auch nicht. Aber das hat das letzte Mal funktioniert, als ich wie alt war? Eins? Denk nach, Payton, denk nach. Was kann dich jetzt noch retten?

»Reinigungsservice, das Sekretariat von Mister Cunningham am Apparat. Hier oben wurde etwas Kaffee verschüttet«, fiepst es zu mir hinüber und der leicht genervte Unterton ist kaum zu überhören.

»Sie hätten sich auch einfach noch mal nachschenken können, es ist genug da«, höre ich die unverkennbare Stimme direkt neben mir. Kein Zweifel er ist es. Das erste und letzte Mal, als wir uns sahen, stellte er sich mir mit eben diesem Timbre vor. Unmittelbar, bevor ich ihm auf die Füße gekotzt habe.

16

FRAGE DES TAGES: WOHIN MÖCHTEST DU EINMAL REISEN?

Für den Bruchteil einer Sekunde denke ich darüber nach, mein Gesicht in die Torte zu tunken, das könnte aber merkwürdig rüberkommen. Ihm die Torte ins Gesicht zu klatschen ebenfalls. Ich wische mir den kalten Schweiß von der Stirn und drehe mich zu ihm herum. Was soll schon passieren? Wer ist er, dass ich mich Wochen später noch entschuldigen müsste?

Doch anstatt, dass sich irgendeine Form des Erkennens breitmacht, lächelt er mich an. Oh Gott und was für ein Lachen. Ich stütze mich auf dem Servierwagen hinter mir ab und poltere einen Schritt zurück, weil dieses verdammte Scheißding sich klirrend in Bewegung setzt. Bevor ich das Gleichgewicht verliere, hält er mich am Handgelenk fest und grinst noch breiter. Er muss wahrhaftig der ganze Stolz seines Zahnarztes sein. Ich fürchte, ich muss mir Luft zufächeln.

»Alles in Ordnung mit Ihnen?«, erkundigt er sich und ich rufe mich zur Ordnung.

»Danke, ich … hatte wohl einen kurzen Schwächeanfall.« Na bitte, wenn das keine grandiose Ausrede ist. Nur die Rezeptionsschönheit zieht eine ihrer perfekt gezupften Augenbrauen in die Höhe. Sie hatte ihre Chance, aber jetzt weiß ich, dass ich sie nicht mag.

Gleichzeitig öffnen sich die Fahrstuhltüren und eine Armee bestehend aus vier Reinigungskräften betritt den Raum. Ich hab nur ein bisschen Kaffee verplempert, nicht das ganze Zimmer zerstört.

»Lassen Sie, ich mache das«, kommt es von … Wie hieß er noch? Gabe? Er nimmt der einen Dame die Papiertücher ab. »Ich denke, es reicht, wenn Sie den Teppich heute Abend reinigen.« Besagte Frau bekommt einen hochroten Kopf und wischt sich verlegen eine Haarsträhne hinters Ohr. Okay, dann bin ich wenigstens nicht die Einzige, die reagiert, als wäre sie innerhalb weniger Sekunden in die Anfänge unserer Evolution zurückgereist.

Als ich noch vor mich hin sinniere, geht er in die Knie und tupft über den doch gar nicht so kleinen Kaffeefleck auf dem Teppich. Groß genug, dass ich mich auch mit draufstürze, ist er aber auch nicht. Außerdem, solange er da kriecht und ich hier oben bin, kann er mich auch nicht erkennen.

»Das ist doch wirklich nicht nötig«, flötet die Rezeptionstante und schmeißt sich mit auf den Fußboden. Damit hat sich meine Überlegung zu helfen dann restlos erledigt. Was sollen wir da zu dritt rumtupfen?

Himmel, ich brauche irgendwas zum Festhalten – das Jackett von Gabe spannt und entspannt sich zwischen seinen Schulterblättern, sodass ich es kaum unterlassen kann, darauf zu starren. Neben den Zähnen wird ein schöner Rücken bei mir großgeschrieben. Mir ist egal, ob der Mann ein Bäuchlein hat, im Gegenteil dagegen habe ich rein gar nichts, aber der Rücken ist wichtig. Und das, was ich hier vor mir erahnen kann, ist mehr, als ich mir zu träumen wage.

Eigentlich geben die beiden optisch ein schönes Paar ab und ihr hell klingendes Lachen hört sich für meinen Geschmack auch etwas zu nett an. Mein erster und äußerst animalischer Gedanke ist, sie zu treten. Andererseits liegt sie schon am Boden. Ob die beiden ein Paar sind?

Gabe steht wieder auf, hilft der Schönen ebenfalls auf und rückt sich das Jackett zurecht. Eine wilde Haarsträhne hängt ihm in der Stirn und meine Analysefähigkeit ist geweckt. Wenn sie die jetzt wegstreicht, sind sie ein Paar, lässt sie die Strähne, wo sie ist, dann folglich nicht. Ich zumindest würde es tun. Himmel, Payton, reiß dich zusammen, du bist doch keine rollige Katze.

»Darf ich fragen, ob Sie einen Termin haben?« Er gibt der Rezeptionstante die Zewa-Rolle sowie das vollgesogene Papier und diese verschwindet mit eiligen Schritten. Ich halte fest, kein Paar und er sieht nicht aus, als würde er mich in irgendeiner Form wiedererkennen.

»Nein …«

»Nein, ich darf nicht fragen?«, unterbricht er mich und in seinen strahlend blauen Augen funkelt es belustigt.

»Nein, ich warte nur auf jemanden und ausreden lassen ist eine Geste, die man nicht unterschätzen sollte.«

Sein Blick trifft auf meinen, was mir ein Kribbeln der Aufregung durch den Körper schickt, wie ich es schon lange nicht mehr gefühlt habe. Er setzt gerade zu einer Antwort an, als Ethan uns von der Seite anspricht.

»Mister Cunningham«, damit reicht er meinem Gegenüber die Hand und ich sehe zwischen den beiden hin und her. Cunningham? Einer der Cunninghams, denen dieser total versnobte Laden hier gehört?

Gabe nimmt Ethans ausgestreckte Hand entgegen und runzelt kaum merklich die Stirn.

»Ethan Richmond, CEO von *Carter-Immobilien* und das ist Miss Hill, die Leiterin unserer Grafikabteilung«, hilft Ethan ihm auf die Sprünge, wodurch Gabes Aufmerksamkeit unmittelbar wieder auf mir liegt.

»Miss Hill«, echot Gabe und wenn ich bis eben auch noch geglaubt habe, meine Fassung einigermaßen in den Griff bekommen zu haben, ist sie nun gänzlich dahin. Ich möchte mich in seine Arme werfen und ihn bitten, mich in irgendeinen Abstellraum zu zerren, in dem er allerhand Sachen mit mir macht. Wenn ich dann noch einen Wunsch frei hätte, möge er bitte meinen Namen genauso dahinhauchen, wie er es eben getan hat. Ganz kurz kommt mir Ian in den Sinn, der sehr wohl über allerhand optische Attribute verfügt, die aber leider vollends auf Kosten seiner Fingerfertigkeiten gehen. Möglich, dass Gabe ebenso … Nein vollkommen unmöglich. Vor mir steht das Vorführexemplar eines Mannes, der einen Jahresvorrat der Zeitschrift Playgirl allein füllen könnte.

Den Bruchteil einer Sekunde habe ich das Gefühl, dass sich in seinen Augen doch ein Wiedererkennen spiegelt. So schnell, wie es gekommen ist, ist es aber auch wieder verschwunden, sodass ich mir nicht sicher bin, ob ich es mir nicht nur eingebildet habe. Ich bin mir Ethans forschendem Blick durchaus bewusst und reiche Gabe ebenfalls die Hand. »Es hat mich gefreut, Mister Cunningham.«

Als seine Hand meine berührt, muss ich mich zügeln, nicht unbeherrscht nach Luft zu schnappen. Lange feingliedrige Finger, aber nicht so weich, als dass sie nie mit anderen Dingen als Stift und Papier in Berührung kommen würden. Was die wohl mit einer Frau anfangen können? Ob er weiß, wo die Klitoris liegt? Himmel, jetzt reiß dich zusammen, Payton.

»Wir gehen«, zischt Ethan mich von der Seite an und nickt in Richtung unserer Hände, die immer noch aneinanderkleben. Räuspernd löse ich mich von Gabe, versinke noch einmal in seinem Blick und werde dann von Ethan am Arm untergehakt Richtung Fahrstuhl gezerrt. Kaum dass wir darin sind und die Türen sich schließen, geht es auch schon los.

»Spinnst du jetzt total, oder was? Wieso hast du

dir nicht gleich das Kleid vom Leib gerissen und dich ihm zu Füßen geworfen?«

Gute Frage, warum hab ich das nicht? Ach ja, weil zu viele Leute anwesend waren.

»Übertreib nicht«, gebe ich genervt zurück und beobachte verträumt die Zahlentafel, die uns die Etage anzeigt.

»Es geht mich nichts an, aber …«

»Stopp«, falle ich Ethan ins Wort und halte meine Handfläche in seine Richtung. »Da hast du recht. Ich war lediglich höflich und selbst wenn, geht es dich rein gar nichts mehr an, wem oder was ich mich vor die Füße werfe.«

»Bitte, wenn du als Trophäe auf einem symbolischen Regal landen willst.« Ethan versucht, die Arme vor der Brust zu verschränken, was sich durch den Aktenkoffer schwieriger gestaltet, als er wohl vermutet hat. Nach zwei Fehlversuchen gibt er mit einem Seufzen auf, was der resoluten Geste irgendwie das Theatralische nimmt. Beinahe muss ich lachen, beiße mir aber auf die Wangentaschen und sehe stur geradeaus. Wäre auch noch schöner, wenn ich mich jetzt mit meinem Ex aka Chef darüber auslassen müsste, dass ich offenbar dermaßen untervögelt bin, dass es sogar ihm auffällt.

Wieder im Büro reicht Kate mir ihren Entwurf für den Verkauf eines Bürogebäudes und ich sehe nebenbei auf mein iPhone – eine Nachricht von Hunter und das erst vor zwei Minuten.

Hunter, Montag 15:59 Uhr
Betreibst du eine Studie zum Thema Körperbehaarung? Ich werde das noch heute Abend überprüfen und dich dann davon unterrichten.
Frage des Tages: Wohin möchtest du einmal reisen?

Ich, Montag 16:09 Uhr
Ob man Haare auf dem Rücken hat, weiß Mann doch. Was muss da überprüft werden?

Ich trommele mit den Fingern auf den Schreibtisch und warte auf die Antwort. Und warte. Und warte. Weitere fünfzehn Minuten später balle ich die Hände zu Fäusten und möchte am liebsten schreien. Vor wenigen Augenblicken noch geschrieben und jetzt nicht mehr reagieren. Drecksack! Steve Edwards tupft sich mit einem Taschentuch die Tränen vom Gesicht, einen derart hoffnungslosen Fall wie mich hat er vermutlich auch noch nicht erlebt.

Es klopft am Türrahmen, sodass ich aufsehe und Lynn entdecke. »Darf ich kurz stören?«

»Natürlich.« Ich schiebe den Entwurf und das verteufelte Smartphone beiseite. »Was gibts?«

»Du und der Chef, also …«, sie schließt die Bürotür und stützt ihre Hände dann auf der Rückenlehne des Besucherstuhls ab. »Läuft da was?«

Ich lache übertrieben auf. »Was?« Selbst in meinen Ohren hört sich das übertriebene Kichern merkwürdig an und ich schüttle energisch den Kopf. »Wie kommst du denn darauf?«

»Na ja, Lauren und du, ihr macht manchmal so komische Andeutungen und ich will da nicht in irgendwas reinfunken.«

In irgendwas reinfunken? Okay, was solls, ein Staatsgeheimnis ist es nun auch nicht. »Ethan und ich waren ein Paar, das ist aber schon Monate her.«

»Hm.« Lynn sieht sich im Raum um, als müsste sie das erst mal verarbeiten, bis ihr Blick wieder bei mir landet. »Also ich finde ihn schon sehr … interessant. Hättest du was dagegen, wenn ich …«

Ich warte, dass sie weiterspricht, doch sie lässt den Satz in der Luft hängen. Oh, sie erwartet eine Antwort, richtig?

»Nein.« Ich reiße die Augen auf und strecke die

Hände abwehrend von mir. »Ganz und gar nicht, fühl dich da komplett frei.« Ob ich ihr sagen sollte, dass er eine narzisstische Persönlichkeitsstörung hat und früher oder später alles, was er anfänglich attraktiv fand, ändern wollen wird? Ach nein, da muss sie dann schon selbst drauf kommen.

»Okay«, sie strahlt über das ganze Gesicht. »Was macht dein Handtaschenträger?«

»Mein was?« Entgeistert sehe ich sie an und sie deutet auf mein Smartphone. »Na der Typ, der dir nicht antwortet, weil er im Handtaschenladen umherspaziert, um sich eine geilere zu suchen.«

Tzz, aber sonst gehts der gut? Da war ich doch eben derart nett zu ihr und sie tritt mich. Mit Worten, aber sie tritt. Bitch!

»Also es ist ja nicht so, dass er mich immer warten lässt«, lächle ich ihre Frage beiseite. Dass ich wieder einmal auf Antwort hoffe, verschweige ich geflissentlich.

»Du musst ihn mehr zappeln lassen, dann kriecht er virtuell vor dir. Ist doch kein Geheimnis, dass Männer Jäger sind.«

Danke für den Tipp, Klugscheißerin, ich bin da dank Steve Edwards auf dem Laufenden.

»Sieht man ja bei dir, wie gut die Theorie funktioniert. Wie lange bist du schon Single?«, frage ich genervter als gewollt und sie geht grinsend aus dem Büro.

Das Smartphone piept und sofort steigt mein Puls in schwindelerregende Höhen. Aber wie sollte es auch anderes sein, es ist nicht Hunter, sondern Crazy Carl. Was mache ich mit dem bloß?

Be a Romantic, Montag 16:28 Uhr
Wäre ich vermögend, würde ich dir all mein Hab und Gut zu Füßen legen, nur um einmal dein Haar berühren zu dürfen.

Ich atme einmal tief ein und lasse mich in den Bürostuhl zurücksinken. Okay. Crazy Carl mag nicht unbedingt das Ideal meiner männlichen Vorstellung sein, aber er ist ein Mann. Obwohl ich kaum – und wenn dann eher dusseliges Zeug – antworte, schreibt und schreibt, und schreibt er. Somit ist Steve Edwards Theorie quasi erwiesen.

Nun gut, Mistkerl-Hunter. Alles auf Anfang. Ignoriermodus ist aktiviert.

17

FRAGE DES TAGES: WAS SOLLTE MAN ALS PAAR UNBEDINGT GEMACHT HABEN?

Be a Romantic, Dienstag 6:56 Uhr
Snow White, du bist wunderschön! Der Mann, dem dein Herz gehört, muss sehr glücklich sein.

Der Crazy Carl wieder. Schön wärs, wenn der Herzbesitzer wenigstens ein wenig dankbarer wäre. Aber besitzt Hunter wirklich mein Herz? Geht das rein virtuell überhaupt? Ganz zu schweigen davon, dass ich noch immer keine Ahnung habe, wie er eigentlich aussieht. Da wir gerade dabei sind, er hat sich doch glatt dazu herabgelassen, mir zurückzuschreiben.

Hunter, Dienstag 7:06 Uhr
Ich habe Folgendes zu berichten: keine Haare auf dem Rücken. Hast du etwa welche?

Und die Frage des Tages: Was sollte man als Paar unbedingt gemacht haben?

Ha, denkste. Zwar kann ich nicht verhindern, dass mein Herz einen kleinen Hüpfer macht und ich grinse, als ob ich gerade erfahren hätte, dass Latte macchiato keine Kalorien hat, aber ich lege das Smartphone wieder zurück auf den Nachttisch. Immer das Ziel im Auge haben und ich bin eine beschissene Birkin Bag, du Wurm. Ich reibe mir mit den Händen durchs Gesicht und schwinge mich aus dem Bett.

Langsam lasse ich die Finger über die Kleiderbügel gleiten und entscheide mich für eine knallrote Bluse, eine dunkle Businesshose und die High Heels mit der roten Sohle. Dazu trage ich ebenso leuchtend roten Lippenstift auf und binde meine dunklen Haare zu einem hohen Pferdeschwanz. Ja Hunter, du hast recht, Rot steht mir ausgezeichnet. Ich muss zugeben, es juckt mir in den Fingern, ihm zu schreiben, aber ich werde es nicht tun. Nein, unter gar keinen Umständen. Vorher friert meine eigene Hölle zu.

Bei der Arbeit angekommen, gehe ich zuerst zur Rezeption, um die Arbeitsaufträge für unsere Abteilung abzuholen, als Lauren schon neben mich tritt.

»Deine Mutter hat zweimal angerufen, du sollst dich dringend zurückmelden.«

Augenrollend blättere ich mich weiter durch die Mitteilungen. »Vermutlich gehts wieder um ihr blödes Essen an Thanksgiving. Ich bekomm schon Pickel, wenn ich dran denke.«

»Ich mag das.«

»Gegen das Fest selbst habe ich auch nichts. Aber wenn du ab der fünften Minute jeden Moment damit rechnest, dass die wichtigste Frage des Tages gestellt wird und du bis zum Ende des Abends Tischgespräch bist, dann magst du gar nichts mehr.«

»Die da wäre?«

»Ob ich es endlich geschafft habe, einen Mann zu finden, der blöd genug ist, mich schwängern zu wollen.«

»Ach komm, so schlimm wirds nicht sein. Frag doch Ethan, ob er dich begleitet. Einzig als Alibi.«

Interessiert sehe ich von meiner Zettelwirtschaft auf … Die Idee ist gar nicht mal dumm. Muss ja nicht gerade Ethan sein, vielleicht hat Dylan Zeit? Der ist dafür bestimmt zu haben. Obwohl seine Frau sich wundern dürfte, warum er Thanksgiving statt mit ihr bei mir und meiner Sippe rumhockt? Der berühmte Spruch: Es ist nicht, wie es aussieht, hilft da dann vermutlich auch nur bedingt.

»Ich gehe Kaffee holen. Willst du auch?«

Wieder in die Post vertieft, nicke ich geistesabwesend und gehe in Richtung Treppenhaus, als ich mit jemandem zusammenstoße. »Entsch…«

»Sie achten wohl öfter nicht darauf, was Sie tun.«

Gabe … Mein Blick wandert in Sekundenschnelle über die maskulinen Gesichtszüge, den dunkelblauen Anzug und retour nach oben. Statt einer Krawatte trägt er sein Hemd lässig, ein paar Knöpfe stehen auf und es zieht mich fast magisch zu der kleinen Mulde unter seinem Kehlkopf. Ich wette, er riecht so gut, wie ich es mir vorstelle, und ich starre ihn mit offen stehendem Mund an.

»Die meisten Leute hier wissen, dass sie mir auszuweichen haben«, versuche ich, einen lockeren Kommentar von mir zu geben, stelle aber fest, dass es stattdessen nur hohl ist.

»Vielleicht habe ich gehofft, dass Sie nicht aufsehen. Wie sonst hätte ich es darstellen sollen, als würden wir zusammenstoßen?« Ich lache auf, halte aber inne, als ich sein schalkhaftes Grinsen erfasse. Das ist ein Scherz, das war es doch? »Müssen Sie arbeiten?«

Ich kratze meine letzten funktionierenden Gehirnzellen zusammen. »Nein, ich bin hier, weil ich kein Privatleben habe und alleine in meiner Zweizimmerwohnung zum Misanthrop werde.«

»Wunderbar, ich hab gehört, hier gibt es eine ausgezeichnete Kantine.« Er hält seine Hand zwischen den Sensor der Fahrstuhltüren, sodass diese wieder aufgleiten, und deutet an, mir den Vortritt zu lassen. Die beiden Seiten in mir streiten sich. Die eine sagt: folge ihm und reiße dir alle Klamotten vom Leib. Die andere, die da wäre Steve Edwards, schüttelt wieder einmal den Kopf und sagt, ich solle keinesfalls sofort springen, nur weil Mister Aphrodisierend keinen Bock hat, die lauwarme Brühe alleine zu schlürfen. Hab ich schon jemals derart blaue Augen gesehen? Payton, reiß dich zusammen. Gabes rechter Mundwinkel zuckt verdächtig, vermutlich denkt er, dass er mich in der Tasche hat. Aber nicht mit mir.

»Bedaure«, ich wedle mit den Unterlagen in meiner Hand, »ich habe zu tun.« Mit den Worten zwinkere ich ihm zu und gehe, so elegant es mir möglich ist, an ihm vorbei, durch die Tür ins Treppenhaus. Nicht dass ich große Lust hätte, die Treppe zu benutzen, aber hier warten, bis einer der anderen Fahrstühle sich öffnet, würde meinen

Auftritt total ruiniert. Ich bin noch keine fünf Stufen nach oben gelaufen, da überlege ich schon, ob ich zurückrennen soll, um ihm zu sagen, dass die Arbeit auch noch eine halbe Stunde warten kann. Verdammt, da fragt mich der heißeste Typ, den ich seit … überhaupt gesehen habe, ob ich einen Kaffee mit ihm trinke, und ich gehe stattdessen arbeiten? Warum? Weil ein Steve Edwards es in seinem dämlichen Ratgeber geschrieben hat? Es wird doch bestimmt auch Ausnahmen der Regel geben und abgesehen davon, Steve Edwards. Wer ist das überhaupt? Was denkt der, wer er ist, sich als Maßstab der männlichen Eroberungstechniken zu verkaufen? Hat der eigentlich eine Frau? Oder noch schlimmer, ist er selbst eine? Eine verbitterte alte Katzenlady, die mit ihrem Ratgeber versucht, auch alle anderen Frauen zum ewigen Singledasein zu verdammen. Automatisch stelle ich mir die imaginäre Person vor. Sie hockt mit krummem Buckel und lichtem Haar an ihrem Tisch, umgeben von etlichen Katzen, die mehrere Tage alte Reste vom Teller fressen. Dazwischen ihre Uralt-Schreibmaschine, auf der sie den zweiten Teil ihres perfiden Ratgebers tippt.

Kopfschüttelnd befreie ich mich von der absurden Idee, als ich im Büro ankomme. Ich lasse den Stapel Zettel auf Laurens Schreibtisch fallen und setze mich daneben.

»Hab ich dir mitgebracht«, mit diesen Worten schiebt sie eine Tasse neben mich und ich lächle sie dankbar an. Was tät ich nur ohne sie? Klare Antwort: Den Kaffee jeden Tag selber holen.

»Vor nicht mal fünf Minuten hat der Impulsgeber meiner feuchten Träume mich auf genau so einen eingeladen und nun sitze ich hier und trinke Milchflocken in angefärbtem Wasser.«

»Wer genau ist dieser Impulsgeber?«, fragt sie und zieht lachend ein Dokument unter meinem Hintern hervor.

»Der Typ aus dem *Switch off*, erinnerst du dich?«

Lauren runzelt die Stirn und schüttelt den Kopf. »Welcher Typ?«

Ich blicke über meine Schulter, doch alle anderen sind weit genug von uns weg. »Der, dem ich auf die Füße …«

Sie gackert los und haut sich mit der flachen Hand auf den Schenkel, was ein Weiterreden unnötig macht. »Klar, erinnere ich mich. Vor allem an seinen angewiderten Gesichtsausdruck.«

»Haha, wenn ich dann weitersprechen dürfte?«

»Selbstverständlich«, Lauren beruhigt sich,

grunzt aber noch einmal kurz auf. »Entschuldigung.«

»Also, der ist hier gewesen. Der gehört zu dem Laden, der *Carter-Immobilien* übernehmen will.«

»Oh Fuck!« Ihr Gesicht färbt sich aufs neue rot und ich erwarte den nächsten Lachanfall, der nicht lange auf sich warten lässt. »Der macht bestimmt«, gacker, gacker, »einen riesen Bogen um dich.« Laurens Lache ist so ekelhaft ansteckend, dass ich ungewollt grinsen muss. »Der findet es womöglich zum Kotzen, wenn er dich hier wiedersieht.«

Wirklich, zum Schreien komisch.

»Wenn wir dann auf das ursprüngliche Thema zurückkommen könnten?«, unterbreche ich ihre Freude lachend.

»Fahre fort«, spottet sie und wedelt mit der Hand.

»Der wollte einen Kaffee mit mir trinken.«

»Wähh«, Lauren verzieht den Mund. »Was ist das denn für ein kranker Typ? Hat der 'ne Art Fetisch in die Richtung?«

»Hallo Payton«, spricht Lynn mich an, als sie hinter mir zu ihrem Platz geht, und ich lächle ihr zu.

»Er erkennt mich offenbar nicht wieder. Wenn ich abends mit euch weggehe, sehe ich ja schon ein wenig anders aus als hier.« Damit deute ich auf mein tadelloses Kostüm. »Aber hab ich das richtig gemacht? Ich wäre schon gerne mit ihm gegangen.«

»Ja, hast du«, mischt Lynn sich ungefragt ein. »Das ist das Jäger-Prinzip, wirf dich bloß nie einem vor die Füße.«

Lauren und ich sehen synchron zu ihr hinüber, bis Lauren das Gespräch übernimmt. »Was bin ich froh, dass Alex und ich uns in einer anderen Zeit kennengelernt haben. Ich habe noch neben dem Telefon gesessen und auf seinen Anruf gewartet, wie sich das gehörte. Möglicherweise habe ich ein paar Mal probiert, ob das blöde Ding noch funktioniert, sonst nix.« Sie schüttelt den Kopf. »Dieses: Soll ich mich zuerst melden? Hab ich was Falsches gesagt oder geschrieben? Der war online und hat meine Nachricht nicht gelesen oder noch schlimmer, er ist andauernd online, schreibt mir aber nicht. Wem zur Hölle schreibt er dann?« Lauren fuchtelt mit ihren Händen neben dem Kopf herum. »Das mit dem Internet heutzutage ist doch total behämmert.«

»Ach?«, frage ich mit hochgezogener Augenbraue. »Wer hat mich denn bei einem dieser bescheuerten Internetdatingportale angemeldet?«

»Na klar, das macht es auch einfach. Aber was

soll dieses Ganze: Lass dich jagen, und wenn du es nicht machst, bist du nicht interessant genug? Wenn der Mann dich will, dann will er dich auch, wenn du einen Kaffee mit ihm trinken gehst und zügig auf seine Nachrichten reagierst. Und nicht wie es vielleicht im Ratgeber eines verstaubten Junggesellen steht, der Animalhording macht, um nicht vor Einsamkeit zu krepieren.«

Erschreckend, wie sehr Lauren und meine vorherigen Gedanken sich ähneln, wir haben den Zustand der Symbiose erreicht. Steve Edwards greift sich schockiert an die Brust und kann kaum glauben, welch dilettantische Meinung er da soeben zu hören bekam.

»Und«, Lauren hebt ihren Finger und sieht von Lynn zu mir, »wenn Frau und Mann sich einig sind, dann können sie auch am ersten Abend vögeln. Was zur Hölle spricht dagegen? Wenn er ohnehin nur einmal drüberorgeln wollte, dann hätten sie zumindest beide was davon. Und wenn er vorher bereits dachte: D*as wird die Frau, die ich einmal heirate*, wird er den Gedanken bestimmt nicht wegen einer Runde außergewöhnlich gutem Sex wieder verwerfen.«

»Amen«, kommt es von Kate, die es mit ihren fünfundvierzig Jahren Lebenserfahrung und zwanzig Jahren Ehe doch wohl wissen muss. Ich selbst bin irgendwo bei dem Wort drüberorgeln hängen geblieben. Wo hat Lauren das denn her? Hat sie sich heimlich mit Formulierungs-Champion Ian Schrägstrich Mister Hot und Sexy getroffen?

»Fassen wir zusammen, ich hätte in diesen Minuten mit ihm da sitzen und was trinken sollen?«

Lauren nickt. »Genau, du hast es total verkackt, meine Liebe.«

18

FRAGE DES TAGES: BAR, NOBLES RESTAURANT ODER ERLEBNISGASTRONOMIE?

Ich betrete den Eingangsbereich von *Carter-Immobilien* und checke nebenbei den Nachrichteneingang. Eine ist von Crazy Carl und irgendwie muss ich inzwischen tatsächlich schmunzeln, wenn ich von ihm lese.

Be a Romantic, Mittwoch 7:56 Uhr
Payton, ich konnte heute Nacht kaum schlafen, weil ich immer wieder deinen Blick vor Augen hatte. Wenn du mich auf die Art ansehen würdest, müsste ich vor dir niederknien.

Junge, Junge, langsam wirds aber gruselig. Ich überlege eine Millisekunde, ob der das wirklich alles ernst meint. Denn wenn, dann wäre er schon irgendwie zu bemitleiden und ich sollte ihm sagen, dass seine Nachrichten zwar sehr lieb sind, aber die Besessenheit leider nicht auf Gegenseitigkeit beruht.

Die zweite ist von Hunter, den ich gestern gefragt habe, was er von Laurens Theorie hält. Ja, ja ich weiß, ich hab mich wieder gemeldet, obwohl ich doch im Ignoriermodus sein wollte.

Hunter, Mittwoch 8:12 Uhr
Klingt absolut logisch. Wenn ich die Frau für mehr als nur fürs Bett will, freue ich mich, wenn sie sich sofort zurückmeldet, und noch mehr, wenn sie am ersten Abend Sex mit mir hat.

Ich muss lächeln, auch wenn es zugegeben ein kleines bisschen pikst. Mir schreibt er nicht immer sofort zurück, was wohl heißt, dass ich nicht diese Frau für ihn bin. Aber vielleicht ist die Idee mit dem männlichen Buddy, den ich dann genau solche Sachen fragen kann, auch die bessere Variante.

Um niemanden umzurennen, sehe ich auf … Juhu, es gibt doch einen Gott. Nachdem ich gestern den gesamten Abend überlegt habe, wie ich Gabe noch einmal über den Weg laufen könnte, steht er nun fünf Meter vor mir und unterhält sich mit Joyce, die inzwischen Ethans

Assistentin ist. Okay, ganz cool. Tu nichts Unüberlegtes.

»Hey«, flöte ich mit meiner mädchenhaftesten Stimme und lächle nur ganz leicht, ich will schließlich nicht aufdringlich wirken. Zehn – neun – acht, ignorieren die mich absichtlich? »Ich sagte Hallo«, rufe ich und stelle fest, dass meine Stimme jetzt nicht mehr ganz so lieblich klingt.

Joyce schaut über Gabes Schulter zu mir und die Verständnislosigkeit ist ihr ins Gesicht geschrieben. Wie in Zeitlupe dreht Gabe sich herum und zieht eine Augenbraue in die Höhe. Himmel sieht das heiß aus. Ob der die Mimik auch hat, wenn er beim Sex auf irgendwas wartet? Um es mit Crazy Carls Worten zu sagen: Was es auch ist, ich würde mich sogar dafür hinknien.

»Miss …«, er macht eine Pause und ich fühle bereits die Ader in meinem Hals anschwellen. Was ist das denn für einer, wenn der sich nicht mal meinen Namen gemerkt hat? Hohlkopf Mister Hot und Sexy lässt grüßen.

»Hill«, helfe ich ihm auf die Sprünge und muss mich zwingen, keinen dummen Spruch hinterherzuschieben. »Also ich habe noch genau«, ich sehe auf meine Armbanduhr, »siebenundzwanzig Minuten bis Arbeitsbeginn. Wenn Sie also Lust auf einen eher durchschnittlichen Kaffee aus unserer Kantine hätten, dann könnte ich es gerade einrichten.«

Seine Mundwinkel zucken wieder und ich kann nicht anders, als darüber zu lächeln.

»Das ist aber wirklich … großzügig von Ihnen, Miss Hill. Umso mehr bedaure ich«, er hebt seine Hand in die Höhe und wedelt mit einem iPad, »dass ich zu tun habe.«

Autsch, das ist dann wohl die verdiente Retourkutsche von gestern. Joyce presst die Lippen aufeinander und geht ein paar Schritte rückwärts, bevor sie sich umdreht und in Richtung Empfang verschwindet.

Ich sollte irgendwas anderes tun, als ihn anzusehen wie der Hund meiner Nachbarin mich, wenn ich etwas zu essen in der Hand habe.

»Tja dann.« Ich lächle noch einmal und muss dann offenbar wieder die verdammte Treppe nehmen, da auf den Fahrstuhl warten wie bereits gestern den coolen Abgang ruinieren würde. Wenn ich schon nicht seine Zunge in meinem Hals haben werde, dann bin ich zumindest fit. An der Tür zum Treppenhaus angekommen, spricht er mich noch einmal an. »Miss Hill?«

Ich drehe mich zu ihm herum und nehme mir

fest vor, wenn er jetzt fragt, ob wir nicht doch, dann sage ich: Sauf deinen blöden Kaffee allein, du Wicht.

»Kennen Sie das *Switch off* und hätten vielleicht Lust, Freitagabend was trinken zu gehen?«

Oh ja. Jajaja. Ich grinse wie eine Idiotin und nicke wie eine Taube bei der Fortbewegung. »Gern.«

»Dann finden Sie hoffentlich jemanden, der Sie begleitet.« Ruhig drückt er den Rufknopf des Fahrstuhls und lässt mich dabei nicht aus dem Blick. Wie war das?

Ein Kribbeln, das alles andere als positiv ist, kriecht mir durch die Arme in die Hände, die ich zu Fäusten balle. Spring ihm jetzt nur nicht ins Gesicht. Das Funkeln in seinen Augen verstärkt sich und das dauerhafte Zucken seiner Mundwinkel verzieht sich zu einem Lächeln. Wenn ich mit dir fertig bin, Freundchen, ist deine Karriere als Model für Zahnpastawerbung vorbei und du musst auf Haftcreme umsteigen.

»Um zwanzig Uhr.« Hierbei zwinkert er mir zu und betritt den übervollen Fahrstuhl. Ich ziehe die Augenbrauen zusammen und starre noch einen Moment auf die inzwischen wieder geschlossenen Türen. Das war ein Scherz … ein ziemlich schlechter noch dazu und dennoch muss ich lachen. Weil es genau die Art Humor ist, die ich mag.

Verzweifelt stehe ich vor dem Haufen Klamotten, der sich auf dem Bett stapelt, und möchte heulen. Meine Lieblingshose passt nicht mehr, das heißt, sie geht schon noch zu, aber dann ist mein Bauch dermaßen gequetscht, dass er sich seine verdiente Freiheit über dem Bund erkämpft. Das wiederum sieht aus, als hätte ich überdimensionale Arschbacken, die seitlich über der Hose hängen. Und wenn die nicht passt, weiß ich nicht, was ich anziehen soll.

Der dunkle Longpullover würde es vielleicht noch etwas kaschieren, aber den hatte ich am Abend des Unglücksfalles an, dessen genauen Ablauf ich nun wirklich nicht schon wieder durchspielen will. Aus Angst, Gabe damit womöglich auf besagtes Desaster zu triggern, kann ich den folglich auch nicht anziehen. Bleibt mir nur, nackt zu gehen.

Okay, High Heels und dunkle Röhrenjeans gehen immer. Schwarz soll ja bekanntlich schlank machen und die Hose ist neu, sollte also auch nicht kneifen. Mein Blick huscht vom Bett zum Kleiderschrank und ich entscheide mich für das weiße Blusenshirt. Dazu eine lange Kette, den riesengroßen Shopper und fertig. Wenn ich der letzten *Vogue* glauben darf, machen große Handtaschen nämlich schlanker als kleine, weil man daneben nicht so wuchtig aussieht. Und die Vogue sollte es schließlich wissen. Außerdem ist es ja nicht so, dass er mich noch nie gesehen hätte.

Wimperntusche und den roten Lippenstift, ich kann einfach nicht anders, dann mache ich ein Selfie vorm Spiegel und schicke das Foto an Hunter.

Ich, Mittwoch 19:26 Uhr
Haare hoch oder offen lassen?

Hunter, Mittwoch 19:28 Uhr
Gehst du aus?

Obwohl wir diese Buddy-Vereinbarung haben, finde ich es irgendwie merkwürdig, zuzugeben, dass er mich beim Outfit für ein Date berät. Anlügen will ich ihn aber auch nicht.

Ich, Mittwoch 19:32 Uhr
Möglich.

Hunter, Mittwoch 19:33 Uhr
Lass sie offen.

Ich, Mittwoch 19:34 Uhr
Du bist ein Schatz.

Schnell stelle ich den Ton der App aus. Wenn er in Schreiblaune ist, komme ich heute womöglich doch nicht mehr los. Ganz kurz streift mich eine Art von schlechtem Gewissen. Aber warum? Hunter hat von Anfang an klargemacht, dass er niemanden sucht, und hat diese Aussage auch nie revidiert.

Steve Edwards klopft bildlich an meine Scheibe und zieht auf diese mir inzwischen verhasste Art die Augenbrauen hoch. Jaja, ich weiß. Wenn er wirklich mehr von mir wollte als Chatbekanntschaft, dann würde er mich sehen wollen und um ein Date bitten. Macht er aber nicht, womit die Frage geklärt wäre.

19

FRAGE DES TAGES: GLAUBST DU AN LIEBE AUF DEN ERSTEN BLICK?

Mit exakten zehn Minuten Verspätung betrete ich pünktlich das *Switch off*. Pünktlich daher, weil Steve Edwards Ratgeber besagt, dass Frau Mann immer ein paar Höflichkeitsminuten warten lassen soll. Meine Augen müssen sich erst an das diffuse Licht hier drin gewöhnen, sodass ich sie leicht zusammenkneife und mich suchend umsehe. Die Sessel vor der mit einem zarten Blau beleuchteten Bar sind allesamt noch frei, was an der Uhrzeit liegen könnte. Der Barkeeper, der mir seinerzeit die Sonderbestellung des Tequila Sunrise gemixt hat, winkt mir zu, bevor er das Glas in seiner Hand weiterpoliert. Ich will gerade weitergehen und sehen, ob Gabe vielleicht an einem Tisch in der hinteren Ecke sitzt, als mir jemand auf die Schulter tippt, und ich wirble herum. Erschrocken presse ich mir die flache Hand auf die Brust und lache auf. »Himmel, machen Sie so was öfter?«

»Sie sind zu spät«, stellt Gabe trocken fest, ohne auf meine Frage einzugehen.

»Stimmt.« Sehr gut. Steve, es scheint zu funktionieren. »Ich habe es leider nicht eher geschafft.«

»Warum? Sind Sie in einen Kaugummi getreten?«

Ich runzle die Augenbrauen. »Wie kommen Sie denn darauf?«

»Ich habe Sie gut zehn Minuten vorm Eingang beim Flanieren beobachtet. So oft wie Sie hin- und hergelaufen sind, dachte ich, dass Sie vielleicht in ein Kaugummi getreten sind und es energisch ablaufen wollten.« Das Schmunzeln um seine vollen Lippen ist nun nicht mehr zu übersehen und meine Ohren werden auf der Stelle glühend heiß. Ich kann nur hoffen, dass das Licht ausreichend dunkel ist, um die Schamensröte zu kaschieren. Himmel ist das peinlich. Ich senke den Blick, auch wenn der Fußboden mir sicher keine schlagfertige Antwort liefern wird.

»Haben Sie mich dann lange genug warten lassen und wir können uns setzen?«

Ich sehe zu ihm auf und muss jetzt doch grinsen. »Das wäre ziemlich gut, da ich in den Schuhen kaum laufen kann und … offensichtlich schon ein paar Kilometer hinter mir habe.«

Er wirft den Kopf in den Nacken und lacht, wobei sein Adamsapfel auf- und abhüpft. Wie er wohl reagieren würde, wenn ich jetzt mit meiner Zungenspitze …? Ich beiße mir mit den Schneidezähnen auf eben diese und gebe mich nur eine Sekunde dem Gedanken hin, bis er mich wieder ansieht und seinen Arm in Richtung des hinteren Bereichs des Raums ausstreckt. Von den zehn Tischen ist nur ein einziger besetzt und wir wählen den in der hintersten Ecke aus. Falls es noch voller wird, und davon gehe ich aus, dann können wir uns trotzdem ungestört unterhalten. Wir sitzen noch nicht richtig, als eine Bedienung zu uns kommt.

»Hey Gabe, schön dich zu sehen.« Sie lächelt mich freundlich an, dennoch scheinen sich die beiden für meinen Geschmack ein wenig zu gut zu kennen. »Emma hat schon gesagt, dass du ab sofort wieder öfter kommst.«

Wer zur Hölle ist Emma? Das erste Date und bereits die erste Frau, die uns über den Weg läuft, grinst ihn an, als hätte sie Geburtstag, und im gleichen Atemzug kommt noch eine weitere auf den

Plan. Nicht, dass ich eine Date-Expertin wäre, aber das ist ein ganz mieses Zeichen. Das hier ist doch ein Date?

»Ella, das ist Miss Hill.« Gabe deutet auf mich und diese Ella reicht mir breit grinsend die Hand. Offenbar erkennt sie in mir keine Rivalin, was drei Szenarien zur Folge haben könnte. Erstens: Ich bin derart hässlich, dass sie in mir keine Konkurrenz sieht und sie ist mit ihren blonden Haaren und den Beinen bis zum Arsch wirklich recht ansehnlich. Szenario zwei: Sie weiß, dass sie keinen Wettstreit zu befürchten hat, weil er nur sie liebt. Oder Alternative drei: Ich bin hier in einem Strudel aus Polygamie gelandet, wo jeder mal mit jedem darf und es niemanden weiter stört.

»Das *Switch off* gehört der Frau meines besten Freundes und ihrem Bruder, mit dem Ella«, Gabe sieht zu ihr auf, »liiert ist.«

Aha … Oh … Oder Option vier: Ich habe schon wieder hineininterpretiert, wo es nichts zu interpretieren gibt. Besänftigt lächle ich sie nun ebenfalls an und sie fragt uns, was wir trinken wollen, bevor sie in Richtung Bar verschwindet.

Kommen wir also zum Small Talk, wenn ich darin nur nicht so grottenschlecht wäre. Ich krame in den Erinnerungen an Themen fürs erste Date, die ich mal in irgendeinem Klatschblatt gelesen habe. Offenbar waren diese aber dermaßen interessant, dass ich sie allesamt vergessen habe.

»Dann haben Sie und Ihr Vater also vor, aus *Carter-Immobilien* genauso ein Tortenbüfett zu machen wie aus Ihrer Firma?« Hoppla, hab ich das gerade wirklich gesagt?

Gabe runzelt die Stirn und setzt zu einer Erwiderung an, als Ella wieder an uns herantritt und uns einen Weinkühler inklusive Rotwein auf die Mitte des Tisches stellt. Seelenruhig schenkt sie uns die Gläser, die bereits eingedeckt waren, halb voll und lächelt uns noch einmal an. »Wenn was sein sollte, einfach schreien.«

Ja, nach Schreien ist mir wirklich gerade und Steve sitzt in der hintersten Ecke meines Bewusstseins und weint.

»Ein Tortenbüfett?«, fragt er und greift nach seinem Glas. Wäre auch zu schön gewesen, wenn ich einmal ungeschoren davonkommen würde. Ich nehme ebenfalls mein Glas und trinke einen großen Schluck, worauf er anfängt zu lachen.

»Na dann Prost.«

Natürlich, Payton schüttet lieber schnell den widerlichen Wein hinunter und vergisst ihre gute Kinderstube. Wenn ich mich jetzt entschuldige, merkt er nur, dass ich nervöser bin als vor meiner ersten Fahrstunde. Und da war ich wirklich sehr nervös.

»Na ja«, noch ein Schluck. »Dieser Teewagen vor dem Büro Ihres Vaters hat mich schon schwer beeindruckt.« Also bitte, das hört sich doch gut an.

»Ach der«, lacht Gabe auf. »Etwas in der Art dachte ich mir schon. Dermaßen beeindruckt, dass sie den Kaffee verschüttet haben.«

Genau, in der Art. Noch einen Schluck Wein.

»Es ist nicht unbedingt das, was ich als Thema des heutigen Abends bevorzuge, aber nein, es wird keine großen Veränderungen bei *Carter-Immobilien* geben. Auch der Personalstamm bleibt, wie er ist.«

»Und warum kaufen Sie die Firma dann?«

Gabe zuckt mit den Schultern und nippt an seinem Glas. »Weil eine Fremdfirma Konkurrenz bedeutet.«

»Aha, und dann kauft man sie eben einfach?«, frage ich interessiert und schnipse mit den Fingern. »Konkurrenz belebt doch angeblich das Geschäft.«

»Richtig, aber es gibt Dinge, da duldet man niemanden neben sich. Das gilt für unser Geschäft und …«

»Und?«, frage ich und warte darauf, dass er seinen Satz beendet.

»Und für die richtige Frau.«

Oha, zuerst wird mir eiskalt und dann bricht der Schweiß aus sämtlichen meiner Poren. Gabes Blick bohrt sich tief in meinen und ich weiß nicht, ob ich genau das mag oder doch lieber wegsehen soll. Wenn der Mann dir tief in die Augen sieht und den Blickkontakt sucht, dann hat er Interesse an dir, hallt es mir durch den Kopf. Ich starre schon wieder auf seinen Mund, verdammt.

»Also möchten Sie mir verraten, warum Sie mich gerade haben warten lassen, obwohl Sie pünktlich waren?«

Na toll, soll ich das jetzt bis ins kleinste Detail durchkauen? Kann er die Angelegenheit nicht hinter uns lassen?

»Nein«, antworte ich knapp und schütte den restlichen Tropfen Wein in mich und greife nach der Flasche, um mir nachzuschenken.

Gabe grinst und lehnt sich über den Tisch in meine Richtung. »Nenn mich Gabe.«

Ich schlucke hart und nicke wie ferngesteuert. »Payton.«

Als wäre das Eis damit gebrochen, vergehen die folgenden Stunden wie im Flug. Gabe berichtet, dass er die letzten vier Jahre in London gelebt hat und erst seit zwei Monaten wieder in New

York ist. Dass er ein Einzelkind ist und ursprünglich Rockmusiker werden wollte, es aufgrund fehlender musischer Begabung aber doch verworfen hat, um in die Fußstapfen seines Vaters zu treten. Dass er Fischstäbchen jeglichem Muschelgetier und Scampi vorzieht und dass er eine Schwäche für schöne Autos hat. Zwischendurch fragt er mich, welche Hobbys ich habe, die, wenn ich darüber nachdenke, aus Arbeiten, Kaffee trinken und Lauren bestehen, sowie nach meiner Familie.

»Meine Familie ist …« Ich suche nach den richtigen Worten, und drehe den Stiel des Glases zwischen den Fingern.

»So schlimm?«, fragt er und lacht.

»Ich kann sie nicht erklären, das muss man erlebt haben. Alleine, wenn ich an Thanksgiving in drei Wochen denke, bekomme ich schon Schmerzen vom vielen Augenverdrehen.«

Gabe zuckt mit den Schultern. »Wir sind wahrscheinlich die einzige Familie, die ich kenne, die Thanksgiving gar nicht feiert.«

»Du Glücklicher. Es ist wirklich keine Freude, das kannst du mir glauben.«

»Tut mir leid, aber es ist schon zwei Uhr durch und wir schließen jetzt«, ertönt Ellas Stimme von der Seite und sie verzieht entschuldigend den Mund.

Was? Wo sind die letzten sechs Stunden geblieben?

Damit Ella und die anderen ihren wohlverdienten Feierabend machen können, verlassen wir nur Minuten später die Bar und treten auf den Bürgersteig, vor dem mehrere Taxen stehen und auf Fahrgäste warten.

Möglichst langsam, um Zeit zu schinden, gehe ich auf das erste Taxi in der Reihe zu und kaue auf meiner Unterlippe. Sei emanzipiert, Payton. Egal, was Steve sagt. Die Mädels im Büro und auch Hunter meinen, man darf ruhig am ersten Abend mit dem Typen ins Bett, wenn denn beide Lust dazu haben. Folglich jetzt oder nie.

Bevor ich es mir anders überlegen kann, drehe ich mich zu Gabe um und ein dumpfer Ton geht in einen pochenden Schmerz über. Das tut weh! Ich presse die Handfläche reflexartig gegen meine Stirn. Ist das schön, wenn der Schmerz langsam nachlässt. Erst dann höre ich Gabes gequältes Stöhnen. Er hält beide Hände schützend über seine Nase.

»Oh nein! Habe ich dir wehgetan?«

»Ist das eine rhetorische Frage?«, grunzt er mit

nasaler Stimme und tastet danach vorsichtig seine Nase ab.

»Das tut mir furchtbar leid.« Ist das peinlich, Trampel Payton in Aktion. »Eigentlich wollte ich dir gerade mitteilen, dass ich nicht Nein sagen würde, wenn du noch mit zu mir kommen wollen würdest.«

Gabe macht merkwürdige Grimassen und verzieht den Mund, vermutlich um zu testen, ob noch alles funktioniert. »Bis vor wenigen Sekunden hätte ich darauf mit einem klaren Ja geantwortet, aber seit ein paar Minuten erscheint mir das doch etwas zu gefährlich.«

»Mimimi«, rutscht es mir raus und ich schlage mir mit der Hand auf den Mund.

»Was hast du gerade gesagt?«

»Ähm«, ich könnte direkt ins Taxi springen und dem Fahrer zubrüllen, dass er losfahren soll.

»Du hast mir die Nase gebrochen, mehrfacher Splitterbruch würde ich sagen.«

Ich beiße mir noch auf die Lippen, kann das Lachen aber nicht mehr aufhalten und breche in einen mittelschweren Lachkrampf aus. »Splitterbruch, genau. Dann würdest du wohl kaum noch auf die Weise vor mir …« Plötzlich liegen Gabes

Hände an meiner Hüfte und ich halte erschrocken den Atem an.

»Was würde ich dann wohl kaum?«

»Stehen«, hauche ich und mein Blick flattert zwischen seinen Augen und diesem verboten sinnlichen Mund hin und her. Ob er wohl küssen kann? Oder ob er auch einer von denen ist, die glauben, mit der Zunge die Weisheitszähne kontrollieren zu müssen? Und noch während ich das denke, legt er seine Lippen auf meine – genauso warm und weich, wie sie aussehen. Gabe öffnet den Mund und seine Zunge streift über meine Lippen, bevor ich ihr den Weg freigebe und das Gefühl habe zu kollabieren. Unsere Zungenspitzen berühren sich und als würde eine Schleuse geöffnet, rast mir ein Kribbeln durch den Bauch zwischen die Beine und ich fühle augenblicklich, wie mein Höschen nass wird. Verdammt, er küsst mich mit einer Intensität, dass mir schwindelig wird, und ich klammere mich nach Halt suchend an ihn. Er zieht mich noch näher an sich, sodass mein Unterbauch gegen seine Hüfte stößt. Bitte schaff mich ins Bett, bettle ich ihn stumm an, doch stattdessen lässt Gabe von mir ab und öffnet die hintere Taxitür.

»Du lässt mich abblitzen?«, frage ich unnötigerweise, worauf er nur lächelt. »Hätte ich dir bloß eine härtere Kopfnuss gegeben«, knurre ich und kann nicht ganz sagen, ob ich das nicht genau so meine.

Ärgerlich setze ich mich auf die Rücksitzbank und will die Tür zuziehen, als Gabe mir noch einen Kuss auf die Wange haucht und mich ironisch angrinst. »Ich mag deinen lieblichen Charme.«

20

FRAGE DES TAGES: WILLST DU KINDER?

Gabe hält sich wohl für einen ganz tollen Typen, was? Was denkt der eigentlich, wer er ist? Da fragt eine Frau wie ich ihn, ob er noch mit zu ihr nach Hause kommen will, und er lehnt ab?!

»Pah«, fluche ich laut und treffe im Rückspiegel des Taxis auf den Blick des Fahrers, der sogleich zurück auf die Straße sieht. »Darf ich Sie was fragen?«

Er sieht flüchtig in den Spiegel und nickt. »Natürlich.«

»Wenn eine Frau wie, sagen wir, ich, Sie fragt, ob Sie noch mit zu ihr kommen wollen, um … egal wofür. Würden Sie das ablehnen?«

Unsere Blicke treffen sich erneut und ich kann trotz der Dunkelheit das Stirnrunzeln erahnen, das von dem Schein des Armaturenbretts angeleuchtet wird.

»Ich bin verheiratet, Miss.«

Ich stöhne auf. Meine Herren, das mit den Männern ist aber auch kompliziert. »Sie sollen es sich doch auch nur vorstellen. Dann stellen Sie sich eben vor, Sie wären ledig. Keine Frau, keine Kinder, nichts.« Ich mache eine wegwischende Geste mit der Hand.

»Dann könnte ich es in Erwägung ziehen.«

»In Erwägung?«, echoe ich und verziehe den Mund. »Schönen Dank auch, Sie hätten ja wenigstens so tun können als ob und mich notfalls anlügen.«

»Meine Frau liebt meine Ehrlichkeit.«

»Da bin ich sicher«, lache ich spöttisch auf. »Welche Frau will schon die Wahrheit hören, wenn sie zum Beispiel fragt, ob sie zugenommen hat oder ihre Falten mehr geworden sind?«

»Meine«, gibt er mit einem Schulterzucken zurück und fährt an den Straßenrand. »Das macht dann zehn Dollar und weitere fünf für die psychologische Beratung.«

Grinsend ziehe ich einen Zwanziger aus dem Portemonnaie, wenigstens hat er Humor. »Stimmt so.« Ich steige aus und beuge mich noch einmal in den Wagen. »Und vergessen Sie, was ich gesagt habe. Ihre Ehrlichkeit ist wirklich nett.« Damit haue ich die Tür zu und beobachte, wie das Taxi sich in den fließenden Verkehr einordnet, und gehe in Richtung Haustür. Warum kann ich, egal in welcher Handtasche, nie diesen verdammten Schlüssel finden? Da ist er ja.

»Darf ich doch noch mit zu dir kommen?«

Überrascht fahre ich herum und erkenne Gabe in wenigen Metern Entfernung. Tzz, das kann er aber ganz gepflegt vergessen. Mich erst observieren und dann, wenn es ihm zeitlich dann doch passt, ganz spontan umdisponieren.

»Bedauere, jetzt bin ich zu müde«, gebe ich schnippisch zurück, entsperre die Haustür und gehe in das Treppenhaus. Natürlich hoffe ich, dass er mir, ohne zu zögern, folgt, was ich ihn aber selbstverständlich nicht wissen lasse. Bin ja nicht von gestern. Als ich seine Schritte hinter mir höre, grinse ich heimlich in mein Halstuch.

»Darf ich dann wenigstens hier warten, bis das Taxi gekommen ist?«

Ich öffne die Tür zu meiner Wohnung und sehe über die Schulter. »Selbstverständlich.«

Noch nicht ganz eingetreten, wirft er die Tür geräuschvoll ins Schloss, drückt mich mit dem Rücken gegen die Wand direkt daneben und küsst mich mit einer Hingabe, die den Boden unter mir zum Drehen bringt. Ich lasse die Handtasche von der Schulter rutschen und kralle meine Finger in sein Haar, um ihn noch näher zu ziehen. Dieser Kuss ist anders als der vorherige, weniger sanft und dafür voller Leidenschaft. Und zur Hölle, er weiß verdammt noch mal, was er da tut. Wenn das, was dem noch folgt, nur ansatzweise gleich ist, dann kann ich es kaum abwarten. Gabe offenbar auch nicht, denn er zieht sich hektisch das Jackett aus und lässt es hinter sich zu Boden fallen.

»Du musst noch das Taxi rufen«, erinnere ich ihn, als er von meinem Mund ablässt, und ich spüre sein Lächeln an meinem Ohr.

»Das mache ich gleich.«

Eine dumme Erwiderung bleibt mir im Hals stecken, stattdessen verdrehe ich die Augen und lasse den Kopf gegen die Wand sacken. Seine Zungenspitze zeichnet meine Ohrmuschel nach und tastet sich am Hals abwärts. Bitte, bitte nicht aufhören. Schnell ziehe ich mir das Blusenshirt über den Kopf, sodass ich im weißen Spitzen-BH vor ihm stehe. Nicht, dass ich ihn extra angezogen habe, in der Hoffnung auf genau dieses hier. Gabes Daumen fährt über den dünnen Stoff, der meine aufgerichteten Brustwarzen bedeckt und ich glaube, alleine dadurch regelrecht zu schmelzen.

»Moment, ich muss schnell in der Taxizentrale anrufen«, unterbricht er die Berührung und geht einen Schritt zurück, woraufhin ich ihn an seinem Hemd wieder zu mir ziehe.

»Später.« Ein heftiger Ruck lässt ihn kurz straucheln und er steht mit aufgerissenem Hemd vor mir. Wie gebannt sauge ich den Anblick seiner wohldefinierten Brustmuskeln in mich auf. Genau so habe ich ihn mir vorgestellt, sportlich und muskulös, jedoch nicht in der Form, dass es zu viel wäre. Gabe sieht von seiner Brust zu mir auf und die Art, wie er immer nur eine Augenbraue in die Stirn zieht, ist einfach … Erst jetzt fällt mir auf, dass das Hemd nicht mehr zu retten ist. Himmel, Payton, was ist denn in dich gefahren?

»Ich denke, das gefällt mir«, kommt es trocken von Gabe und er drückt mich mit seinem Körpergewicht erneut gegen die Wand. Wieder küsst er mich und jeder Schlag seiner Zunge trifft mich geradewegs zwischen die Beine. Meine Klitoris pocht verlangend und schon jetzt habe ich das Gefühl, das intensive Kribbeln kaum ertragen zu können. Er zieht sich das Hemd aus und nestelt am

Knopf meiner Jeans herum. »Wo ist das Schlafzimmer?«

Ich deute mit dem Kopf zur rechten Tür und streife mir im Gehen die Hose ab. Sekunden später liege ich auf meinem Bett und beobachte im diffusen Licht, das vom Wohnzimmer aus zu uns scheint, wie Gabe sich die Hose abstreift. Dann wirft er ein Kondom neben mich und krabbelt vom Fußende aus zu mir hoch.

Mein Körper bebt vor Anspannung, als Gabe meine Beine spreizt und mir einen sanften Kuss auf das Knie haucht. Langsam arbeitet er sich höher und allein zu wissen, wo er sich befindet, lässt meine Atemzüge schneller werden. Dass er jetzt direkt an meinem definitiv sehr nassen Höschen angelangt ist, macht es nicht besser. Eilig greife ich nach seinem Kopf, ziehe ihn zu mir nach oben und küsse ihn gierig. Gabes Hände scheinen überall gleichzeitig zu sein und hinterlassen ein feines Brennen auf meiner Haut, das sich zu einem großen glühenden Ball in meinem Bauch formt, der jeden Moment zu platzen droht. Er zieht meinen BH bis zur Taille herunter und saugt im Wechsel an meinen Brustwarzen, die sich ihm fast schmerzhaft entgegenrecken, und ich drücke stöhnend den Rücken durch. Was auch immer du da alles machst, hör bloß nicht damit auf. Als könnte Gabe meine Gedanken lesen, spüre ich zeitgleich seine Finger, die sich geschickt um meine Klitoris bewegen, dagegen klopfen und wieder kreisen. Wie von selbst beginnen meine Beine zu zucken und ich klammere mich an seinen Oberarmen fest. Das Kribbeln steigert sich in einen Zustand, den ich glaube kaum ertragen zu können, meine Gliedmaßen erzittern unkontrolliert, beinahe möchte ich Gabe von mir schieben, weil es zu intensiv wird. Ich stöhne den Druck aus mir heraus, bis der Ball in meinem Bauch platzt und als warme Wellen in jeden Winkel meines Körpers strömt.

Ich weiß nicht, wie lange ich mich in dem Zustand zwischen Schweben und Realität befinde, als Gabe sich über mich schiebt und seine Erektion meine noch immer pochende Klitoris berührt, was mich erneut aufkeuchen lässt. Kurz danach dringt er langsam, aber mit ganzer Länge in mich ein. Ich kann das Funkeln in seinen Augen ausmachen, ertaste den feinen Schweißfilm auf seiner Brust und höre das Stöhnen, als er sich zurückzieht und von Neuem in mich stößt. Gierig, weil ich nicht genug von ihm bekommen kann, ziehe ich ihn an den Hüften, um ihm zu zeigen, dass ich es schneller will. Einfach mehr, und als hätte er nur auf ein Zeichen gewartet, erhöht er den Rhythmus. Immer schneller und fester rammt er sich in mich, krallt seine Finger beinahe schmerzhaft in meine Hüfte und keucht meinen Namen. Das Geräusch von aufeinanderklatschender Haut vereint mit unserem Keuchen erfüllt den Raum und das Letzte, was ich sehe, bevor mich ein weiterer Orgasmus mit sich reißt, ist Gabe, der über mir zusammensackt.

21

FRAGE DES TAGES: WIE WICHTIG IST DIR TREUE?

Ich drehe mich zur Seite, ziehe das Kissen der anderen Betthälfte in meine Arme und vergrabe mein Gesicht darin. Sex hat einen ganz eigenen Geruch und der befindet sich in meinem Kissen. Sex und Gabe.

Schlagartig bin ich wach, setze mich senkrecht im Bett auf und lausche in die Wohnung – nichts. Der hat sich nicht einfach klammheimlich aus dem Staub gemacht? Mein Magen krampft sich unangenehm zusammen und ich ziehe die Decke weiter hoch, um mich vor was auch immer zu schützen. Ich sehe mich im Schlafzimmer um und bleibe am Nachttisch hängen, auf dem ein Thermobecher steht, gegen den eine Notiz gelehnt ist. Ohne dass ich es möchte, muss ich unwillkürlich lächeln und greife nach dem Zettel.

Ich wollte dich nicht wecken.
Kaffee kannst du sicher gut gebrauchen,
genauso wie ich ein neues Hemd.
Gabe

Grinsend lasse ich mich wieder auf die Matratze fallen und ziehe mir die Decke über den Kopf. Oh Gott, wie soll ich ihm nur jemals wieder unter die Augen treten. Ich denke an die beiden weiteren Male, die wir in dieser Nacht in- und aneinander verbracht haben, und strampele gackernd mit den Beinen. Ich habe mich benommen wie ein ausgehungertes Tier. Andererseits hat es Gabe offenbar nicht wirklich etwas ausgemacht, dass ich ihm möglicherweise den Rücken zerkratzt habe. Der ganz nebenbei und nur fürs Protokoll gänzlich haarlos ist. Lediglich ein paar weiche Flaumhaare und die nehme ich gerne hin.

Ich runzle die Stirn und drehe den Kopf auf der Suche nach meinem Telefon. Es muss noch in der Handtasche sein. Kurz denke ich an Hunter und spüre ein komisches Gefühl im Magen, das ich nicht genau benennen kann. Was er wohl gemacht hat, während ich hier … Entschlossen schüttle ich den Gedanken ab und greife nach dem Thermobecher. Ich drehe den Deckel auf und lächle überrascht – es ist Milch drin, wenn auch noch der Teelöffel Zucker … Ah, genussvoll stöhne ich auf und schließe die Augen. Einfach perfekt.

Woher weiß Gabe, wie ich meinen Kaffee trinke? Ein ungutes Gefühl überkommt mich, das ich energisch abschüttle. Rede dir nicht immer solchen Blödsinn ein, Payton.

Ich wickle die Decke um mich und stehe auf, um nach nebenan zu schlurfen. Ich nehme das Smartphone aus der Tasche, öffne die App und tatsächlich warten zwei Nachrichten auf mich. Eine ist von Crazy Carl.

Be a Romantic, Samstag 6:46 Uhr
Was muss ich tun, um nur einmal deine Gegenwart genießen zu dürfen?

Oh Mann. Ehrlich?

Die zweite Nachricht ist von Hunter.

Hunter, Samstag 4:11 Uhr
Wie war dein Date? Nicht, dass ich eifersüchtig wäre.

Kurz nach vier, zu der Zeit habe ich seelenruhig neben Gabe geschlafen. Nach zwei Runden phänomenalem Sex … gequält schließe ich die Augen. Verdammt! Ich drücke die App weg und wähle Laurens Nummer, die direkt nach dem zweiten Klingeln rangeht.

»Hey Payton, was …«

»Hast du vielleicht Zeit auf einen Kaffee?«, falle ich mit der Tür ins Haus und sie hält kurz inne.

»Eigentlich schon, aber ich müsste Alicia mitbringen. Wenn sie alleine ist, geht sie stiften und sie hat Stubenarrest.«

Innerlich seufze ich genervt auf, sage aber stattdessen: »Kein Problem, in einer Stunde in der Mall?«

Ich sitze wie vereinbart in dem Café inmitten der Mall und von Lauren ist weit und breit noch nichts zu sehen. Das wiederum wird dem Umstand zu verdanken sein, dass ihre verzogene Tochter Alicia, gern auch Stresserella genannt, dabei sein muss. Bei dem, was ich mit Lauren besprechen will, haben Kinder nun wirklich nichts zu suchen.

»Tut mir leid, Alicia hatte keine Lust«, rechtfertigt Lauren sich im gleichen Moment und donnert ihre Tasche auf die Sitzbank neben mich.

»Macht nix«, lächle ich sie an und sehe dann zu Alicia. »Hey, na wie geht's dir?«

»Was geht dich das an?« Damit schmeißt sie sich ebenfalls auf die Bank und setzt sich hin wie ein Kerl, der zu dicke Eier hat. Gleichzeitig zieht sie ihr Smartphone aus der Hosentasche und scrollt darin herum, während ich mit Argwohn das Kaugummi beobachte, das sie schmatzenderweise in ihrem Mund rumkullern lässt.

»Reizend, die Kleine«, wende ich mich an Lauren und sie zuckt entschuldigend mit den Schultern.

»Meine Mutter meint, das sei in dem Alter ganz normal und ist nur eine Phase.«

»Aha«, antworte ich verständnisvoll. »Hatte sie davor nicht auch schon eine Phase?«

Alicia sieht böse auf und dreht uns dann den Rücken zu. Ich gebe zu, als sie gerade frisch geschlüpft war, habe ich für einen sehr kurzen Zeitraum ernsthaft in Erwägung gezogen, auch mal Kinder haben zu wollen, und dann wurde sie älter. Inzwischen bin ich mir ziemlich sicher, dass ich mir mein Leben dann doch lieber selbst schwer mache und nicht mit so einer Kinder-des-Zorns-Adaption.

»Ich hol uns eben was.« Lauren deutet mit dem

Daumen über ihre Schulter in Richtung Tresen. »Alicia, was möchtest du?«

»Nix, dir ist doch sonst auch egal, was ich will.«

Ich nehme den Kopf zurück und sehe sprachlos zu Lauren auf. Sagte ich schon, dass Alicia ganz unglaublich reizend ist?

Als Lauren wieder da ist, stellt sie mit den Worten »Extra groß« einen Latte macchiato vor mich und setzt sich auf den Stuhl mir gegenüber. »Dann schieß mal los.«

Unsicher blicke ich zu Alicia, die offenbar in ihr Smartphone versunken ist, und lehne mich zu Lauren über den Tisch. »Der Gabe, du weißt schon, der mit den Schuhen«, Lauren nickt und ich fahre fort, »wir haben gestern Abend …«

Ich warte auf eine Reaktion, doch Lauren sieht mich nur an und schüttelt gefühlte Minuten später den Kopf. »Was?«

»Na ja«, ich mache wippende Bewegungen. Lauren sieht mich an, als hätte ich einen epileptischen Anfall.

»Meine Güte«, stoße ich genervt aus, als Alicia sich ungeduldig einmischt.

»Mensch, Mama, Payton hatte Sex.«

Ich zucke mit den Augenbrauen und sehe schockiert von Alicia zu Lauren, die wirkt, als hätte sie die Erleuchtung. Bin ich die Einzige, die erschüttert ist, dass Alicia weiß, was Sex ist? Was ist aus den Zwölfjährigen vom damals geworden? Als ich in dem Alter war, hab ich noch mit verdammten Barbiepuppen gespielt und die haben, wie wir alle wissen, überhaupt kein Geschlecht.

»Du hattest Sex?«, kreischt Lauren plötzlich auf, als wäre das die Neuigkeit des Jahres und die Verkäuferin hinterm Tresen sieht konsterniert in unsere Richtung. »Guten Sex?«, fragt sie nun etwas leiser und ich muss unwillkürlich grinsen. »Das muss ich unbedingt in allen Einzelheiten wissen.« Sie beäugt Alicia stirnrunzelnd. »Nur vielleicht ein andermal.«

»Meinst du, dass man sich virtuell verlieben kann. Oder zumindest etwas in der Art?«

Lauren nippt an ihrem Kaffee. »Das halte ich für ein Gerücht.«

»Quatsch, natürlich geht das«, mischt sich Alicia wieder ein und dreht sich doch tatsächlich in unsere Richtung. »Wieso?«

Irritiert wechsle ich den Blick zwischen Lauren und Alicia und überlege, ob ich meine Probleme wirklich mit einer Heranwachsenden besprechen möchte, die vermutlich noch nicht ein einziges Achselhaar hat. Was solls.

»Da ist dieser eine Kerl, den ich kennengelernt hab, über eine App.« Mehr muss sie nun wirklich nicht wissen, peinlich genug, dass ich bei so was angemeldet bin. »Wir schreiben nur und haben uns noch nie gesehen. Das heißt, er kennt ein Bild von mir, aber ich weiß nicht mal, wie er aussieht. Vielleicht hat er den Kopf von Danny DeVito.«

»Wer ist Danny DeVito?«, fragt Alicia und ich winke ab.

»Vergiss es. Jedenfalls, ich mag ihn … sehr. Sehr, sehr sogar.«

»Du willst damit sagen, dass du dich in einen Kerl verknallt hast, mit dem du noch nie ein gesprochenes Wort gewechselt hast?«, fragt Lauren und schüttelt den Kopf. »Das halte ich für ausgeschlossen. Sympathien ja, aber Liebe? Da fehlt dann doch noch einiges. Wo sind die Gesten, das Lachen und die Chemie? Stell dir mal vor, du malst dir den in den schillerndsten Farben aus, ihr trefft euch und dann sitzt da einer vor dir wie dein erster Reinfall. Der Typ mit den komischen Proteinriegeln.« Sie verzieht angewidert den Mund und ich greife nach einer Serviette, die ich zu kleinen Fetzen zerpflücke. »Nicht zu vergessen die Körperchemie, die maßgebend ist, oder der stinkt. Kann man nicht wissen.« Achselzuckend greift sie nach ihrer Kaffeetasse.

»Ich habe es verstanden, Lauren. Denkst du, da habe ich nicht auch schon drüber nachgedacht? Das mit Gabe war einfach … mir fehlen im wahrsten Sinne des Wortes die Worte. Trotzdem hab ich so was wie ein schlechtes Gewissen, und Hunter hat mir zwischen den Zeilen mitgeteilt, dass er eifersüchtig wäre.« Ich grinse blöd, und während Lauren mich mit verzogenem Mund ansieht, freut Alicia sich mit mir. Vielleicht ist ein Kind in dem Alter doch gar nicht übel.

»Ich glaube, dass das funktionieren kann«, bestätigt Alicia mich und tätschelt mir den Arm. Dass es sich um die Auffassung eines pubertierenden Mädchens handelt, blende ich aus, schließlich ist es genau das, was ich zurzeit hören will.

»Schön«, unterbricht Lauren unsere traute Zweisamkeit. »Und hat dieser Hunter dich schon mal nach einem Date gefragt? Wenn er empfinden sollte wie du, dann wird er dich sehen wollen. Nur dieses Rumgeschreibsel wird ihm dann auf Dauer nicht reichen.«

Fast zucke ich unter ihren Erklärungen zusammen, weil sie einen Punkt treffen, über den ich natürlich auch schon gestolpert bin. Wenn ein Mann wirkliches Interesse hat, dann will er die Frau auch sehen. Will er es nicht, dann …

»Am besten du schreibst ihm direkt«, wedelt sie in Richtung meines Smartphones, das auf dem Tisch liegt. »Dann hast du Gewissheit, ob du dich da in was verrennst oder nicht.«

Alicia nickt aufgeregt, offenbar ist sie plötzlich gar nicht mehr so desinteressiert an dem Kaffeekränzchen mit den alten Weibern. Ich denke eine Sekunde darüber nach, schnappe mir mit rasendem Herzen das Telefon und tippe eine Nachricht an Hunter.

Ich, Samstag 11:38 Uhr

Who is Hunter? Willst du mich nicht langsam mal um ein Treffen bitten?

Ich halte es eine Zeit lang in der Hand, lege es dann aber beiseite, da Alicia uns gerade von ihrer virtuellen Liebe berichtet. Tatsächlich vergeht die nächste Stunde wie im Flug und wir lachen gemeinsam über die Macken der kleinen und großen Männer, die so unterschiedlich gar nicht sind. Nebenbei blicke ich immer wieder verstohlen auf das Smartphone, doch Hunter lässt sich Zeit mit seiner Antwort. Ist das gut oder schlecht?

Wir verlassen gerade das Café, als piepend eine neue Nachricht angekündigt wird, und ich öffne sie sofort, ohne irgendwelche Richtlinien à la Steve Edwards einzuhalten.

Hunter, Samstag 12:58 Uhr
Ich würde einer Frau zurzeit nicht gerecht werden. Tut mir leid.

Die Aufregung des Wartens auf eine Antwort und die Hoffnung, dass er womöglich ähnlich empfinden könnte wie ich, fallen innerhalb einer Sekunde in sich zusammen. Sein Interesse an meiner Person, die vielen Fragen des Tages, all das ist nur diesem Buddy-Blödsinn zuzuschreiben. Ich habe da etwas hineininterpretiert, ohne dass es wirklich da war. Selbst wenn Lauren meint, das sei nicht real, der Schmerz, den ich in diesem Moment fühle, ist es.

»War er das?«, fragt Alicia und versucht, einen Blick auf das Display zu erhaschen.

Ich schlucke die aufsteigenden Tränen herunter und schüttle den Kopf. »Nein, das war jemand anderes.«

22

FRAGE DES TAGES: VEGANER, FRUTARIER, ROHKÖSTLER ODER SONSTIGES?

Laut Steve Edwards verläuft Liebeskummer in vier Phasen. Die Erste ist die des Nicht-wahrhaben-Wollens. Frau redet sich ein, dass es das unmöglich gewesen sein kann, dass es nicht auf die Art zu Ende gehen kann. Schließlich war doch immer alles schön und er hat sich auch immer von selbst gemeldet. Hat das denn plötzlich gar nichts mehr zu bedeuten?

Phase zwei ist die Trauer, und wenn man dem glauben darf, die schlimmste der Etappen. Man heult, heult und wenn man nicht mehr kann, weil man schon Kopfschmerzen hat vom ganzen Flennen, dann heult man weiter.

Phase drei, die mir noch am besten gefällt, ist die Wut. Man hasst denjenigen, der schuld an dem

Gejammere ist, und weil das so verdammt guttut, hasst man den Rest der Welt gleich mit.

Phase vier ist verhältnismäßig langweilig, denn da sind wir schon bei der Akzeptanz. Man sieht ein, dass der Kerl nur eine bedauernswerte Furzgurke ist, der eine Hammer Handtasche wie unsereins ohnehin nicht verdient hat.

Und weil ich nicht einfach irgendjemand bin, wandle ich zwischen den ersten drei Phasen und das wegen eines Kerls, den ich nie wirklich kennengelernt habe. Gestern habe ich zwanghaft damit zugebracht, Hunters Nachrichten zu ignorieren, und zeitgleich den Umstand beheult, dass es nie wieder eine Frage des Tages geben wird. Wir verstehen uns so gut, können über ernste Themen schreiben oder über die dümmsten Sachen lachen. Und trotzdem hat er keinerlei Interesse, mir zumindest einmal gegenüberzustehen?

Dann suche ich Entschuldigungen für sein Handeln, rede mir ein, dass er bestimmt nur Angst hat, mir womöglich restlos zu verfallen, und das ihm das ja zeitlich nicht passt. Dann denke ich wieder, dass er die Zeit finden würde, wenn er es – mich – wirklich wollte. In den Momenten übernimmt Phase zwei, in der ich mir das Lied *Anyone* von *Roxette* in Endlosschleife anhöre, und immer wenn mir tatsächlich ein, zwei oder vierzig Tränen über die Wangen kullern, ist das Lied vorbei. Bis es dann erneut anfängt, sind die gefühlvollen Regungen schon wieder weg und ich muss von vorne anfangen. Aber Steve schreibt, man soll notfalls eben mit Musik nachhelfen, wie auch immer, die Emotionen müssten raus. Sonst dauert die Phase bis ins Endlose. Und wenn ich sechs oder sieben Mal den Refrain mitgeschnieft habe, werde ich wütend. Wütend, weil er mich nicht sehen will. Dass ich meine Zeit und vor allem Energie in jemanden verschwendet habe, in dem ich offenbar nicht ansatzweise das ausgelöst habe, was er in mir hervorruft.

Bleibt also nur noch auf Phase vier zu warten. Lange kann das doch nicht mehr dauern, schließlich habe ich den ganzen Sonntag in diesem Ausnahmezustand zugebracht und er war nur eine verfluchte Chatbekanntschaft. Wer weiß, wie viele von meiner Sorte er noch laufen hat, dieser miese Drecksack.

»Hey, wo bist du denn schon wieder mit deinen Gedanken?«, spricht Lauren mich von irgendwoher an und ich sehe mich suchend in der Eingangshalle von *Carters* um, als sie schon auf mich zukommt. »Wie scheiße siehst du denn aus?«

»Na schönen Dank für die Blumen«, brumme ich und gehe auf die Aufzüge zu.

»Hat dieser Hunter sich noch gemeldet?«

Mein Blick fixiert die Anzeige über den Fahrstuhltüren, wie lange bleibt dieses Drecksding noch auf der fünften Etage stehen? »Ja, hat er.«

Sekundenlang sagt keiner von uns etwas, aber ich kann Laurens Blick auf mir spüren.

»Und weiter? Was denn?«

»Nichts«, ich zucke mit den Schultern und sehe sie an. »Er will mich nicht treffen.«

»Aha«, sie dreht sich ebenfalls in Richtung Fahrstuhltüren und ich warte, ob da noch mehr kommt. Genau genommen die Suche nach Erklärungen, genauso wie ich es auch pausenlos mache.

»Und warum macht er sich dann die Mühe, dir andauernd zu schreiben?«, sinniert Lauren und legt den Kopf schräg.

»Keine Ahnung, vielleicht weil er einfach ein dämliches Arschloch ist?«

»Wer ist ein dämliches Arschloch?«, spricht Ethan uns an und wir drehen uns zeitgleich zu ihm herum.

»Wie siehst du denn heute aus? Nicht schlecht«, sage ich, wobei ich den marinefarbenen Anzug und sein akkurat frisiertes Haar begutachte.

»Danke«, er grinst und kommt dann mit seinem Gesicht nah an meins, sodass ich zurückzucke, und taxiert mich. »Ich wünschte, das könnte ich von dir auch behaupten. Entweder ein durchzechtes Wochenende oder ein verheultes auf der Couch. Stubenhockerin, die du bist, nehme ich mal an, dass das Letztere zutrifft.« Ich verenge meine Augen zu grimmigen Schlitzen, bis Ethan sich zwinkernd in Richtung Treppenhaus verabschiedet. »Ich hab keine Zeit zu warten, die Fahrstühle bewegen sich da heute offenbar nicht mehr weg.«

Als hätte ich gerade einen Autounfall, beobachtet drehe ich mich unter Schock wieder zu Lauren und weiter zur Anzeigentafel – immer noch auf der Fünften. »Wenn sogar Mister Stock im Arsch wegen meines Anblickes zu Scherzen aufgelegt ist, muss ich wirklich ziemlich kacke aussehen.«

»Na ja, so schlimm ist es auch …«

Ich sehe grimmig zu Lauren, die sofort die Lippen aufeinanderpresst, und gehe ebenfalls in Richtung Treppenhaus.

»Heute finden die Unterschriften für die Übernahme statt, ab dann ist Gabe unser offizieller Boss. Also irgendwie jedenfalls«, faselt Lauren hinter mir her und ich bleibe abrupt stehen.

»Heute?«

»Ja, die ganze letzte Woche wurde von nichts anderem gesprochen.« Lauren sieht mich besorgt an. »Hat Gabe sich nach eurer Nacht gemeldet?«

Als würden die letzten Funken meiner Contenance weichen, merke ich, wie alles von der Schwerkraft angezogen wird, und ziehe einen Schmollmund.

»Hat er denn deine Nummer?«, fragte sie weiter und ich schüttle den Kopf.

»Nein, aber zumindest weiß er, wo ich wohne.« Wenn ich allerdings daran denke, dass er gestern spontan vor meiner Tür gestanden hätte. Das Bild von mir in meinem Fleece-Jumpsuit mit Bärchenohren an der Kapuze, der schon aus mehr Knötchen als Fleece besteht, entsteht in meinem Kopf. Dazu etliche Packungen Taschentücher, rot verquollenen Augen, leuchtende Nase und Liebeslieder trällernd auf dem Fußboden in der Küche sitzend und heulen. Nein, ich denke selbst für Scott Eastwood persönlich hätte ich in dem Zustand nicht die Tür geöffnet. Obwohl für Scott – nein, definitiv nicht.

»Vielleicht solltest du auch nicht auf alles hören, was dieser Steve Edwards von sich gibt und selbst mal die Initiative ergreifen.«

»Ich hab auch keine Nummer«, nuschele ich

vor mich hin, stemme die Tür zum Treppenhaus auf und eile die Stufen hoch.

Die nächsten Stunden bringe ich damit zu, mich die eine Hälfte der Zeit davon abzuhalten, diesem Idioten Hunter auch noch auf seine dämliche Frage des Tages zu antworten. Aber bin ich dann nicht irgendwie zickig? Haben wir nicht von Anfang an gesagt, dass wir nur kameradschaftlichen Kontakt haben wollen? Aber so etwas kann sich doch ändern, ich habe schließlich auch nicht geplant, dass mein Herz hüpft, wenn eine Nachricht von ihm eingeht. Warum will er mich nicht kennenlernen?

Selbst wenn wir eine Freundschaft aufbauen, geht das auf Dauer virtuell? Reicht es, wenn man nie die Gesten und Eigenheiten des anderen kennenlernt? Schmatzt er beim Essen, wie riecht er oder hat er einen Tick, mit dem Augenlid zu zucken oder ewig die Nase hochzuziehen? Und noch wichtiger, kann Freundschaft überhaupt funktionieren, wenn einer immer mehr will?

Die andere Hälfte der Zeit kämpfe ich dagegen an, in die Chefetage zu fahren und wie eine irre Stalkerin am Besprechungsraum vorbeizulaufen und zu hoffen, dass ich einen Blick auf Gabe erhaschen kann. Ein Lächeln stiehlt sich auf mein

Gesicht. Von ihm weiß ich, wie er riecht – nach einer Mischung aus Leder, Zitrone und … und einfach Gabe. Und er schmatzt nicht, schnieft nicht mit der Nase und zucken tut auch nichts, soweit ich das beurteilen kann. Er ist beinahe zu fehlerlos, um wahr zu sein, aber irgendwas wird sich schon noch finden lassen. Wieder sehe ich zur Uhr am oberen Bildschirmrand des iMac, allmählich müssten die Verträge doch alle abgeschlossen sein. Bestimmt – hoffentlich – wird er danach noch zu mir kommen, um …? Keine Ahnung, immerhin haben wir uns nicht mehr gesehen, seitdem ich nachts neben ihm eingeschlafen bin. Irgendwann müssen wir uns ja schließlich wiedersehen, und wenn die Unterschriften getätigt sind, gibt es keinen Grund mehr, dass er noch mal zu *Carter-Immobilien* kommt.

»Miss Hill ist in ihrem Büro«, höre ich Kates Stimme zu mir durchdringen und mein Herz galoppiert auf der Stelle los. Unwillentlich tackert sich ein breites Grinsen auf mein Gesicht und das, was da in meinem Bauch herumflattert, sind keine Schmetterlinge mehr, sondern ein Rudel Flugsaurier. Schnell irgendwas machen, damit es aussieht, als wär ich beschäftigt. Wild grapsche ich nach einem Kugelschreiber aus dem Halter, den ich im Trampeltiermodus natürlich umreiße, und springe auf, um die gefühlten 259 Stifte aufzuhalten. Stattdessen beobachte ich, wie einer nach dem anderen von der gegenüberliegenden Seite des Schreibtisches kullert.

Na bitte, zumindest habe ich jetzt tatsächlich etwas zu tun, über den Fußboden robben und Stifte einsammeln. Mit einer Hand am Becher sehe ich hoch, als es an der Tür klopft und mein Grinsen erstirbt im gleichen Augenblick. »Ethan.«

Sein Blick wandert gelangweilt von meiner Hand auf den Teppich bis zu seinen Füßen, mit denen er zwei Bleistifte in meine Richtung kickt. »Die Verträge sind unterzeichnet. Hast du Lust, einen Kaffee zu trinken?«

Ich sacke förmlich zusammen und lasse dann nickend den Becher fallen. Irgendwie habe ich offenbar kein Glück mit den Männern und sollte mir überlegen, ob ich es nicht doch dabei belasse, allein zu bleiben. Es ging mir nicht schlecht, natürlich war ich hin und wieder einsam, aber alles in allem war ich sehr zufrieden mit meinem Leben. Und jetzt? Jetzt denke ich viel zu viel über irgendwelche Kerle nach, deren Interesse an mir sich offenbar stark in Grenzen hält. Meine Arbeit, die mich bis vor gar nicht allzu langer Zeit noch komplett ausgefüllt hat, läuft eher nebenher und der einzige Mann, der mit mir Kaffee trinken will, ist mein behaarter Exfreund bekannt als unser Chef. Alles in allem ist er aber auch der Einzige, der irgendwie beständig ist. Vielleicht wäre er doch der Richtige gewesen?

Was bringt mir wildes Herzklopfen, wenn es am Ende doch nur traurig macht. Dann doch lieber weniger leidenschaftlich und dafür verlässlich.

»Hast du eigentlich immer noch Haare auf dem Rücken?«, rutscht es mir raus, bevor ich darüber nachdenken kann, und spüre die Hitze in meine Wangen steigen.

Ethan zieht die Augenbrauen kaum merklich zusammen, ehe seine Mundwinkel zucken. »Nein, ich gehe inzwischen …«, er schüttelt lachend den Kopf. »Habe ich nicht.«

Um den peinlichen Moment zu überspielen, umrunde ich den Tisch, zupfe meinen Rock am Saum in die Länge und knie mich auf den Teppich, um die Stifte einzusammeln. Los, Payton, sag etwas zur Auflockerung.

»Lynn und du …« Schön, genau! Plaudere nur weitere Interna aus dem Büro aus. Man echt, schalt mal deinen Denkmuskel wieder ein. »Also, ich … nicht, dass sie irgendwas gesagt hätte.«

Ethan lächelt, hockt sich neben mich und hält

mir kurz darauf ein paar Stifte entgegen. »Lynn ist eine tolle Frau, aber ich würde einer Frau zurzeit nicht gerecht werden.«

Ich spüre den schnellen Puls in meinem Hals, kalten Schweiß, der mir auf die Oberlippe tritt, und sehe zu Ethan auf.

»Alles okay?«, erkundigt er sich und ich nicke geistesabwesend. *Ich würde einer Frau zurzeit nicht gerecht werden.* Genau dieselben Worte habe ich vor zwei Tagen schon einmal gehört beziehungsweise gelesen – von Hunter.

23

FRAGE DES TAGES: BEI WELCHER FRAGE HÄTTEST DU ANGST, SIE EHRLICH ZU BEANTWORTEN?

Ich gieße den Wein in das Glas und beobachte mit glasigem Blick, wie der letzte Tropfen in die Weinpfütze fällt. Eigentlich schmeckt mir das Zeug immer noch nicht, aber meine Geschmacksknospen sind inzwischen dermaßen betäubt, dass ich selbst das nicht mehr wirklich wahrnehme. Um nichts zu verschwenden, lecke ich über den Hals der Flasche und stelle sie laut klirrend auf dem Glastisch ab.

Okay, ich habe gesagt, ich will es nicht tun und ich werde eisern bleiben, aber was ist schon dabei, wenn ich Hunters letzte Frage beantworte? Klar, ich bin sauer, dass er mich nicht sehen will, aber soll ich deswegen einfach nicht mehr antworten? Nee, das kommt mir irgendwie auch zu blöd vor. Ich öffne die Loveship-App und den Nachrichtenverlauf mit ihm. Seit Samstag habe ich ihm nicht mehr zurückgeschrieben, obwohl er einige Nachrichten geschickt hat, die heutige Frage des Tages ist: Bei welcher Frage hättest du Angst, sie ehrlich zu beantworten?

Genau genommen wäre die Antwort einfach, aber soll ich darauf wahrheitsgemäß reagieren? Bevor ich weiter darüber nachdenken kann, tippe ich.

Ich, Montag 21:49 Uhr

Die Frage, was genau ich für dich empfinde, denn dann müsste ich mir gestatten, darüber nachzudenken.

Ich lasse den Finger über dem Button schweben. Soll ich das wirklich abschicken? Das schrille Pfeifen der Türklingel lässt mich zusammenzucken und ich sehe auf die Uhr meines Smartphones. Wer ist das denn um diese Zeit noch? Schulterzuckend drücke ich auf Senden, schließe die App und gehe zur Haustür. Ich hebe den Hörer der Türsprechanlage ab, wodurch der Bildschirm anspringt und mir Gabe auf dem Display abbildet, der unten vor der Haustür steht und sich umsieht.

»Was machst du denn hier?«, frage ich das, was

mir als Erstes durch den Kopf schießt, und er dreht sich Richtung Gegensprechanlage.

»Spazieren gehen.«

Hää? Jetzt? »Aber sonst geht's dir gut?«

»Danke, alles bestens.« Er grinst und ich merke, wie meine Knie nachgeben, ob vom Alkohol oder doch eher von ihm, lasse ich mal dahingestellt sein. »Also kommst du?«

Ich sehe an mir herunter, hellrosa Wollsocken, mausgraue Jogginghose, quietschpinkes T-Shirt, und wie meine zusammengeknoteten Haare aussehen, kann ich nur erahnen. Andererseits, wofür noch aufbrezeln, ist schließlich dunkel draußen. »Gib mir fünf Minuten.«

Er ist hier! Er ist gekommen! Er will mich doch!

Um das Schlimmste zu kaschieren, ziehe ich mir meine kniehohen Stiefel und den Kurzmantel an, auf die Art ist von der Geschmacklosigkeit meiner Kleidung kaum noch etwas zu sehen. Schnell noch ins Bad, wobei ich das Zopfgummi herausziehe und meine Haare einmal durchschüttle. Ein kurzer Kontrollblick in den Spiegel und ich beschließe, so wird es wohl gehen.

Kurz danach reiße ich die untere Haustür auf und stehe Gabe gegenüber, der sich mit den Händen in den Jackentaschen zu mir herumdreht.

»Hast du öfter solche Anwandlungen, dass du mitten in der Nacht deine Affinität fürs Spazierengehen entdeckst?«, witzele ich und zwinkere ihm zu. Juhu, er will mit mir zusammen sein, scheiß doch der Hund drauf um welche Uhrzeit.

Gabe zeigt nach oben und mit leichter Sorge, ob ich seine nicht perfekte Stelle eventuell soeben entdeckt habe, folgt mein Blick dem Fingerzeig. Hat er vielleicht nicht mehr alle beisammen? Ich sehe in den vom Mond erhellten Himmel und wieder zu Gabe, der auflacht und den Arm um mich legt.

»Vollmond, ich hab mal gehört, Frauen stehen auf so was. Soll romantisch sein.«

Zwick mich, er kann einfach nicht echt sein. Wenn er nicht direkt neben mir stünde und Steve Edwards mit mahnendem Zeigefinger durch meinen Schädel rennen würde, damit ich nur nicht sage, was ich denke. Ansonsten würde ich ein lautes *Hach* von mir geben. Okay, unperfekte Stelle doch nicht gefunden und langsam habe ich Angst, er könnte irgendwann merken, dass ich gar nicht gut genug für ihn bin.

Wir laufen eine Weile wortlos den Bürgersteig entlang und alles, was wir hören, ist das Klacken meiner Absätze und die Motorengeräusche sowie das Hupen, das aus Richtung Innenstadt zu uns in die Nebenstraße dringt. Für Brooklyn herrscht überraschenderweise wenig Verkehr und nur hin und wieder rauscht ein Wagen an uns vorbei. Das Schweigen zwischen uns ist jedoch alles andere als unangenehm und ich habe das erste Mal das Gefühl auch gar nichts sagen zu wollen. Keine Fragen beantworten oder sich welche einfallen lassen, einfach nur das Rascheln von Gabes Kleidung und die Bewegungen seines Körpers zu spüren, weil er neben mir hergeht. Ich greife fester in den Stoff seiner Jacke und ignoriere die kalten Finger, als er die Stille unterbricht.

»Wusstest du, dass die dunklen Flecken auf dem Mond das Ergebnis von Vulkanismus sind?«

Wie bitte? Glücklicherweise ist es bis auf das Mondlicht dunkel, sodass er meinen vermutlich leicht verdatterten Gesichtsausdruck nicht sehen kann. Ich lege den Kopf in den Nacken und bewundere den Mond, der aussieht wie immer – schön halt.

»Ich hatte keine Ahnung.«

Ich höre ein leises Lachen und dem folgt ein Vortrag über irgendwelche Mondmeere von vor 3,9 Millionen Jahren oder so was. Um ehrlich zu sein, ich habe trotz meiner hin und wieder eingeworfenen Ahs und Ohs nicht den Hauch einer Ahnung, wovon genau er da spricht. Es interessiert mich auch kein Stück, dennoch könnte ich die ganze Nacht hindurch mit ihm weiterlaufen und mir seine Erklärungen anhören. Nur, um dem sanften Timbre seiner Stimme zu lauschen und das Vibrieren zu spüren, das durch seinen Körper in meinen übergeht, wenn er sich räuspert oder lacht.

Es ist schon weit nach Mitternacht, als wir wieder vor meiner Haustür ankommen, die Lampe des Bewegungsmelders springt an und ich sehe in Gabes Gesicht, das vor Kälte gerötet ist. Will er noch mit raufkommen? Sollte ich fragen? Aber wir müssen morgen beide arbeiten.

»Bevor ich es vergesse«, er zieht eine Karte aus seiner Jackentasche und reicht sie mir – seine Nummer. Seine verdammte Telefonnummer!!! Das ist beinahe so, als würde er mir den Schlüssel zu seiner Wohnung geben – na ja, fast.

Ein dümmliches Schmunzeln baut sich in mir auf, und bevor ich es unter Kontrolle bringen kann, scheint er es zu sehen. Anders lässt sich nicht erklären, warum er mich ebenfalls leicht debil angrinst und selbst dabei sieht er noch gut aus. Ich bin der Meinung, erst das Innere eines Menschen macht ihn wirklich schön und ich behaupte, dass Gabe optisch aussehen könnte wie Chevy Chase und trotzdem wunderschön wäre.

»Was machst du am Freitag?«, unterbricht er meine Gedanken und ohne zu überlegen, ob das eine standesgemäße Steve-Edwards-Antwort wäre, frage ich: »Keine Ahnung, sag du mir, was ich am Freitag mache.«

»Du gehst mit mir zum Krimidinner *Ein Leichenschmaus*.« Er haucht mir einen viel zu zarten Kuss auf den Mund, und noch bevor ich ihn von mir aus vertiefen könnte, löst Gabe sich und geht in Richtung Straße. »Zieh dir was Passendes an.«

24

FRAGE DES TAGES: WIE IST DAS VERHÄLTNIS ZU DEINER FAMILIE?

»Ich weiß nicht, das sieht doch total bescheuert aus«, sage ich zu Lauren und drehe mich vor dem Spiegel am Kleiderschrank hin und her.

»So ist man zu Edgar Wallace' Zeiten nun mal rumgelaufen, und wenn es heißt, man soll sich für das Krimidinner passend anziehen, dann ist genau das Outfit damit gemeint.«

Skeptisch begegne ich ihrem Blick im Spiegel und sehe wieder auf die Wasserwellen, die sie mir ins Haar gelegt hat. Dazu trage ich ein schwarzes Etuikleid, das anliegt wie eine zweite Haut, und das alleine wäre auch nicht schlimm. Die Seidenhandschuhe bis zu den Ellenbogen, die dunkle Perlenkette und der Hut mit dem kurzen Schleier, der bis über meine knallrot geschminkten Lippen reicht, sind eher das Problem. Als abschließendes Highlight soll ich eine elendig lange Zigarettenspitze à la Audrey Hepburn tragen, nicht zum Rauchen natürlich, sondern der Optik wegen.

»Wenn Gabe mich abholt und so sieht, steigt er sofort wieder in seinen Wagen und verschwindet auf Nimmerwiedersehen.«

»Papperlapapp, du siehst hammermäßig aus.« Lauren steht auf, öffnet die Kommode mit der Unterwäsche und kramt darin herum. »Hier, zieh die noch an.«

Ich fange auf, was sie mir zuwirft – halterlose Strümpfe –, und muss grinsen. »Na, wenn du meinst, dass ich die nach dem Aufzug noch brauchen werde.«

Eine halbe Stunde später ruft Gabe mich an und teilt mir mit, dass er bereits unterwegs sei und in wenigen Minuten vor meiner Tür stehe, sodass wir hinuntergehen und ich auf ihn warte. Unnötig zu erwähnen, dass ich mir selten dämlich vorkomme. Wenigstens Lauren ist hellauf begeistert und winkt mir fröhlich zu, bevor sie in ihren Wagen steigt und davonfährt. Vermutlich lacht sie mich nicht an, sondern aus. Ich puste durch die Lippen, um den Schleier, der an meiner Nasenspitze kitzelt, zu verscheuchen, aber das starre Ding bleibt, wo er ist. Ich sehe aus wie eine Schwarze Witwe.

Ein dunkle Limousine mit getönten Scheiben hält am Straßenrand und die hintere Tür geht auf. Bisher sehe ich nur einen Schuh und ein Stück Hosenbein, das unter der Tür zum Vorschein kommt, und trotzdem weiß ich, dass es Gabe ist. Es ist, als hätten wir eine Art Verbindung, die sich elektrisierend auf meinen Körper auswirkt, sobald er in der Nähe ist. Er steigt aus und ich gehe auf den Wagen zu. Nein!

Abrupt halte ich mitten in der Bewegung inne. Meine Mundwinkel zucken und ehe ich das Lachen aufhalten kann, sprudelt es schon aus mir heraus. Als ich dachte, dass ich bescheuert rüberkomme, wusste ich noch nicht, wie bizarr Gabe aussehen würde. Lachtränen sammeln sich in meinen Augen und er kommt seinen Bart zwirbelnd auf mich zu.

»Hätte ich gewusst, dass du so aussiehst, hätte ich mich etwas mehr zurechtgemacht«, meint er und gibt mir einen Kuss auf die Wange, wobei die Oberlippenbart-Attrappe sich in meinem Schleier verheddert.

»Oh Moment, nicht dass der abfällt.« Ich muss mir auf die Lippen beißen, um nicht wieder laut aufzulachen, und beobachte aus dem Augenwinkel, wie Gabe grinsend den langen Zwirbel befreit. »Gerettet.«

Er rückt ein Stück von mir ab, sodass ich seine karierte Golfmütze und den ebenso gemusterten Kurzmantel betrachten kann – ist das Tweed?

Natürlich bemerkt er meinen Blick und legt die Ansicht auf das frei, was er unter dem grässlichen Stück Stoff trägt – Krawatte und Horror-Pullunder von Mutti.

»Gefällt dir, was du siehst?«

Ich grinse und fahre mit meinem Finger über seine Brust. »Ich kann kaum an mich halten.« Trotz der affigen Aufmachung entgeht mir nicht, wie Gabes amüsiertes Funkeln in den Augen dunkler wird.

»Das geht mir ähnlich. Du wirst da heute jeder anderen die Show stehlen.«

Grinsend hake ich mich bei ihm unter und wir gehen zur Limousine, ein bisschen übertrieben, aber wenn ich behaupten würde, ich fühle mich nicht irgendwie besonders, dann müsste ich lügen.

Während der Autofahrt zwirbele ich kichernd wie ein Schulmädchen an Gabes Bart, der alle zwei Minuten herunterfällt, sodass er ihn wieder anklebt. Als wir am Restaurant ankommen, hält er kaum noch und hängt schief unter seiner Nase.

An Gabes Arm betrete ich den Eingangsbereich und komme mir ohne Überleitung vor wie in einer anderen Welt. Fühlte ich mich in dem Aufzug vorhin noch unwohl, würde ich mich jetzt unbehaglich fühlen, wenn ich in normaler Kleidung gekommen wäre. Als hätten wir mit Durchschreiten der Eingangstür die Zeit um Jahrzehnte zurückgedreht.

Neben uns befinden sich schätzungsweise um die 150 anderen Gäste, die ausnahmslos im Stil der Sechzigerjahre verkleidet sind. Viele Frauen tragen wie ich ein Etuikleid oder gepunktete Petticoats, und die Männer sind entweder in dunkle Anzüge oder ebenso grässlichem Tweed wie Gabe gekleidet.

»Wow, das ist … der Wahnsinn«, strahlend sehe ich zu Gabe, der mich anlächelt, wobei sein Bart herunterfällt, was mich auflachen lässt.

Ein Kellner kommt mit einem Tablett vorbei, von dem wir uns zwei Sektkelche nehmen, und eilt weiter, als ein Mitarbeiter des Restaurants uns bittet, ihm in den Speisesaal zu folgen. Gabe und ich warten, bis der größte Ansturm vorbei ist, und betreten den Raum als eine der Letzten. *Witwe Asthonburry* aus dem Krimi, der heute neben dem Essen aufgeführt wird, begrüßt jeden von uns mit Handschlag, doch ich kann sie kaum wahrnehmen.

Der Raum, in dem wir uns befinden, wirkt mit seinen rund gemauerten Zimmerdecken und Säulen, die zwischen den Tischen stehen, aufgemacht wie der Gewölbekeller eines Schlosses. An den Wänden hängen sechsarmige Leuchter, die mit Spinnweben – ich hoffe doch, sie sind unecht – dekoriert sind, und statt normaler Glühbirnen brennen richtige Kerzen darin.

»Wir müssen unsere Plätze finden«, lenkt Gabes Stimme mich ab und er führt mich zwischen runden Tischen entlang, die ebenfalls mit schweren Kerzenleuchtern dekoriert sind. Neben dem Gedeck aus Weingläsern und Tellern, die allesamt aus einer älteren Zeit zu stammen scheinen, stehen Namenskärtchen. Wir finden unsere Namen an einem Tisch, an dem noch fünf andere Pärchen sitzen. Das erste Mal wird mir bewusst, dass ich heute auch ein Pärchen bin. Glücklich sehe ich zu Gabe auf, der schon wieder mit seinem Bart rumhantiert, und nehme ihm das Stück Stoff lächelnd aus den Fingern.

»Danke für den schönen Abend.« Vorsichtig klebe ich das Haarbüschel wieder an seinen Platz und Gabe sieht mich kopfschüttelnd an.

»Aber er hat doch noch nicht einmal angefangen.«

Ein Gefühl von Ruhe, Zufriedenheit und absoluter Glückseligkeit überkommt mich und am liebsten würde ich ihm das, was ich gerade tief in mir empfinde, in wenige Worte packen und ihm entgegenbrüllen. Aber ist es dafür nicht noch etwas zu früh? Was würde Steve Edwards sagen? Stattdessen hauche ich ihm einen Kuss auf die Lippen und er zieht mir den schweren gusseisernen Stuhl vom Tisch, damit ich mich setzen kann.

Erst als sich alle Anwesenden auf ihren Plätzen eingefunden haben, wird ersichtlich, wer zu den Mitarbeitern des Restaurants gehört, die emsig herumlaufen, um die Getränkebestellungen aufzunehmen und die Vorspeise zu verteilen. Gabe und ich halten uns an den Wein, der bereits in einem Kühler auf dem Tisch steht. Je mehr Leute die Tomatensuppe mit Basilikum vorgestellt bekommen, desto leiser wird das Stimmengewirr, das von der rundlichen Raumdecke wie ein hallendes Echo zurückgeworfen wird. Die Männer nehmen ihre Hüte ab, die Frauen lassen sie auf, was auch nicht einfach ist. Pausenlos hebe ich kichernd den kurzen Schleier an, um den Löffel zum Mund zu führen, was bei Gabe für sichtliche Erheiterung sorgt.

Als die Vorspeise zu Ende gebracht ist, kommen die Schauspieler in den Raum und tragen ihren

Krimi vor. Meiner Meinung nach nicht unbedingt oscarverdächtig, aber lustig. Es werden einige der Gäste mit einbezogen und ein Mann mir gegenüber, der wie eine Kopie von Edgar Wallace persönlich aussieht, hebt spontan sein Glas. »Es war der Gärtner, prost.«

Die anderen am Tisch wechseln Blicke, aber heben aus einer Art Gruppenzwang heraus ebenfalls das Glas.

»Warum der Gärtner?«, stellt Gabe die Frage, die wir uns vermutlich alle stellen, und mein Gegenüber sieht ihn mit einer wohlwollenden Geste an.

»Weil es immer der Gärtner ist.«

Wir stoßen an, und noch bevor die Hauptspeise beendet ist, sind bereits sechs Weinflaschen an unserem Tisch geleert und eine neue ist nachbestellt. Zum Dessert wird ein weiterer Teil des Theaterstücks aufgeführt, was wohl keiner an unserem Tisch noch mit vollem Bewusstsein verfolgen kann.

Als unser Gegenüber, der sich inzwischen als John vorgestellt hat, das nächste Glas Wein komplett in sich schüttet, kommt der Kellner und verteilt Kärtchen, auf denen wir den mutmaßlichen Mörder benennen sollen.

»Es war der Gärtner«, johlt John durch den Saal, sodass ihn jetzt auch alle, die an den Nebentischen sitzen, verstanden haben dürften. Ich muss mir ein Lachen verkneifen und konzentriere mich auf die Karte vor mir.

»Können wir es nicht einfach auflösen? Was soll denn der Blödsinn?«, meckert er weiter und schenkt sich das Glas erneut voll. Okay, langsam wird es peinlich. Die anderen Gäste werden unruhig und ein unzufriedenes Murmeln macht sich breit.

»Wir haben es verstanden«, versucht Gabe, John zum Schweigen zu bringen, als ein Kellner zur Rettung auftaucht.

»Ich möchte Sie bitten, die Aufführung nicht zu stören, andernfalls muss ich Sie auffordern, den Saal zu verlassen«, erklärt er John in ruhigem Ton und sieht danach jeden unserer Runde einzeln an. Wir alle nicken ihm zu, und als er sich umdreht, brummt John: »Der Gärtner war es, eindeutig!«

Sofort wirbelt die Bedienung zu uns herum, als ich mich gerade zu Gabe hinüberlehne. »Gab es in dem Stück überhaupt einen Gärtner?«

»Ich muss Sie auffordern zu gehen«, spricht er nun Gabe und mich direkt an und wir wechseln verwunderte Blicke.

»Wie bitte? Wir waren das …«

»Wird auch Zeit, die stören uns schon den ganzen Abend«, unterbricht John mich, prostet noch einmal in unsere Richtung und seine Freundin Maja hält sich die Hand vor den Mund, hinter der sie ihr Kichern kaum verstecken kann.

»Der übergewichtige Edgar Wallace für Arme war es«, erklärt Gabe trotzig und verschränkt die Arme vor der Brust. Um seine Empörung zu untermalen, schüttelt er den Kopf, wobei sein Bart abfällt, und ich muss laut auflachen.

»Was willst du denn?«, röhrt John los und Gabe klebt mit groben Klopfern seinen Bart wieder an. Der Kellner sieht konsterniert zwischen uns hin und her, dennoch verfalle ich in einen regelrechten Lachkrampf, in den Maja mit einstimmt.

Zwei Minuten später stehen sowohl Edgar Wallace, Maja als auch wir vor dem Eingang des Restaurants. Rausgeflogen beim Krimidinner, das soll uns mal einer nachmachen.

»So was Primitives«, mault Gabe und lenkt mich in Richtung Limousine, die schon wieder oder immer noch vor dem Eingang steht. »Tut mir leid, dass der Abend auf die Weise endet.«

»Was war das, du Prilblumen-Sammler?« Maja hält John am Arm zurück, der im Begriff ist, auf Gabe zuzustürmen, nur der Wein macht ihm offenbar zu schaffen. »Willst du eins aufs Maul?«

Oh, jetzt bekommt es aber was von Wildwest-Manier.

Gabes Körper spannt sich an und er zeigt ein Lächeln, das ich an ihm noch nicht kenne. Sardonisch irgendwie und … wahnsinnig sexy. Ich will auf der Stelle Sex.

John wackelt wild mit den Armen, grunzt und schnaubt ein bisschen und schmeißt dann seine Jacke, die er während des Kampfes mit sich selbst ausgezogen hat, in den Dreck. Nur mit Mühe kann ich ein weiteres Lachen unterdrücken. Er brüllt kurz auf und hält seine Hände zu Fäusten geballt in unsere Richtung, was Maja aufstöhnen lässt. »Jetzt geht das wieder los.«

Gabe sieht kurz auf Johns Arme, die tatsächlich beachtlich aussehen. »Wollen wir gehen, bevor Brautzilla tanzen will?«, fragt er extra laut, und als eben dieser auf uns zu gewackelt kommt, zieht Gabe mich weiter Richtung Wagen, reißt die hintere Tür auf und wir springen rein.

Der Fahrer ist offenbar im Bilde und tritt sofort aufs Gas, obwohl die Tür noch offen steht, und ich halte mir den Bauch vor Lachen. Ich glaube, ich mach mich gleich nass.

»Hat der ein Glück, dass ich Pazifist bin«, lacht Gabe und zieht mich an sich.

Ich rutsche so nah an ihn heran, dass ich ihm genauso gut auf den Schoß krabbeln könnte, sehe gespielt bewundernd zu ihm auf und witzele: »Du hast mich wahnsinnig beeindruckt.«

Die Sitzheizung wärmt mich zusätzlich zum behaglichen Innenraum des Wagens. »Kommst du mit zu mir?«, unterbreche ich die Stille und drehe mich ihm zu, als auch Sekunden später noch keine Antwort gekommen ist. Gabe streift mir den Hut ab und schiebt mir eine dadurch gelockerte Haarsträhne hinter das Ohr.

»Nein, heute nicht.«

Die Enttäuschung über diese Absage steht mir offenbar ins Gesicht geschrieben, zumindest lächelt Gabe mich an und haucht mir einen Kuss auf die Stirn. »Wir haben beide zu viel getrunken.«

Mag sein, aber gerade drum. Ich hab mal gehört, dass Alkohol eine dämpfende Wirkung auf das Lustempfinden hat, das kann ich aber nicht unterschreiben. Vielleicht habe ich dafür schon zu viel oder noch zu wenig getrunken, aber ich könnte sofort und hier auf der Stelle. Ob Gabe unter Alkoholeinfluss nicht kann und deswegen nicht will? Das wäre definitiv eine Überprüfung wert. Ein kurzer Kontrollblick, doch der Bereich zum vorderen Teil des Wagens ist geschlossen, wie schon vorhin kann ich den Fahrer nicht sehen. Gehen wir also davon aus, er uns auch nicht.

Ich setze mich auf und lehne meinen Kopf an Gabes Schulter, wobei ich seinen Hals mit den Lippen erkunde. Himmel, es sollte verboten sein zu riechen wie er. Es dauert nur wenige Augenblicke, als ich bemerke, dass Gabes Atmung sich verändert, schwerer wird. Also entweder ist er eingeschlafen, oder aber … Ich gehe einfach mal von Letzterem aus und arbeite mich zu seiner Ohrmuschel hoch, wobei er den Kopf ein wenig in meine Richtung dreht. »Payton, was machst du da?«

Ohne auf die Frage einzugehen, wandert meine Hand zu seiner Anzughose und als würde es so was wie einen Sexgott geben, gelingt es mir tatsächlich auf Anhieb und einhändig, Knopf und Reißverschluss zu öffnen.

»Payton«, flüstert er, wobei ich mich neben ihn auf den Sitz knie.

Schon wieder ist mir, als würde ich Stimmen hören. Wenn er wollte, dass ich aufhöre, dann würde er vermutlich noch ein wenig mehr sagen als seine leise gehauchten Proteste.

Realistisch betrachtet war der männliche Penis nie etwas, dem ich besondere Beachtung geschenkt habe oder hätte schenken wollen. Ein Körperteil, der eben unter anderem dazu gemacht ist, Sex zu haben. Ich schiebe meine Hand in seine Hose und spüre sofort Gabes beachtliche Erektion, die sich gegen den Stoff der Shorts drängt und ganz offensichtlich nicht da drinnen bleiben will. Ich setze mich auf und streiche die Hose weiter herunter, wobei Gabe mir hilft, indem er seinen Hintern ein Stück von der Bank hebt. Wirkliche Gegenwehr sieht meines Wissens nach anders aus. Ohne darüber nachzudenken, was ich tue, handele ich rein aus dem Bauch heraus und umfasse die samtige Haut, die sich mir entgegenstreckt. Ich sehe zu Gabe auf, kann jedoch nur das Funkeln in seinen Augen ausmachen, da ich seinen Gesichtsausdruck in der Dunkelheit des Wageninneren nicht erkennen kann. Automatisch lecke ich mir über die Lippen und schlucke hart.

Auch das ist nie mein größtes Bestreben gewesen, aber alleine der Gedanke, ihn in den Mund zu nehmen, löst zwischen meinen Beinen ein Pochen aus, das mich kaum noch still sitzen lässt. Automatisch lasse ich die Hand an seiner Erektion auf- und abgleiten, was ihm ein gequältes Seufzen entlockt, das pulsierende Vorfreude durch meinen Körper peitscht. Als würden sich all meine Sinne nur noch auf ihn fokussieren, beuge ich mich hinunter und umspiele sein Glied mit der Zunge. Er stöhnt auf, das erregendste Geräusch, das ich je gehört habe, und ich spüre eine Hand, die sich in mein Haar schiebt. Mein Höschen ist feucht und ein nie gekanntes Gefühl von Macht durchströmt mich, als ich ihn saugend tiefer aufnehme und er in meinem Mund noch weiter anzuschwellen scheint. Ich bewege den Kopf hoch und runter, lasse ihn aus meinem Mund gleiten, umspiele nur die empfindliche Spitze und nehme ihn wieder, so weit es möglich ist, in mich auf. Mit jeder Wiederholung dringt er ein Stückchen tiefer in mich, sein Stöhnen wird lauter und auch ich kann mein immer schneller werdendes Keuchen nicht mehr unterdrücken. Ich kann schon die ersten Anzeichen seines herben Aromas schmecken, als ich seine Finger an meiner pulsierenden Klit spüre, während seine andere Hand mich bestimmend dazu bringt, seinen Rhythmus anzunehmen. Gabe dirigiert mich, wobei er mit einem Finger in mich eindringt und meine Klit mit immer schnelleren, direkteren Berührungen umrundet. Ich spüre das Zucken meiner Schenkel, die dem Orgasmus vorausgehen. Vielleicht ist es aber auch Gabe und im gleichen Moment, als sich meine Muskeln um seine Finger zusammenziehen, ergießt er sich auf meine Zunge und seine Finger krampfen sich mit einer beinahe schmerzhaften, aber wunderbar besitzergreifenden Geste in mein Haar.

25

FRAGE DES TAGES: ROMANTISCH ODER UNROMANTISCH?

»Du musst wirklich nicht mitkommen«, versichere ich Gabe noch einmal, kurz bevor wir am *Switch off* ankommen. Wenn ich ehrlich bin, sage ich es aber nur aus Höflichkeit und freue mich innerlich wie ein kleines Kind, das den ganzen Tag auf den Eiswagen gewartet hat.

Lauren hat Gabe in der Firma gefragt, ob er Lust habe, an unserem allmonatlichen Cliquentreff teilzunehmen, und er hat sofort zugesagt. Damit wird es das erste Mal seit Ethan sein, dass ich jemanden mitbringe und nicht der Quotensingle bin. Da Luca seine neue Flamme mitbringt, wird Gabe auch nicht der einzige Neue in der Runde sein und hoffentlich nicht allzu sehr beäugt. Gerade Victoria kann ziemlich direkt sein.

Statt einer Antwort drückt er meine Hand fester

und streichelt mit dem Daumen über meinen Handrücken, was mir ein wohliges Gefühl der Vertrautheit gibt.

Wir betreten die Bar und wie jedes Mal sitzen die anderen schon am Tisch. Lauren zeigt in unsere Richtung, worauf Victoria kurz über die Schulter sieht und sich dann ruckartig in dem Cocktailsessel zu uns herumdreht. Ihr Blick gleitet in Zeitlupe an Gabe hinunter und wieder hinauf, offenbar gefällt ihr, was sie sieht. Ein warmes Gefühl von Stolz durchströmt mich, ja, dieses besondere Prachtexemplar gehört mir.

Wir treten an den Tisch heran und alle stehen auf, um Gabe förmlich die Hand zu schütteln und sich selbst vorzustellen. Lediglich Claire schürzt die Lippen und scheint sich zu erinnern, dass sie Gabe heute nicht zum ersten Mal sieht. Ich flehe sie im Geiste an, bloß den Mund zu halten, und tatsächlich, sie streckt ihm mit ihrem lieblichsten Lächeln die Hand entgegen. Wir setzen uns zu Alex und Lauren auf die Bank und während ich noch die Jacke abstreife, tritt der Kellner schon an den Tisch.

»Hallo zusammen«, begrüßt er uns und nickt Gabe zu. Daher vermute ich, dass er Abbies Bruder sein muss, der Mitinhaber des *Switch off*. Die anderen geben ihre Bestellung auf, und als er sich mir zuwendet, fragt er: »Tequila Sunrise, viel Tequila, wenig Sunrise?« Hat der ein Elefantengedächtnis? Das ist Wochen her.

Als würde er seine Erinnerung dadurch selbst triggern, pendelt sein Blick zwischen Gabe und mir, wobei sein Grinsen immer breiter wird. Er deutet mit dem Kugelschreiber auf uns und fängt an zu lachen. »Du hast doch die spontane Selbstentleerung auf Gabes Schuhe gehabt«, lachend wirft er den Kopf in den Nacken und ich laufe rot an wie eine Kochplatte. Haha, was für ein Brüller. Die anderen am Tisch glucksen und Gabe legt seinen Arm um meine Schulter, mit dem er mich näher an sich zieht.

»Payton hat eben einen bleibenden Eindruck bei mir hinterlassen.«

Was? Überrascht drehe ich mich zu ihm und sehe in sein strahlendes Gesicht. Dieses ganz besondere Lachen, das seine Augen mit einbezieht und die zarten Fältchen darum entstehen lässt. »Du …« Ich sehe mich zu den anderen um und wieder zurück zu Gabe. »Du erinnerst dich doch an mich?«

»Na hör mal, das waren schließlich meine besten Schuhe. Wie könnte ich dich jemals vergessen?«

Henry schlägt sich mit der flachen Hand auf den Oberschenkel und lacht laut auf. »Das war wieder ein typischer Payton.«

»Ich nehme den Tequila«, sage ich mehr zu mir als zum Kellner, der jedoch zufrieden und weiterhin grinsend zurück zur Bar geht. »Das ist ziemlich peinlich«, nuschle ich und vergrabe mein Gesicht an Gabes Halsbeuge. Ich bin froh, als Luca und seine neue Freundin zu uns stoßen, die er uns als Megan vorstellt. Damit ist der beschämende Moment zumindest vorerst vergessen und die Aufmerksamkeit liegt auf jemand anderem. Wenig später bekommen wir die Getränke und das übliche Geplänkel geht los. Victoria plant den Gruppenurlaub, von dem ich noch immer alles andere als begeistert bin, und Claire lässt uns an einigen Anekdoten zur Stubenreinheit ihres Sohnes teilhaben.

»Gabe, willst du Kinder?«, spricht sie ihn unerwartet an. Was ist denn das bitte für eine beknackte Frage? »Falls ja, solltest du dir das mit Payton noch mal überlegen.« Sie lacht gekünstelt auf, doch ich weiß, dass sie es mehr als ernst meint. »Payton mag nämlich keine Kinder.«

»Ich denke, wir haben noch ein bisschen Zeit, um uns darüber zu unterhalten«, antwortet er mit seinem typischen Charme und greift nach dem

Wasserglas. Noch eine mehr als sympathische Eigenschaft, Gabe trinkt nur selten Alkohol. Das ist zum einen toll, weil damit die Gefahr gering ist, dass er womöglich irgendwann zum Säufer mutiert, und zum anderen, weil dann immer klar ist, wer von uns den Fahrer macht. Ein Streitpotenzial weniger.

»Schon, aber ich denke, man kann sich nicht früh genug mit dem Thema auseinandersetzen«, schwadroniert Claire weiter. »Stell dir vor, du investierst ein Jahr oder länger in eine Beziehung, die im Grunde genommen von Anfang an zum Scheitern verurteilt war, weil du Kinder willst und Payton nicht. Dabei könnte das ganz einfach geklärt werden …«

»Claire«, unterbreche ich sie mit mahnendem Unterton und schüttle den Kopf. »Wie Gabe schon sagte, klären wir das allein. Irgendwann und unter uns. Zudem kann man mir wohl kaum unterstellen, dass ich keine Kinder haben will, nur weil ich bei deinen Fäkalienstorys nicht vor Euphorie ausflippe.«

»Als würde ich jedes Mal davon sprechen«, kontert sie schnippisch und Henry kommt mir zu Hilfe.

»Doch, das tust du. Zum Leidwesen von uns

allen. Payton ist nur die Einzige, die offen zeigt, dass sie für die Ausscheidungen deines Sohnes nichts übrig hat.«

»Danke«, lächle ich ihn an.

»Weil sie unmögliche Umgangsformen hat«, erklärt Henry weiter und reißt damit sprichwörtlich mit dem Arsch wieder um, was er eben sorgfältig aufgebaut hat. Aber ich lache trotzdem.

Claire ignoriert uns gekonnt und wendet sich an Megan. »Und du, hast du Kinder oder willst …« Sie unterbricht sich selbst, als sie sieht, dass Lucas Zunge bis zum Bauchnabel in Megan steckt. Himmel, können die das nicht zu Hause machen?

Fremdschämend suche ich Gabes Blick, der eine Mischung aus Desinteresse und schnurzegal ist. Will er auch, dass wir uns hier in der Öffentlichkeit halb auffressen? Neue Beziehungen sind schon nicht immer leicht, weil man noch so wenig voneinander weiß. Gerade das ist natürlich zum einen das Aufregende, aber manches wäre eben auch einfacher, wenn man es von vornherein wüsste.

Eine weitere Stunde später sind wir auf dem Laufenden, was die Reiseziele sowie die möglichen Hotels angeht, und Henry ist wie gewohnt kurz vor dem Einschlafen. Megan und Luca haben zwar gerade den Mund frei, um sich ins Gespräch einzubringen, dafür möchte ich lieber gar nicht wissen, was er da mit seiner Hand unter dem Tisch macht. Sie hüpft in regelmäßigen Abständen auf ihrem Platz herum, als würde sie auf einem Vibrator sitzen.

»Entschuldigt mich bitte«, mit den Worten stehe ich auf, ziehe mein Kleid in die Länge und gehe in die Toilettenräume.

Zuerst überprüfe ich die Wimperntusche und lasse mir etwas kaltes Wasser über die Hände laufen. Das Bekanntmachen hat doch besser geklappt als gedacht. Bis auf Claires kleinen Anfall macht es den Eindruck, dass sich alle mit Gabe verstehen, und vor allem Alex – Laurens Mann – scheint viele identische Interessen mit ihm zu haben.

Ich gehe auf die Toilette und höre durch den Abstand der Kabinenwände zum Fußboden, dass jemand den Raum betritt und sich gleich darauf die Finger wäscht. Glücklicherweise bin ich schon fertig. Ob ich die einzige Frau bin, die nicht kann, wenn jemand anderes im Raum ist und hört, was ich hier so treibe? Als ich die Tür öffne und wieder an den Waschtisch treten will, werde ich zurück in die Kabine gedrängt und der erschrockene Schrei bleibt mir augenblicklich im Hals stecken.

»Gabe, was soll das?«, frage ich überrascht, vermischt mit einer kleinen Prise Freude.

Ohne mir zu antworten, drängt er sich dicht an meinen Körper, sodass ich mich auf der Ablage über der Toilette abstützen muss, um das Gleichgewicht nicht zu verlieren. Er knallt die Tür zu, legt den Riegel um und drückt mich dann mit den Rücken an das Türblatt. Ich suche seinen Blick und das helle Blau hat diesen mir inzwischen sehr bekannten dunkleren Ton angenommen, der mir direkte Impulse in mein Höschen sendet. Er presst seinen Körper gegen meinen und ich spüre seine Erektion an meinem Unterbauch, was mich aufkeuchen lässt.

»Gabe, wir sind hier auf dem Klo. Es könnte jeden Moment jemand reinkommen«, versuche ich, ihn halbherzig von dem abzuhalten, das sich in meinem Kopf bereits abspielt. Seine Finger fahren quälend langsam über mein Schlüsselbein, sodass ich schlucken muss. Hinab über meine Brust, den Bauch und weiter bis zum Saum meines Kleides. Er haucht sanfte Küsse auf meinen Kiefer und den Hals, wobei er den Rock des Kleides zusammenrafft und mir über den Hintern nach oben schiebt, wo er sich auf Höhe meiner Taille zu einem Stoffknäuel zusammenbauscht.

»Sag, dass ich aufhören soll und wir gehen sofort zu den anderen«, raunt er mir ins Ohr und allein seine Stimme reicht aus, um meine Klitoris vor Vorfreude pulsieren zu lassen.

Wenn ich noch eine Chance gegen mich selbst haben will, dann jetzt. Wenn er erst … Oje. Seufzend lehne ich den Hinterkopf an die Tür und schließe die Augen. Gabes Finger reiben über den dünnen, durchnässten Stoff meines Slips, an eben jene Stelle, die nur darauf wartet, berührt zu werden, und eine Gänsehaut zieht mir von den Füßen über die Beine nach oben.

»War das ein *Aufhören*?«, fragt er unnötigerweise und ich spüre das Lächeln seiner Lippen an meiner Wange. Wie durch einen Schleier höre ich das Hallen von näherkommenden Absätzen erst, als die Tür aufgeht und das Stimmengewirr zweier Frauen im Raum ertönt.

»Payton, bist du noch hier?«, kommt es zweifellos von Claire und ich höre das Ploppen einer Lippenstiftkappe.

Gabe zieht eine Augenbraue in die Höhe – dieser unverschämt heiße Gesichtsausdruck – und seine Finger im gleichen Augenblick von mir weg. Das ist wohl als Aufforderung zu verstehen, dass ich antworten soll.

»Ja, ich bin noch hier«, erwidere ich und wundere mich selbst, dass meine Stimme sich halbwegs normal anhört. Zeitgleich zieht Gabe mich von der Tür weg, dreht mich um hundertachtzig Grad und drückt mich mit seinem Körpergewicht wieder gegen die Tür.

»Also ich muss zugeben, alle Achtung«, kommt es von Victoria. »Dein Gabe, der hat schon was. Wenn ich nicht verheiratet wäre …« Sie schnalzt mit der Zunge.

»Als Masturbationsvorlage kannst du ihn doch trotzdem benutzen«, witzelt Claire und beide lachen. Gabe lehnt sich mit der Schulter an die Tür und verzieht den Mund zu einem schockierten Lächeln, was mich leise kichern lässt.

»Hoffentlich hat er keine Haare auf dem Rücken, sonst wars das für ihn.«

»Hat er welche?«, fragt Victoria und ich muss mir auf die Lippen beißen, als Gabe die Augen aufreißt.

»Nein, hat er niiicht«, quieke ich auf, als sich seine Finger von hinten in mein Höschen schieben und sich zielstrebig zu meiner Mitte bewegen.

»Es macht dich an, dass deine Freundinnen nur ein paar Meter von uns entfernt stehen.« Irritiert sehe ich Gabe in die Augen, als er die Hand zurückzieht und ich die Feuchtigkeit auf seinen Fingern glänzen sehe.

»Dann kann eigentlich nicht mehr viel schiefgehen«, frotzelt Claire weiter. »Es sei denn, sie reagiert allergisch auf ihn und muss wieder ein Antibiotikum nehmen oder etwas in der Art. Sollte ein Wunder sein, wenn es endlich einen Kerl gibt, der ihren Ansprüchen gewachsen ist.«

Während die beiden da draußen ihre Theorien auffrischen, steckt Gabe sich langsam Zeige- und Mittelfinger in den Mund und lutscht daran. Was zur Hölle ...?

Okay, das ist verrückt, total krank. Meine Freundinnen stehen auf der anderen Seite der Tür und mein Freund leckt sich meine Geilheit von den Fingern. Ich glaube, kaum noch eine Berührung zu benötigen, um in tausend Einzelteile zu explodieren.

»Du sagst ja gar nichts. Geht es dir nicht gut?«, fragt Victoria und ich schließe gequält die Augen, weil Gabe mich erneut berührt.

»Ich hab wohl ...« Tja, was hab ich wohl? Alles in mir zieht sich zusammen und konzentriert sich auf Gabes Finger, die meine Klitoris umrunden und seinen Daumen, der zeitgleich in mich eindringt. »Was Falsches gegessen«, stöhne ich mehr, als dass ich es sage, und spüre an der Schwingung der Tür, dass sich auf der anderen Seite jemand dagegenlehnt.

»Durchfall?«

In jeder anderen Situation wäre mir dieses abstruse Thema mehr als peinlich, doch in diesem Moment ist mir alles egal. Ich spüre nur noch Gabes Finger an und in mir, seine Zunge am Ohr und sein leises Schnauben. Er soll einfach nur zu Ende bringen, was er hier angefangen hat. Immer schneller umrunden seine Fingerspitzen meinen Kitzler, während er seinen Daumen im gleichen Rhythmus in mich hinein und wieder herausgleiten lässt. In dieser Sekunde ist mir sogar egal, wenn Victoria und Claire mitbekommen, was wir hier tun.

»Wir lassen dich mal einen Moment in Ruhe, okay? Wenn es nicht geht, frage ich, ob die hier ein Mittel gegen Magenverstimmung haben«, erklärt Claire.

Ich brumme ein »Mhhh« und drücke die Stirn unter Aufbringung meiner letzten Beherrschung an das Türblatt. Als ich endlich das Stimmengewirr aus der Bar zu uns durchdringen höre, das kurz darauf wieder verstummt, ist es ruhig im Raum. Ich kann den Umfang der Erregung kaum noch ertragen und lege meine Hand auf Gabes Finger, um ihn zu steuern. Ich will es fester und schneller, beginne, mit dem Becken über seiner Hand zu kreisen, und im nächsten Moment rauscht der Orgasmus wie eine peitschende Zündschnur durch mich hindurch und reißt mich mit sich. Wie in weiter Ferne höre ich das mir bekannte Knistern einer Kondomverpackung und nur Sekunden später rammt Gabe sich mit einer einzigen, beinahe groben Bewegung in mich und ich stöhne laut auf. Ist noch oder wieder jemand hier? Ich weiß es nicht und es ist mir auch egal. Automatisch strecke ich ihm meinen Hintern entgegen, als er mit festen, zügellosen Bewegungen in mich stößt, und werde ein zweites Mal von einem Orgasmus überrollt, wobei ich Gabe mitnehme.

26

FRAGE DES TAGES: KÖNNTEST DU EMOTIONALEN BETRUG VERZEIHEN?

Gabe ist die gesamte Autofahrt über schweigsam gewesen und zupft unentwegt an dem Drahtband, das den Blumenstrauß zusammenhält. Lächelnd registriere ich aus dem Augenwinkel, dass er sich zum x-ten Mal über die Nase reibt oder sich einen imaginären Fussel vom Hemd pult, als ich den Wagen auf der Hofeinfahrt meiner Eltern ausrollen lasse und den Motor abstelle.

»Du bist doch nicht ernsthaft nervös?«

Gabes Lächeln ist wie immer pure Souveränität, aber das Achselzucken zeigt, dass er sich selbst nicht ganz sicher ist. »Es ist eben deine Familie und für den ersten Eindruck gibt es keine zweite Chance.«

Ich lege die Hand auf seine, auch damit er endlich diesen blöden Drahtstängel zufriedenlässt, und grinse ihn an. »Mein erster Eindruck bei dir war auch nicht wirklich prickelnd und doch sitzen wir hier.«

Gabe lacht und hält den Blumenstrauß in meine Richtung. »Und du meinst nicht, dass deine Mutter es für übertrieben hält, wenn ich ihr Grünzeug mitbringe?«

»Gabe, meine Familie besteht aus ganz normalen Menschen. Obwohl … vergiss das normal.« Ich steige aus, und als Gabe von der anderen Seite über das Wagendach zu mir hinübersieht, spreche ich weiter. »Wenn hier einer Angst vor dem heutigen Eindruck haben muss, dann eher ich.«

Gabe sieht mich stirnrunzelnd an, doch ich schüttele nur den Kopf. Meine Familie in Worten wiederzugeben, würde es nicht im Entferntesten treffen, nein, die muss man selbst erleben, um es glauben zu können.

Ich halte ihm im Vorbeigehen meine ausgestreckte Hand hin und wir gehen gemeinsam die Treppe zur Veranda hoch. Tatsächlich stellt sich ein kleines Hochgefühl ein, weil ich beim heutigen Familienessen ausnahmsweise nicht die bemitleidenswerte Singlefrau bin. Nicht nur das, nein, ich habe auch noch einen First-Class-Mann an meiner Seite, für den manche Frau töten würde.

Ich habe den Finger noch auf dem Klingelknopf, als die Haustür schon derart ruckartig aufgerissen wird, dass der Türkranz hin und her schwenkt, sich letztlich aber wieder einpendelt.

»Hallo, ich bin Paytons Mutter Dana. Du hast doch nichts dagegen? Hier duzen wir uns alle«, erklärt Mom Gabe sofort und lässt mich im wahrsten Sinne des Wortes links liegen. Dann greift sie sich mit einer theatralischen Geste an die Brust und zieht hörbar Luft durch ihre Zähne. »Sind die für mich? Nein, wie aufmerksam.« Damit reißt sie Gabe die Blumen förmlich aus der Hand und zieht ihn an seinem Handgelenk in den Hausflur.

»Hereinspaziert ins Zentrum des Wahnsinns«, sage ich zu mir selbst und folge ihnen, ohne dass ich weiter beachtet werde.

Gabe sieht Hilfe suchend über seine Schulter zu mir und ich zucke mitleidig die Schultern. Es tut mir wirklich leid, aber ich fürchte, da müssen wir durch – er und ich auch.

»Paul«, trällert Mom in Richtung Wohnzimmer und zieht Gabe neben sich her. »Das ist Paytons Dad, Paul. Paul, das hier ist Gabe, Paytons *Freund.*«

Allein bei der Art, wie sie dieses Wort betont, stellen sich mir die Nackenhaare auf.

»Ach«, vernehme ich die Stimme von Onkel Harry. »Hat sie doch noch einen abbekommen. Der sieht doch ganz vernünftig aus.«

Als ich das Wohnzimmer betrete, sehe ich gerade noch, dass Harry Gabe wie bei einer Pferdebeschau auf die Schulter klopft. Ich glaube, ich brauche Alkohol.

»Da bist du ja«, schrillt es durch den Raum und Abby kommt auf mich zugelaufen, oder besser gewatschelt. Statt normal geradeaus zu gehen, schaukelt sie sich von links nach rechts vorwärts.

»Hey«, ich nehme sie zur Begrüßung in die Arme und flüstere ihr ins Ohr. »Sag mir, dass ich diesen Tag überstehe.«

»Du wirst diesen Tag überstehen«, wispert sie zurück. »Ob er ihn allerdings übersteht … Aber wenn, dann kannst du dir seiner sicher sein.«

Na toll, das tröstet mich aber. Ich fürchte eher, dass Gabe jetzt schon nach dem grünen Notausgangschild Ausschau hält.

Nachdem auch Grandpa, Dads Cousine Maddison und Abby Gabe begrüßt haben, stellt Brian sich neben ihn und raunt irgendwas von »Mit der Zeit gewöhnt man sich dran«.

Mom bittet uns, Platz zu nehmen, und während wir zum Tisch gehen, lehne ich mich zu Abby. »Hat Maddison schon wieder an ihren Lidern rumschnippeln lassen? Die sieht aus, als könnte sie kaum noch die Augen schließen.«

»Sie hat vorhin erwähnt, dass sie vor einer Woche die Pflaster entfernen durfte und ganz entzückt von dem natürlichen Ergebnis ist.«

Natürlich? Aha.

Am Tisch deute ich auf den Stuhl zwischen Brian und mir, damit Gabe wenigstens räumlich ein bisschen Abstand zu den anderen hat.

»Ist alles in Ordnung?«, frage ich ihn und er nickt, obwohl ich den Eindruck habe, dass er unter einem leichten Schockzustand leidet. Wir setzen uns und ich male mit dem Finger den Goldrand auf dem Teller nach. Hab ich ihn vielleicht zu früh mit hierhergebracht? Nicht, dass ich meine Familie als peinlich empfinden würde, aber sie sind eben speziell, wie vermutlich alle Familien auf die eine oder andere Art. Aber möglicherweise hätte ich Gabe erst so sehr von mir überzeugen sollen, dass selbst ein Nachmittag in dieser Runde ihn nicht mehr vertreiben kann.

Ich lege eine Hand unter dem Tisch auf Gabes Knie, und als sein Blick auf meinen trifft, kann ich ein leicht amüsiertes Leuchten in seinen Augen erkennen. Ist es vielleicht doch gar nicht so schlimm, wie ich befürcht habe?

Mom öffnet den Deckel der Suppenterrine und der Duft von Maissuppe, der mich direkt an meine Kindheit erinnert, steigt mir in die Nase. Wie in jedem Jahr reichen wir ihr nacheinander die Teller und sie füllt uns auf. Als Gabe seinen Teller wieder vor sich abstellt, pikst Grandpa ihm über den Tisch hinweg mit dem Griff seines Messers in die Hand. »Jungchen, gib mir deine Serviette.«

Gabes Augen weiten sich kurz und ich möchte lieber gar nicht wissen, wann ihn das letzte Mal jemand mit Jungchen angesprochen hat.

»Gib sie ihm nicht«, raune ich Gabe zu und reiche Mom meinen Teller, damit sie mir auffüllt.

Diese Familie bekommt man nie zum Schweigen, aber mit Essen schon. Außer der kaum vernehmbaren Hintergrundmusik, dem schabenden Geräusch von Besteck auf Geschirr und ab und an ein leises Brummen, das beweist, wie gut es schmeckt, ist es still. Onkel Harry ist wie immer der Letzte und Dad trommelt mit den Fingern auf dem Tisch herum. Wie es zu unserem Ritual gehört, warten wir, bis alle mit der Vorspeise fertig sind, bevor Dad hier an der Speisetafel vor uns allen den

Truthahn tranchiert. Und weil das jedes Jahr aufs Neue sehr aufregend für ihn ist, ist es immer wieder lustig, dass Onkel Harry sich absichtlich mehrmals von der Maissuppe nachfüllt. Ich vermute, dass er schon gar nicht mehr mag.

Mom räumt die Suppe ab und Dad holt sein Arbeitsmaterial in Form eines überdimensionalen Messers sowie einer nicht weniger großen Fleischgabel. Mom kommt mit dem Truthahn und einem »Heiß! Heiß! Heiß!« aus der Küche gelaufen und stellt den riesigen Vogel vor Dad ab. Seine geröteten Wangen beweisen die kindliche Freude und ich muss lächeln, was sofort erstirbt, als er seine langweilige, alljährlich wiederkehrende Rede über die Pilgerväter beginnt.

Der Einzige, der ihm interessiert zuhört, ist Gabe, was Dad mit mehrfachem Nicken in dessen Richtung würdigt. Nach gefühlten Stunden setzt er das Messer an, als Mom aufschreit: »Wer hat Grandpa eine Serviette gegeben?«

Reflexartig sehe ich zu Gabe, der mich erschrocken ansieht. Mein Blick sucht den Bereich um seinen Teller ab – keine Serviette.

»Ich hab doch gesagt, du sollst sie ihm nicht geben!«

»Wenn ein Mann in dem Alter sagt, ich soll ihm

den ollen Lappen geben, dann mach ich das. Warum auch nicht?«, fragt Gabe und sieht mich verständnislos an.

»Seht euch das an«, schnaubt Mom und deutet mit ausgestreckten Händen unter Grandpas Stuhl. Auch ohne dass wir hinsehen, ist allen bis auf Gabe klar, dass Grandpa sich Maissuppe auf die Serviette gekippt hat, um diese für später aufzubewahren. Vorzugsweise bunkert er es unter dem Stuhl, und wie das mit Stoffservietten und Suppe nun mal ist, na ja.

»Ich mach mich wieder nass, wenn du mir meine Suppe nicht lässt«, flucht Grandpa und haut mit der flachen Hand auf den Tisch.

»Oh bitte, keine Pissenisse-Geschichten heute«, stöhnt Brian auf und verdreht die Augen.

Ich sehe von einem zum anderen, bis mein Blick bei Gabe hängen bleibt, der mich mit einem großen imaginären Fragezeichen über dem Kopf ansieht. Ich möchte weinen.

»Ich brauche Alkohol!«, werfe ich ein und Onkel Harry steht mit einem »Gute Idee« vom Tisch auf.

»Wer oder was ist Pissenisse?«, fragt Gabe in Brians Richtung, und während Mom auf dem Fußboden unter Grandpas Stuhl herumkriecht, um die Suppe vom Teppich zu kratzen, flucht der, was das Zeug hält. »Ich werde eine Woche nicht aufs Klo gehen.«

»Das ist Pissenisse«, erklärt Brian und deutet auf Grandpa. »Wenn er diese Anfälle hat, dann hängt er seine Unterwäsche zum Trocknen über die Heizung und du kannst das Haus hier wochenlang nicht betreten. Das brennt in den Augen und stinkt, sag ich dir.«

»Brian«, ruft Abby vorwurfsvoll und Grandpa wettert weiter. »Wenn ich die Suppe nicht haben darf …« und weil es noch nicht chaotisch genug ist, echauffiert Dad sich: »Hört mir denn nicht mal an diesem traditionellen Tag einer zu?«

Onkel Harry stellt mir ein Glas Rotwein vor die Nase, das ich in einem Zug ausleere wie ein Verdurstender in der Wüste. Viel schlimmer kann es nicht mehr werden.

»Mom, hattest du eigentlich auch Hämorriden, als du schwanger warst?«, wirft Abby ein und rutscht auf ihrem Stuhl herum. »Ich weiß manchmal gar nicht, wie ich sitzen soll.«

Moms Kopf erscheint über der Tischplatte. »Ich habe eine Salbe, die kann ich dir mitgeben. Am besten Brian trägt sie auf, du kommst da in deinem Zustand ohnehin nicht richtig dran.«

»Was ich?«, blökt Brian und rümpft angewidert die Nase. »Ich möchte gerne meine Frau zurück und werde ganz sicher nichts eincremen, das aus ihrem Hintern quillt.«

Okay, Irrtum, es geht noch schlimmer.

Neben mir gluckst es, bevor daraus ein lautstarkes Prusten wird. Ich sehe erstaunt zu Gabe, der sich vor lauter Gegacker auf den Oberschenkel haut, und weil es noch viel schlimmer ist, als ich befürchtet habe, stimme ich einfach mit ein. Irgendwann lachen wir dann alle.

Mom kommt vom Fußboden hoch und lässt die Suppe Suppe sein, als Dad grinsend anfängt, den Truthahn an uns zu verteilen. Ich wische mir die Tränen aus den Augenwinkeln und lehne mich mit dem Kopf gegen Gabes Schulter. Er gibt mir einen Kuss auf den Scheitel, weshalb ich kurz die Augen schließe. Wenn es etwas wie Glückseligkeit gibt, dann muss es dieses Gefühl sein und ich lächle in mich hinein, während Gabe an meinen Haaren nuschelt: »Ich glaube, ich mag deine Familie.«

27

Heute ist es so weit, ich werde Gabes besten Freund Matt kennenlernen. Emma, dessen Freundin, kenne ich zumindest vom Sehen, durch meine Besuche im *Switch off*. Irgendwie empfinde ich das sogar noch aufregender, als seine Eltern kennenzulernen, weil der beste Freund doch weitaus größeren Einfluss auf einen Mann hat als seine Eltern. Wenn die sagen, dass ich ja wohl ein Griff ins Klo war, dann könnte er erst recht mit mir zusammenbleiben, quasi aus Protest. Wenn sein Kumpel es allerdings sagt, regt es ihn womöglich zum Nachdenken an. Nur was, wenn er nachher feststellt, dass ich doch gar nicht so toll bin, wie zuerst gedacht? Ich meine, ich habe durchgeknallte Freunde, eine vollkommen verrückte Familie und meine Eigenheiten sind auch recht gewöhnungsbedürftig.

Ich drehe mich mit dem Rücken zum Schrank und sehe über die Schulter zu meinem Spiegelbild. Die Liebe tut mir offensichtlich gut. Zumindest passt mir diese verteufelt geile Jeans wieder, in die ich bestimmt seit zwei Jahren nicht mehr reingepasst habe, und obwohl der Pullover ziemlich eng ist, gibt es keine unschönen Rollen über dem Hosenbund. Liegt höchstwahrscheinlich am verboten guten Sex, ist ja auch eine Art Sport.

Haare offen oder zusammen? Das letzte Mal, als ich mir diese Frage stellte, habe ich Hunter um Rat gefragt und er sagte, ich solle sie offen lassen. Hunter …

Ich gehe zum Bett hinüber, setze mich darauf und nehme das Smartphone vom Nachttisch. Mit zwei Wischbewegungen habe ich den Nachrichtenverlauf geöffnet und blättere mich verträumt durch die unzähligen Nachrichten, die wir uns in den mehr als sieben Wochen geschrieben haben.

Ja, wir kennen uns nur virtuell, und ob es wirklich möglich ist, sich auf diese Art zu verlieben, weiß ich nicht. Aber dass es möglich ist, sich zu verknallen, das kann ich mit Sicherheit sagen. Es waren einige Stunden, die ich chattend mit ihm verbracht habe, in denen ich vor Lachen beinahe von der Couch gefallen bin und wir auch tiefsinnige Gespräche über Männer, Frauen und Beziehungen im Allgemeinen geführt haben. Ich streichle über das Display und tippe eine Nachricht.

Ich, Samstag 18:31 Uhr

Meine Antwort auf deine Frage des Tages, ob ich emotionalen Betrug verzeihen könnte, ist Nein. Genau das ist auch der Grund, warum ich mich jetzt von dir verabschieden muss. Ich habe einen Mann kennengelernt, für den ich sehr viel empfinde, und doch könnte ich nie reinen Gewissens sagen, dass ich, was uns betrifft, nicht ständig an ein *Was wäre wenn?* denken muss. Du warst mir ein Vertrauter und wahrer Freund, aber nun muss ich mein reales Leben weiterführen. Ich danke dir für unsere gemeinsame Zeit und wünsche dir von allem nur das Beste. Deine Payton.

Keine Ahnung, wie lange ich auf die Worte starre, bis mich ein Hupen aus den Gedanken reißt. Ich gehe zum Wohnzimmerfenster, von dem aus ich auf die Straße heruntersehen, und entdecke Gabes schwarzen Audi.

Das Gefühl, Hunter ab sofort aus meinem

Leben zu streichen, ist merkwürdig und ja, es tut weh. Aber ich habe eine Entscheidung getroffen und weiß, dass sie richtig ist. Wie bedeutend Hunter auch war, Gabe ist wichtiger und daher drücke ich auf Senden und lösche direkt im Anschluss die gesamte Loveship-App.

Ein bisschen wehmütig werfe ich mir die Jacke über, greife nach meiner Handtasche und laufe immer zwei Stufen auf einmal nehmend die Treppe nach unten zur Haustür. Inzwischen haben wir Ende November und es ist ein extrem kühler Monat, sodass ich meine Jacke vor der Brust enger zusammenziehe. Gabe hält mir wie immer die Beifahrertür auf und gibt mir einen sanften Kuss, als ich an ihm vorbeigehe und einsteige. Als er vor dem Auto durch den Lichtkegel geht, fällt mir einmal mehr auf, wie verdammt gut er aussieht, und ich fühle mich in meiner Entscheidung bestärkt. Auch wenn ich noch oft an Hunter denken werde, war es richtig, das reale Leben dem virtuellen vorzuziehen. Dennoch kann ich nicht verhindern, dass ich mich frage, ob er die Nachricht schon gelesen hat. Ob ihm unser alltägliches Guten Morgen ebenso fehlen wird wie mir?

Verrückt, wie sehr man sich an etwas gewöhnen kann, das gar nicht wirklich greifbar, gar nicht echt ist. Das Problem ist nur, es hat sich so echt angefühlt und das ziehende Gefühl, das sich durch meinen Magen beißt, ist definitiv echt. Sehr echt sogar.

»Payton?«

Ich sehe zu Gabe, der inzwischen auf dem Fahrersitz sitzt und den Motor angelassen hat. Hat er etwas gesagt? Ich lächle ihn an, in der Hoffnung, dass es damit gut ist, und ein Glück, er lacht.

»Wo bist du denn mit deinen Gedanken?«

»Beim heutigen Abend«, lüge ich. Aber nur ein wenig, tatsächlich habe ich mir ja wirklich schon allerhand verrückt machende Gedanken eingeredet.

»Sie werden dich mögen«, erklärt er und baut mich damit auf. Gabe streichelt mir mit seiner rechten Hand über den Oberschenkel, was mein schlechtes Gewissen direkt noch einmal erhöht. Da sitze ich neben dem heißesten Typen, den die Männerwelt zu bieten hat, der dazu auch noch hochintelligent, zielstrebig, ehrgeizig und unglaublich witzig ist, und denke an ein paar Worte in Form eines Chats auf meinem Telefon. Hätte ich mir den Chat nur wenigstens abgespeichert, bevor ich ihn gelöscht habe. Dann könnte ich noch manchmal reinlesen und daran denk… Nein Payton, das ist nun selbst für dich ein bisschen zu hohl.

»Also«, lasse ich mich entspannt in den Sitz sinken. »Erzähl mir was von Matt.«

Gabe fädelt den Wagen in den Verkehr ein. »Dass er eine Tochterfirma von *Cunningham & Son* leitet, weißt du?«

Ich nicke und sehe ihn von der Seite an. »Ja, eine Sicherheitsfirma fürs Internet oder etwas in der Art.«

Gabe sieht zu mir hinüber und lächelt. »Etwas in der Art, genau.« Er blickt in den Rückspiegel, um die Spur zu wechseln, und ich präge mir sein Profil ein.

Für einen Mann hat Gabe volle Lippen, aber nicht so sehr, dass es zu viel wäre. Ein leichter Bartschatten liegt auf seinen Wangen und mit der Nase wäre er das perfekte Model für den Katalog eines plastischen Chirurgen – einmal eine Gabe-Nase bitte. Haben plastische Chirurgen Kataloge? Geht man da hin wie bei einer Zalando-Bestellung, tippt darauf und sagt: »Bitte einmal die Augenlider von Keira Knightley, die Lippen von Angelina Jolie, die Brüste von Salma Hayek und den Hintern von Jennifer Lopez? Oder machen Sie doch bitte gleich eine Megan Fox aus mir.«

»Wir sind da.« Gabe zieht den Schlüssel aus

dem Zündschloss und ich sehe auf ein niedliches kleines Einfamilienhaus am Rande von Brooklyn.

»Wow, ich hätte nicht gedacht, dass sie derart … idyllisch leben.«

Gabes Finger umschließen mein Kinn und er dirigiert meinen Kopf, sodass ich ihn ansehen muss. »Das hier sind die einzigen Menschen, bei denen ich nicht überlegen muss, was ich sage, sondern einfach Ich sein kann, und … und du gehörst jetzt auch dazu. Sie werden dich mögen.«

Ich bin irgendwo zwischen *ich sein* und *du gehörst jetzt auch dazu* hängen geblieben und habe keinen Schimmer, was er zum Schluss gesagt hat. Das ist es doch, was man von einem Mann hören will. Keine großen Reden, nicht die drei magischen Worte – obwohl ich gegen die natürlich nichts einzuwenden hätte. Nein, man will, dass der Partner einem dermaßen vertraut, dass er weiß, man liebt ihn genauso, wie er ist. Liebt … Liebe ich Gabe?

»Ich weiß, dass man das nicht fragt, aber ich wüsste wirklich manchmal gerne, was du denkst«, sagt Gabe mit einem Schmunzeln und gibt mir einen sanften Kuss auf die Lippen, wonach er seine Finger von meinem Gesicht nimmt. Er öffnet die Tür und noch bevor ich darüber nachdenken kann, was ich da sage, purzeln die Worte aus mir heraus.

»Ich dich auch.«

Gabe hält in der Bewegung inne und dreht sich dann wieder zu mir. »Wie bitte?«

Das ist jetzt doch irgendwie unangenehm. »Na ja, das, was du da eben gesagt hast. Es klang irgendwie wie eine …« Bravo, Payton, da war die Zunge mal wieder schneller als das Gehirn. »Ach vergiss es und lass uns reingehen.«

»Nein.« Gabe hält meine Hand, die gerade nach dem Türgriff greifen wollte. »Es hörte sich wie was an?«

Wie ein Gebet? Wetteinsatz auf das Bowlingteam, das heute spielt? Irgendwo wird vermutlich eins spielen.

»Wie eine Liebeserklärung oder etwas in der Art«, brummele ich vor mich hin und merke, wie meine Ohren warm werden. Gabe küsst mich noch einmal, doch dieses Mal zieht er mich dabei fester an sich, sodass ich automatisch den Mund öffne und meine freie Hand in sein Haare schiebe. Ich nehme an, im Auto vor dem Haus seiner Freunde über ihn herzufallen, macht keinen besonders guten Eindruck? Noch bevor ich im Kopf eine Pro- und Kontraliste abarbeiten kann, lässt Gabe von mir ab und lächelt mich schelmisch an.

»Dann hast du es richtig verstanden.« Damit

steigt er aus und ich brauche zwanzig Minuten, um mich zu sammeln und ebenfalls auszusteigen. Zumindest gefühlt, korrekt sind es vielleicht zwanzig Sekunden.

Die Haustür wird bereits geöffnet, als wir den Kiesweg dorthin entlanggehen, in dem ich mit den Pfennigabsätzen versinke.

»Da seid ihr endlich, ich hab schon zu Emma gesagt, ihr treibt es erst noch eine Runde, bevor ihr reinkommt.«

Meine gerade auf normale Temperatur angekommenen Ohren werden postwendend wieder warm und ich fürchte, dass mein Gesicht aussieht wie eine überreife Tomate.

»Du bist also Payton. Ich erinnere mich an dich«, begrüßt Matt mich, den ich sofort als den Mann ausmache, der am ersten Abend, als ich Gabe sah, mit ihm zusammen an der Bar saß. Er simuliert, als müsse er würgen, was mich zum Lachen bringt. Kotze hin oder her, zumindest ist das Eis direkt gebrochen. Die zierliche blonde Frau, die ihm auf den Oberarm boxt, ist Emma.

»Kommt rein. Schön, dich mal außerhalb der Bar zu treffen, Payton«, begrüßt sie mich und nimmt Gabe dann freundschaftlich in den Arm. »Ich hab uns was zu essen gemacht.«

Gabe bleibt stehen, sodass ich auch stoppe, da er noch immer meine Hand hält, und Matt klopft ihm auf die Schulter.

»Keine Sorge, sie hat nur Gemüse geschnippelt und komische Dips gemacht. Sie hat nicht wirklich gekocht«, erklärt Matt und schüttelt dabei den Kopf, als wäre es das Absurdeste überhaupt. Ich sehe stirnrunzelnd zu Gabe, der mir ein »Noch mal Glück gehabt« zuraunt.

»Gabe.« Eine kleine Schönheit mit unwiderstehlich blonden Locken kommt angelaufen und wirft sich ihm regelrecht in die Arme. Dafür lässt er sogar meine Hand los und geht in die Knie. Wenn sie nicht kaum größer als ein laufender Meter wäre und schätzungsweise um die fünf, dann würde ich vermutlich nicht ganz so gelassen reagieren.

»Ich hab dir was gemalt.« Sie löst sich von seinem Hals und streckt ihm einen Zettel entgegen, auf dem ein kleines blondes Mädchen und ein deutlich größerer dunkelhaariger Mann zu erkennen sind.

Gabe lobt ihre künstlerischen Fähigkeiten, und die Kleine erklärt ihm mit einer Selbstverständlichkeit, dass die beiden Figuren sie wären – bei ihrer Hochzeit. Aha.

Gabe drückt sie noch einmal an sich und sieht

dann zu mir auf. »Das ist Isabella, meine zukünftige Braut«, er zwinkert mir zu, »und das ist Payton, meine Freundin.«

»Deine Freundin?«, echot Isabella und blickt ihn mit großen Augen an, bevor sie sich mit einem Blick mir zuwendet, mit dem sie jeder Ober-Bitch in meinem Alter das Blut in den Adern gefrieren lassen würde. Sie taxiert mich von oben bis unten, wobei sich ihre niedliche kleine Stirn kräuselt. »Aber ich bin doch viel hübscher.«

Matt gluckst und sagt irgendwas, das sich anhört wie »Das Gezicke muss sie von ihrer Mutter haben« und Gabe gibt ihr einen Kuss auf die Stirn, bevor er aufsteht und sich neben mich stellt. »Also ich wüsste nicht, wen von euch beiden ich hübscher finden sollte.«

Miese kleine Terrorkröte. Die hat es faustdick hinter den Ohren, das merke ich doch. Noch zehn Jahre weiter und aus dem optischen kleinen Engel ist eine Männer verschlingende Lolita geworden.

Gabe hebt meine Hand an seine Lippen und drückt einen Kuss darauf. »Komm.«

Wir gehen vom Flur aus in das Wohn-Esszimmer, das insgesamt kleiner ist als das Wohnzimmer in Gabes Wohnung und doch muss ich sagen, dass es gemütlicher wirkt. In der Ecke ist ein Kamin, der jedoch nicht aussieht, als wäre er je benutzt worden, und die acht Stühle um den schweren Echtholztisch sehen alle unterschiedlich aus. Emma klappt den auf dem Tisch stehenden Laptop zu und schiebt ein paar Unterlagen an die Seite.

»Entschuldigt, wir wollen neue Karten für die Bar machen und ich habe gedacht, ich probiere mich mal daran. Mit der Betonung auf Probieren.«

»Wenn du willst, sehe ich mir das gerne an«, spreche ich es aus, bevor ich darüber nachdenken kann, ob ihr das wohl recht wäre.

»Wirklich? Das wäre toll.« Sie beachtet Matt flüchtig, der kopfschüttelnd lacht, und ich sehe skeptisch zwischen ihnen hin und her. »Also eigentlich hab ich den Krempel absichtlich hier stehen lassen, um irgendwie auf das Thema zu kommen und ...«

»Und sie hat gehofft, dass du genau das sagen würdest«, beendet Matt Emmas Satz und legt den Arm um sie.

Keine Viertelstunde später ist es, als wäre ich erst vorige Woche das letzte Mal hier gewesen. Emma und ich gehen ihre Ideen durch, die sie für die Karte hat, und ich erkläre, was farbtechnisch sinnvoll wäre, um den Kunden anzusprechen. Gabe und Matt sitzen fachsimpelnd vorm Fernseher und meine Mini-Rivalin Isabella läuft zwischen Couch und Esstisch herum, wobei sie mir zwischendurch die Zunge rausstreckt.

Ich habs versucht, ehrlich, hab sie sogar einmal angelächelt. Schön, vielleicht hat das eher an eine Hyäne erinnert, die versucht, nett zu wirken, bevor sie ihr Opfer zermalmt. Aber so oder so, die kleine Kröte hat nicht zurückgelächelt und das macht uns zu einer Art Feindinnen.

»Sie ist offenbar ein bisschen eifersüchtig«, spricht Emma meine Gedanken aus und nickt in Richtung Isabella. »Gabe hat noch nie eine Frau mit hierhergebracht und hat ihr immer erzählt, sie sei die Einzige für ihn. Auch dass er einfach wartet, bis sie mal groß genug ist, um sie dann zu heiraten.« Emma blättert lächelnd durch die alte Barkarte und ich sehe zu Gabe hinüber.

»Er mag Kinder, oder?«

»Gabe?« Emma sieht zu mir auf. »Oh ja und wie. Ich hab nie Zahlen gehört, aber ein Trio will er bestimmt haben.«

Na großartig, also muss ich mich doch noch mit dem Gedanken auseinandersetzen, ob ich irgendwann mal vollgekackte Jeanshosen auswaschen und den Abfluss damit verstopfen will. Merkwürdigerweise finde ich den Gedanken derzeitig viel weniger erschreckend als noch vor einigen Wochen.

»Er hat erzählt, ihr habt euch bei der Arbeit kennengelernt, also richtig kennengelernt«, sie grinst, »du arbeitest in der Firma, die sie jetzt übernommen haben?«

Ich nicke und spiele nebenbei mit dem Farbregler im Photoshop.

»Wenn ich da an Matts super Idee denke, Gabe irgendwie an die Frau zu bringen.«

»Was?«, frage ich lachend, schiebe den Laptop von mir weg und stütze mein Kinn auf einer Hand ab. »Erzähl.«

»Als Gabe aus London zurückkam, hat Matt ihn bei irgendeiner App angemeldet und gemeint, da würde er bestimmt ganz schnell eine finden.« Emma lacht ihr glockenhelles Lachen und schüttelt den Kopf, während mir ein kalter Schauer durch den Körper rauscht und ich mich gerade hinsetze.

»Bei einer App?«

»Ja, total bescheuert. Als hätte Gabe das nötig und würde nicht auch so eine finden.«

»Das hat er gar nicht erzählt«, sage ich geistesabwesend und merke, wie mir kalter Schweiß auf die Stirn tritt.

»Das ist auch nicht unbedingt etwas, womit

man hausieren geht.« Sie zwinkert mir zu. »Sag mal, Gabe, bist du eigentlich noch bei dieser verkorksten App angemeldet?«, ruft sie zu ihnen hinüber.

Matt, der seitlich auf der Couch sitzt, dreht sich zu uns, doch Gabe bleibt regungslos, bis Matt ihm gegen den Oberarm boxt. »Stimmt, da war doch was.«

Gabe lacht trocken auf, doch ich kann hören, dass es kein ehrliches Lachen ist. Er steht auf und kommt zu uns an den Esstisch, um sich Wasser nachzuschenken. »Ich habe das Ding nicht wirklich benutzt.« Er zwinkert mir zu und den Bruchteil einer Sekunde rüge ich mich für mein Misstrauen. Wenn da nur nicht mein Bauchgefühl wäre, das mir den Magen zusammenzieht.

»Wie hieß die App?«, will ich wissen und sehe Gabe herausfordernd an, doch er weicht meinem Blick aus und dreht sich wieder zu Matt.

»Das weiß ich gar nicht mehr.«

»Loveship«, mischt Matt sich ein und springt ebenfalls von der Couch auf. »Und passend zu den Jäger-und-Sammler-Charakteren der Teilnehmer dort habe ich Gabes zweiten Vornamen genommen. Stimmiger geht es nun wirklich nicht.« Er freut sich wie ein kleiner Junge und ich sehe, dass

Gabe leicht den Kopf schüttelt, als wollte er Matt ein Zeichen geben, sofort den Mund zu halten.

Mein Herz rast, das Blut rauscht mir überlaut durch die Ohren und ich hole mehrmals tief Luft, weil ich glaube, jeden Moment in Ohnmacht zu fallen.

»Wie ist dein zweiter Vorname?«, frage ich direkt an Gabe gewand, der noch immer mit dem Rücken zu mir steht, und Matt kommt ihm mit einer Antwort zuvor.

»Hunter.«

28

Ich spüre förmlich, wie mir alles Blut aus dem Gesicht weicht und sich der Boden unter mir zu drehen beginnt. Ich habe es gewusst, ich habe es geahnt und doch nicht wahrhaben wollen, weil es einfach zu absurd schien.

Mechanisch stehe ich ohne ein Wort auf, nehme meine Jacke und die Handtasche von der Stuhllehne und spreche Emma noch einmal an, die mich mit fragendem Blick ansieht.

»Melde dich gerne bei mir, dann mache ich dir ein paar Entwürfe. Es hat mich gefreut, euch kennenzulernen.« Damit lächle ich Matt an und wundere mich selbst, woher ich die Beherrschung dafür aufbringe. Ohne Gabe eines weiteren Blickes zu würdigen, gehe ich an ihm vorbei zur Haustür, als ich seine Hand um meinen Unterarm spüre.

»Payton bitte, lass mich dich nach Hause fahren und ich erkläre dir alles.«

Die Beherrschung bröckelt und ich presse die Augen zusammen, um mich selbst unter Kontrolle zu bringen. In diesem Moment weiß ich nicht, welche Empfindung stärker ist. Die Wut, dass er mich über Wochen belogen hat, oder ob es die maßlose Enttäuschung ist, dass er mich dermaßen getäuscht hat, ohne mit der Wimper zu zucken.

Ich weiß nicht einmal, von wem ich mich mehr betrogen fühle, von Gabe, dem ich mich mit allem hingegeben habe, oder von Hunter, der mir zu einem Freund geworden war. Dass die beiden plötzlich ein und dieselbe Person sein sollen, macht es erst zum eigentlich Unerträglichen. Die Enttäuschung frisst sich wie ein Geschwür durch meinen Magen und strömt in jeden Winkel meines Körpers aus. Sie nimmt mir regelrecht die Luft zum Atmen und ich öffne kopfschüttelnd die Augen. Nein, diese Blöße gebe ich mir jetzt nicht, dann entscheide ich mich lieber für die Wut.

Energisch entreiße ich ihm meinen Arm und ziehe die Haustür auf, wobei ich mich noch einmal zu ihm umdrehe. Seine blauen Augen sehen mich flehend an, aber in diesem Moment bin ich sicher, dass doch alles, was ab sofort von ihm kommen würde, ebenso gelogen wäre. Ich suche nach Worten doch nichts, was mir in dieser Situation über die Lippen käme, würde dem Aufruhr in mir auch nur im Ansatz gerecht werden.

»Ich hatte Sorge, dass ich vielleicht nicht gut genug für dich sein könnte, aber jetzt weiß ich, es ist genau andersrum.« Damit gehe ich einfach und lasse die Haustür offen stehen, um sie nicht wütend hinter mir zuzuwerfen.

Ohne ein Ziel stürme ich nach rechts und nach der nächsten Einfahrt direkt noch einmal, Hauptsache, Gabe findet mich nicht, sollte er auf die Idee kommen, mir zu folgen. Es ist noch kälter geworden und ich krame mit starren Fingern in meiner Handtasche. Wo ist dieses dämliche Smartphone? Wäre noch die Krönung, wenn ich es womöglich dort liegen gelassen habe und meinen Abgang mit einer Rückkehr à la *Ich hab mein Telefon vergessen* abschwächen müsste.

Der Kloß in meinem Hals schwillt unermüdlich an und ich weigere mich hartnäckig, an Gabe oder Hunter zu denken. Endlich, da ist es. Ich wähle Laurens Nummer und als sie rangeht, muss ich mich wirklich zusammenreißen, nicht auf offener Straße anzufangen zu heulen.

»Kannst du mich abholen?«

»Payton?«, fragt sie rhetorischerweise, als wüsste sie nicht, wer sie hier anruft. »Ist alles in Ordnung?«

Ich presse die Lippen aufeinander, spüre das drohende Brennen in meinen Augen, das die ersten Tränen ankündigt, und schüttele den Kopf. »Nein. Kannst du kommen? Ich bin in den Dyker Heights, dreiundachtzigste Straße.«

»Ich bin in einer halben Stunde da«, kommt ohne weitere Fragen und es knackt in der Leitung.

Ich stecke das Smartphone in die Jackentasche, atme zittrig ein und spüre die eiskalte Luft im Hals. Wenn ich gewusst hätte, dass ich nachts um elf bei Minusgraden an der Straße stehe, hätte ich mir vielleicht auch anderes Schuhwerk angezogen. Meine Zehen lassen sich kaum noch bewegen und ich hauche mir die Hände warm, wobei ich weiter die Straße entlanglaufe.

Nur keine Gedanken an Gabe verschwenden, bete ich mir wie ein Mantra vor, doch je mehr ich es versuche, desto weniger gelingt es mir. Das Smartphone klingelt und mein dummes Herz hofft sogar für eine Sekunde, dass es Gabe ist, der mir alles mit einer einfachen Erklärung aufzeigen kann. Aber welche sollte das sein? Vielleicht ist es aber auch Lauren, also ziehe ich das Smartphone wieder aus der Jacke und das Selfie von Gabe und mir im

Bett leuchtet auf dem Display. Ich bin kein theatralischer Mensch – wirklich nicht –, aber das fühlt sich leibhaftig an, wie von hinten mit dem Messer durch den Rücken ins Herz gestochen zu werden.

Eine Träne stiehlt sich aus meinem Augenwinkel und läuft mir über die Wange, wo ich sie mit einer heftigen Bewegung wegwische. Endlich verschwindet das Bild und nur Sekunden später ploppt eine Nachricht auf. *Wo bist du? Bitte gib mir die Chance, es dir zu erklären.*

Ich habe es an seinem Blick gesehen, dass er und Hunter ein und dieselbe Person sind, und doch tut es weh, es auf die Weise noch einmal bestätigt zu wissen. Denn sonst würde er sich eher wundern, was eigentlich mein Problem ist, oder fragen, warum ich überhaupt weggelaufen bin. Aber diese naive Hoffnung gaukelt mir nur mein Herz vor, damit ich glaube, dass es noch eine Chance gibt. Doch die gibt es nicht.

In Gedanken wandere ich zurück an den Tag, als Hunter mich das erste Mal angeschrieben hat. Er hat den Blitz-Button genommen und konnte mich direkt anschreiben. Er erwähnte sogar, dass sein bester Freund ihn zu dieser App genötigt habe – Matt. Plötzlich ist es, als ob ein Schleier von mir abfallen würde und ich alles klar sehen kann. Der

Tag, als ich den roten Pullover trug, war der, als das erste Mal Leute aus der Firma *Cunningham & Son* bei uns waren und vermutlich war er dabei.

Dass er wusste, wie ich meinen Kaffee trinke, ohne dass wir je darüber gesprochen haben und dass er bei unserem ersten Date die Themen kannte, die mich interessieren. Dass er genau wusste, wie und wo ich angefasst werden möchte … Ich glaub, mir wird schlecht.

Der Lichtkegel eines langsam fahrenden Wagens kommt auf mich zu und ich dränge mich weit an die Seite – aua, verdammte Scheiße! Fiese stachelige Hecke. Wieder treten Tränen in meine Augen und wenn man das Recht dazu hat, sich selbst leidtun zu dürfen, dann glaube ich, genau in diesem Moment das alleinige Anrecht darauf zu haben. Erst als der Wagen beinahe auf meiner Höhe ist, erkenne ich Laurens Kennzeichen und trete wieder aus der Hecke hervor, woraufhin der Wagen sofort zum Stehen kommt. Ich umrunde das Auto und lasse mich eilig auf den Beifahrersitz fallen.

»Aua.« Ein Dorn bohrt sich mir unangenehm in den Oberschenkel. Warum muss mir das passieren? Wütend ziehe ich ihn aus dem Stoff meiner Hose und werfe ihn auf die Straße, bevor ich die Tür mit einem lauten Knall zuziehe. »Mist!« Ich schniefe ungehalten auf und wische mir undamenhaft mit dem Jackenärmel über die Nase. Auch ohne Lauren anzusehen, weiß ich, dass ihr Blick auf mir ruht, ehe sie den Schalthebel auf Drive stellt und, ohne ein Wort zu sagen, losfährt.

Ich drehe mich etwas zur Seite, lehne den Kopf an die Kopfstütze und beobachte die Lichter, die aus den Häusern scheinen. Immer wieder rekapituliere ich den heutigen Abend, der so schön hätte werden können, und komme irgendwann bei Gabes Worten im Auto an. *Es sind Menschen, bei denen ich nicht überlegen muss, was ich sage, sondern einfach Ich sein kann, und du gehörst jetzt auch dazu.* Ich schluchze trocken auf, schüttele mich unwillkürlich und merke, dass der Wagen zum Stehen kommt. Sekunden später spüre ich Laurens Arme, die mich an sich ziehen und mir über den Rücken streichen, sodass alles, was ich seit meinem Abgang bei Emma und Matt mühsam versuche zu unterdrücken, herausbricht.

Ich weine wie ein Baby, werde zwischendurch richtiggehend laut, und immer, wenn ich denke, dass es wieder geht, überkommen mich seine Worte mit voller Wucht aufs Neue. So sehr ich mich auch bemühe, ich komme nicht gegen die Tränen an.

Keine Ahnung, wie lange wir hier sitzen, aber meine Dankbarkeit, nicht alleine zu sein und dennoch nichts erklären zu müssen, ist kaum in Worte zu fassen. Erst als mein Kopf beginnt, unangenehm zu pochen, löse ich mich von Lauren und ziehe mir ein Taschentuch aus der Handtasche.

»Ich glaube, es geht jetzt.«

Lauren sieht mich noch einen Moment lang an, und beinahe fürchte ich, doch wieder anzufangen, als sie endlich weiterfährt und den Wagen nur wenige Minuten später vor meiner Haustür hält. »Soll ich noch mit hochkommen, oder willst du lieber alleine sein?«

Einerseits finde ich den Gedanken beängstigend, andererseits wäre ich jetzt gerne für mich.

»Es geht schon, wir sehen uns übermorgen«, erwidere ich und lächle sie matt an. Ich steige aus und beuge mich noch einmal zu Lauren herunter. »Danke dir«, flüstere ich und die Stimme bricht mir weg, sodass ich die Tür zuwerfe und zur Haustür laufe.

Oben angekommen, werfe ich die Wohnungstür hinter mir zu und lasse mich mit dem Rücken daran hinunter auf den Boden gleiten. Das schwache Licht der Straßenlampen scheint in den Raum und ich fixiere die Umrandung der Couch, die ich nur erahnen kann. Ich durchlaufe all die *Fragen des Tages* und mit jeder wird der Kloß in meinem Hals größer. *Wie trinkst du deinen Kaffee? Was sollte man als Paar unbedingt machen? Bar, Nobelrestaurant oder Erlebnisgastronomie?* Ich schlucke hart, denke an das Krimidinner und spüre die Tränen in mir aufsteigen. *Was ist deine größte Fantasie?* Sex, wenn ich dabei erwischt werden könnte.

Eine weitere Träne rinnt mir über die Wange, dann noch eine und noch eine. *Wo magst du es, wenn Mann dich berührt?* Ein Schluchzen schüttelt mich. Ich ziehe die Knie an den Körper, lege die Arme darauf ab und lasse dem alles umfassenden Gefühl in mir freien Lauf. Weinen soll dem Körper Erleichterung verschaffen und nur das ist es, was ich jetzt gerne hätte. Erleichterung, damit der beinahe unerträgliche Schmerz in mir weniger wird.

29

Sechs Tage später

Inzwischen ist es amtlich, ich sollte mich einweisen lassen. Zum einen renne ich seit Tagen wie paranoid durch die Firma. Immer in der Panik, Gabe über den Weg zu laufen, was ziemlich unwahrscheinlich ist. Zum anderen ist es total verrückt, da ich jeden Morgen Ewigkeiten vor dem Spiegel zubringe, um so bezaubernd auszusehen wie möglich. Und das nicht, weil ich mich dadurch besser fühlen würde. Nein, sondern weil ich in meinem paranoiden Wahn Gabe treffen könnte, und dann soll er verdammt noch mal sehen, was ihm durch die Lappen gegangen ist. Ich sag doch, ich sollte über eine Einweisung nachdenken.

Am Sonntag hat er mich noch mit Nachrichten

und Anrufen bombardiert, die ich allesamt abgelehnt und gelöscht habe. Hinterher habe ich mich geärgert, dass ich sie nicht wenigstens gelesen habe, aber meine Wut zwingt mich oft zu Sachen, die ich nach ein paar Minuten des Nachdenkens nicht wiederholen würde.

Steve Edwards dürften inzwischen auch sämtliche Haare ausgefallen sein, aber ich habe Gabe am Montag geschrieben. Erst Montag, weil ich den ganzen Sonntag damit zugebracht habe, die Nachricht an meinem Computer zu formulieren und sie gefühlte 159 Mal zu lesen, um festzustellen, dass dann doch noch etwas fehlte. Am Ende hatte der Text den Umfang eines mittleren Romans, aber ich das Gefühl, dass ich alles losgeworden bin, was mich beschäftigt. Die Wut über den Betrug, die Enttäuschung über den Verrat und das sowohl als mein Partner als auch mein Freund. Wenn der Partner einen mit der besten Freundin betrügt, muss es sich in etwa ähnlich anfühlen, nur dass es bei mir nicht zwei Personen waren, sondern eine. Eine Schizophrene offenbar.

Ich habe ihm also diese elend lange Nachricht voller Vorwürfe und Beschimpfungen geschickt, garniert mit dem Schlusssatz, dass er sich bloß nie wieder bei mir melden soll, und was mache ich?

Genau, ich heule jeden Abend mein Kissen voll, weil er sich nicht mehr bei mir meldet.

Meine Gefühle wechseln schneller die Richtung als ein Windsack auf dem Highway. In der einen Sekunde denke ich, dass ich ohne ihn besser dran bin, denn wer braucht schon einen Betrüger wie ihn. In der nächsten erinnere ich mich an seinen Geruch, seine samtige Haut und das Kratzen seiner Bartstoppeln am Morgen. In diesen Momenten will ich ihn einfach nur zurück. Dann glaube ich, ihm alles verzeihen zu können, bis sich die Enttäuschung durchsetzt, dass er sich über Wochen mein Vertrauen erschlichen und mir persönliche Dinge entlockt hat. Dinge, die ich Gabe bestimmt nicht auf diese Weise erzählt hätte und die Hunter-Gabe genutzt hat, um mich herumzukriegen. Vermutlich ist er in Wahrheit ein ganz miserabler Liebhaber, der wie Mister Hot und Sexy zwischen den Beinen einer Frau herumrührt wie in einer Terrine. Höchstwahrscheinlich kann er auch gar nicht wirklich küssen und wusste nur, wie er es zu machen hat, weil ich mit Hunter über die Unfähigkeit einiger Männer lachte, die sich beim Küssen anstellen wie eine Dogge vorm Schaufenster des Schlachters.

Wenn ich das alles doch auch nur glauben könnte.

Es klopft an der Bürotür, weshalb ich aufsehe, und Ethan an meinen Schreibtisch tritt. »Hey, hast du die Vorschläge für den Wohnpark fertig?«

Oh verdammt, ich wusste, dass ich etwas vergessen habe.

»Ähm, ja, ich … ich muss noch ein paar Änderungen einarbeiten.« Die Wahrheit ist, ich habe noch nicht einen einzigen Blick darauf geworfen, seit Kate ihn mir gestern zugeschickt hat.

Ethan sieht mich von oben herab abschätzend an und ich presse die Lippen aufeinander. »Kaffee?«

Es ist nicht das erste Mal, dass Ethan und ich etwas trinken gehen, und seit ich weiß, dass er definitiv nicht Hunter ist, scheint mein unterschwelliges Unbehagen sich gänzlich aufgelöst zu haben, also warum nicht. Ich zucke die Schulter und umrunde den Schreibtisch, bis ich vor ihm zum Stehen komme.

»Aber du bezahlst.« Mit der Ansage geht er mir vorweg aus dem Büro und ich folge ihm kopfschüttelnd. Genau so möchte die emanzipierte Frau von heute das doch hören.

Oben in der Kantine angekommen, gehe ich zum einzigen freien Tisch an der Fensterfront und Ethan kommt wenige Minuten später mit dem

Kaffee dazu. Er stellt mir eine Tasse vor die Nase, mit Milch und ganz sicher einem Teelöffel Zucker. Genau wie ich ihn mag.

Ethan weiß es, weil wir eine Beziehung führten, Gabe wusste es, weil er mich als Hunter darüber ausgefragt hat. Ich schiebe den Gedanken barsch beiseite und lächle Ethan an, so gut ich es derzeit kann.

»Also, Payton. Was ist los?«

Irritiert schüttle ich den Kopf. »Was soll sein? Alles bestens.«

»Okay, nehmen wir an, das ist die offizielle Version«, er pustet am Kaffee und nippt dann probehalber. Offenbar ist der Kaffee noch heiß. »Und wie ist die inoffizielle?«

Ich suche in seinem Blick nach irgendwelcher Boshaftigkeit, dem Zeichen, dass er nur nach etwas sucht, um mir meine Gemeinheiten heimzuzahlen. Wie oft hat Ethan mich damals nach dem wahren Grund unserer Trennung gefragt, danach, ob er etwas falsch gemacht hat. Jetzt, wo ich auf dieselbe Art leide wie er seinerzeit, da verstehe ich ihn.

»Du hast damals nichts falsch gemacht.« Ethan wendet den Blick vom Fenster weg und zu mir, er sagt nichts, aber er weiß, was ich meine. »Es lag nicht an dir oder daran, dass ich dachte, du willst mich ändern. Auch nicht an den paar Haaren auf deinem Rücken.« Na gut, es waren schon mehr als ein paar, aber wer wird diesen innigen Moment schon mit solchen Kleinlichkeiten kaputt machen. »Es lag an mir. Ich war nicht bereit für eine Beziehung und habe wohl einfach dem Druck von außen gerecht werden wollen. Und sieh dich an, welche Frau würde da nicht das Schmachten anfangen.« Ich lächle und kaum zu glauben, aber Ethan wird leicht rot. »Ich wollte eine Beziehung, weil es erwartet wird, und habe dabei vergessen, dass man es nicht erzwingen kann. Weil ich mir eben das aber nicht eingestehen konnte oder wollte, habe ich regelrecht nach Fehlern an dir gesucht, mit denen ich vor mir selbst rechtfertigte, dass es eben nicht sein soll. Und das … tut mir leid.«

Ich lächle schief und Ethan schiebt eine Hand über den Tisch, um meine zu drücken. »Das kommt recht spät. Es gab eine Zeit, da hätte ich das eher gebrauchen können.« Ich senke den Blick, weil ich momentan nur zu genau weiß, was er damit meint. »Aber ich danke dir trotzdem.«

Ich sehe wieder zu ihm auf und es fühlt sich … leicht an. Als stünde nichts mehr zwischen uns.

»Also, und jetzt raus damit, was ist los?«

Na toll, Irrtum, da steht doch noch etwas

zwischen uns – seine penetrante Neugier. Keine Ahnung, warum, aber ich fange an zu erzählen. Von dieser selten dämlichen App, den ganzen Verrückten, die mir Katheter einführen oder Diätshakes andrehen wollten, von Mister Hot und Sexy, wobei ich die peinlichen Details unseres Beinahe-Liebesspiels auslasse und von Hunter. Ich erzähle sogar, dass ich hin und wieder dachte, dass er selbst Hunter wäre, was ihm einige Lacher entlockt. Bei Gabe, den er persönlich kennt, ist mir klar, dass es vielleicht nicht die beste Idee ist. Mit meinem Boss über seinen Boss zu sprechen und diesen als üblen, bösartigen, hinterlistigen Betrüger zu entlarven. Aber was soll schon passieren? Ethan wird wohl kaum zu Gabe gehen und ihn wütend zur Rede stellen. Vielleicht denkt er zukünftig immer genau das über Gabe, aber mehr auch nicht. Somit ist Ethan quasi zur Schweigepflicht gezwungen.

»Du schreibst ihm also, er soll sich nicht mehr melden und jammerst dann rum, weil er genau das tut, was du wolltest?«, fasst Ethan kurz zusammen und ich runzle die Stirn. Wenn ich das jetzt auf die Weise höre, klingt es irgendwie bescheuert. Aber ja, so ist es. Ich zucke mit den Schultern und will von meinem Kaffee trinken, den ich aber offenbar schon im Gespräch ausgetrunken habe.

»Ist das Frauenlogik?«

»Warum rede ich überhaupt mit dir darüber? Ist doch klar, dass ihr Männer zusammenhaltet. Ich sollte zu Lauren gehen.«

»Dann schreib ihm doch einfach oder noch besser, ruf ihn an.«

Steve Edwards reißt die Augen auf und fällt um wie ein Stück Holz.

»Das fehlt auch noch, ganz bestimmt nicht.«

»Aha, und warum nicht?«

Ich sehe ihn an, als hätte er mich gefragt, warum die Erde rund ist. »Weil … wenn er wirklich wollte, dann würde er sich auch melden.«

Ethan schüttelt lachend den Kopf, legt sich die Hand über die Augen und sieht mich dann wieder an. »Aber du hast ihm doch gesagt, dass er eben genau das nicht tun soll. Vielleicht respektiert er deine Ansage auch genau aus dem Grund, weil er dich mag.«

»Quatsch«, spucke ich ihm entgegen und erhebe mich ruckartig vom Stuhl. »Ich hole uns noch einen Kaffee.«

Als ich wenig später mit zwei Tassen zurückkomme und eine vor Ethan abstelle, geht er direkt in die Offensive.

»Da schreien die Frauen immer nach Emanzipation, aber wehe dem, der Kerl ruft nicht an. Und bloß nicht die Drei-Tage-Regel vergessen, wenn er sich dann nicht gemeldet hat, dann hat er kein Interesse.«

Ich schürze die Lippen, hat Ethan etwa Steve Edwards Ratgeber gelesen?

»Wahrscheinlich liest du dich auch noch durch irgendwelche blöden Ratgeber mit supertollen Tipps wie: Lassen Sie ihn mindestens einen Tag auf eine Antwort warten. Oder noch besser, er muss sich zweimal gemeldet haben, bevor Sie ihm einmal zurückschreiben.« Ethan lacht laut auf, als hätte er den Joke überhaupt gerissen, und schüttelt den Kopf. Wenn er damit weitermacht, hat er bald ein Schleudertrauma.

»Habt ihr Frauen euch eigentlich schon mal überlegt, dass wir Männer genau dasselbe denken könnten? Ich habe mich auch oft gefragt, warum eine Frau sich nicht meldet, ob ich irgendwas gesagt habe, das sie womöglich falsch verstanden hat. Ich habe sogar selbst schon mal erst einen Tag später zurückgeschrieben, weil ich wirken wollte, als wäre ich viel zu beschäftigt, um ihr zu antworten. Dabei habe ich den ganzen Tag große Mühe gehabt, mich überhaupt derart lange davon abzuhalten. Mal ehrlich, wie selten dämlich ist das?«

Ich weiß gar nicht, was ich sagen soll, und sehe Ethan an, als wäre ich ein Begriffslegastheniker, oder vielleicht bin ich das sogar.

»Weißt du, was ich denke?«

Ich bin ganz Ohr, aber da Ethan nicht weiterspricht, ist das wohl keine rhetorische Frage, sondern er wartet, dass ich Interesse bekunde. Und Gott weiß, ich bin interessiert.

»Was?«

»Unsere Generation ist viel zu verkopft. Wir sind dermaßen versessen darauf, alles richtig zu machen, und folgen irgendwelchen Regelwerken, die uns sagen, wie wir uns zu verhalten haben. Hauptsache, der andere merkt nur nicht, dass wir zu viel Interesse haben. Aber er soll auch keinesfalls denken, dass wir zu wenig hätten und bei alldem vergessen wir, auf den besten Ratgeber zu hören, den wir seit Urzeiten in uns tragen.« Er klopft sich auf den Bauch. »Auf unsere Intuition, unser Bauchgefühl. Das sagt uns, was wir tun sollen, und genau das ist es, was wir machen sollten. Dann weiß der andere eben, dass wir ununterbrochen an ihn denken, dass wir ihm schon verfallen sind, und entweder es geht ihm genauso oder eben nicht. Aber zumindest müssen wir uns dann nicht fragen, ob wir da eine Chance im wahrsten Sinne des

Wortes verspielt haben, nur weil wir es richtig machen wollten.« Er nimmt einen Schluck Kaffee und nickt noch einmal, um seine Worte zu unterstützen.

»Was Gabe da gemacht hat, war Scheiße, keine Frage. Aber soll er nun dafür vor dir kriechen? Er kann dir unzählige Entschuldigungen schreiben, dich immer wieder anrufen und du ignorierst ihn, weil es irgendwo auf die Weise geschrieben steht. Aber die alles entscheidendere Frage ist doch, was sagt deine Intuition? Ist er es wert oder nicht?«

30

GABE

Zum fünften Mal in dieser Woche betrete ich das *Switch off* und sehe mich suchend in der Bar um, immer in der Hoffnung, dass Payton und ihre Freunde vielleicht ihr Treffen hier abhalten. Ich habe keinen Plan, was ich dann sagen würde, aber wenn ich ihr endlich einmal gegenüberstehen würde, dann könnte ich zumindest versuchen, mit ihr zu reden.

Sie sind nicht da, sodass ich zum Tresen hinübergehe, mich auf einen der freien Barhocker setze und das Gesicht in den Händen vergrabe. Ein dumpfes Geräusch lässt mich aufsehen und Emma hat ein Glas Whiskey vor mir abgestellt.

»Ich hab doch gesagt, ich melde mich bei dir, sollte sie hier auftauchen.«

Ich brumme irgendein undefinierbares

Geräusch und setze das Glas an. Die kühle Flüssigkeit brennt eine scharfe Spur meinen Hals hinunter und ich verziehe angewidert das Gesicht, als ich es herunterwürge.

»Hätt ja sein können, dass du es vergessen hast.«

Emma taxiert mich, räumt leere Gläser vom Tresen und stellt es zu dem Geschirr, das gespült werden muss. »Wann hast du zuletzt richtig geschlafen? Du siehst mitgenommen aus.«

Mitgenommen? Ich wäre gerne mitgenommen, aber stattdessen hat sie mich zurückgelassen und würdigt mir keine einzige Minute ihrer Zeit. »Du kannst ruhig Scheiße sagen, ich habe einen Spiegel.«

»Warum rufst du sie dann nicht an, oder fährst vorbei?«

»Ich bin schon vorbeigefahren, mehrmals.«

»Und hast du auch angehalten?«, fragt Emma weiter und schiebt ihren Hintern auf die andere Seite der Theke.

»Nein.« Das ist ganz schön erbärmlich. »Ich wollte einfach nur wissen, ob sie da ist.« Ich nehme einen Schluck und würge erneut. Warum trinke ich das Zeug überhaupt, ich mag es doch gar nicht? Ach stimmt, weil ich nach zwei Gläsern davon das

Gefühl habe, es wird besser. Nein, nicht besser, nur gedämpfter und damit erträglicher als der penetrante Schmerz. Ich kann mich nicht erinnern, etwas Derartiges schon einmal empfunden zu haben. Als würde sich mein Inneres unangenehm zusammenziehen, sobald ich an sie denke.

»Und was ist mit anrufen?«

»Hab ich doch«, rechtfertige ich mich und werfe die Hände in die Luft.

»Wann? Letztes Wochenende ist fast eine Woche her.«

»Sie hat gesagt, dass ich mich nicht mehr melden soll. Keine Anrufe, keine Nachrichten. Was soll ich denn machen?«

»Oh Mann«, Emma verdreht lachend die Augen. »Du hast echt nicht die geringste Ahnung von Frauen.«

Ich ziehe die Augenbraue hoch und sehe sie genervt an. Kommt da noch mehr oder war es das?

»Natürlich wollte sie, dass du dich nicht mehr meldest, du hast ja auch richtigen Mist gebaut. Du wusstest, dass du mit Payton schreibst. Sie hingegen hatte keine Ahnung, dass du hinter Hunter steckst. Verständlich, dass sie da erst mal nichts von dir hören will, alles andere wäre auch ziemlich bescheuert. Idiot.«

Ich ziehe die Serviette unter meinem Glas hervor und fange an sie in kleine Fitzel zu zerlegen. Ja, ich hab Mist gebaut, das habe ich inzwischen verstanden.

»Ich wollte es ihr ja sagen, aber …«

»Aber der passende Moment war noch nicht da, ich weiß. Aber dafür hätte es nie den richtigen Zeitpunkt gegeben, Gabe. Du hättest es gleich am Anfang klarstellen müssen. Und noch viel schlimmer ist, dass du das freundschaftliche Vertrauen, das sie in Hunter hatte, als Gabe ausgenutzt hast.« Ununterbrochen zeichnet sie mit ihren Fingern Gänsefüßchen in die Luft und ich werde auf meinem Stuhl immer kleiner.

»Ich wollte …«

»Was wolltest du?«, unterbricht sie mich und ich sehe sie grimmig an.

»Ich wollte eben alles richtig machen.«

Emma schüttelt den Kopf, aber ich weiß, dass sie nicht mehr ganz so ärgerlich ist wie noch vor ein paar Tagen.

»Ich dachte, wenn ich den Vorteil habe, herauszufinden, ob sie lieber in eine Bar geht oder doch eher in ein Restaurant, dann nutze ich doch die Möglichkeit. Sonst wäre sie nach dem ersten Date womöglich schon total abgeturnt gewesen und es hätte gar kein zweites gegeben. Es war wie … mein doppelter Boden, weil ich sie unbedingt von mir überzeugen wollte.«

»Aber du hast sie doch überzeugt, als Hunter und als Gabe. Vielleicht wäre da der langweilige Restaurantbesuch statt Krimidinner doch die bessere Wahl gewesen, aber zumindest hättest du sie nicht hintergangen.« Ich schürze die Lippen und zupfe weiter, bis Emma mir die Serviette aus der Hand nimmt und die Fitzelchen einsammelt. »Vielleicht solltest du einfach mal ihr das sagen, was du mir seit Tagen vorjammerst.«

»Witzig.«

»Mensch, Gabe, fahr zu ihr oder ruf sie an, anstatt hier jeden Abend herumzusitzen und dich selbst zu bemitleiden. Zieh den Rock aus, Prinzessin, und unternehm endlich etwas.«

»Prinzessin?«, quieke ich auf und setze mich gerade hin.

»Ihr größter Ärger wird verflogen sein und sie, wenn sie wirklich was für dich empfunden hat, wird dir dann auch zuhören.«

»Und wenn nicht?«

Emma zuckt mit den Achseln. »Dann war ihr Gefühl vielleicht trotz deiner Krimidinner-statt-Restaurant-Aktion nicht stark genug.«

Ich schwenke das Glas in meiner Hand und beobachte die hellbraune Flüssigkeit. Das Schlimme ist, ich vermisse sie nicht nur in meinen Armen, nicht nur ihren Geruch und das Gefühl, wenn ihre langen Haare mich beim Schlafen stören, weil sie in meiner Nase kitzeln. Nein, mir fehlen auch unsere lockeren Gespräche, die ich als Hunter mit ihr geführt habe. Sie fehlt mir nicht nur als meine Partnerin, sondern auch als gute Freundin. Behaupten zu können, dass die Lebensgefährtin gleichzeitig beides ist, halte ich für das Erstrebenswerteste überhaupt und ich hatte es. Wäre wirklich alles anders ausgegangen, wenn ich es ihr von selbst erzählt hätte? Vor dem Fernseher, wo sie mir dafür die Schüssel mit den Chips auf den Schädel drischt. Oder nach dem Sex, da war sie immer anlehnungsbedürftig: »Ach übrigens, ich bin nicht nur Gabe, dein wilder Stecher, nein, ich bin auch noch Hunter, dein Herzensbrecher. Jackpot Baby, freu dich.«

Als ich sie am ersten Abend bei *Loveship* gesehen habe, habe ich sie sofort erkannt – die hat mir die Schuhe ruiniert. Zuerst war es nur aus einer Laune heraus, aber dann habe ich immer mehr festgestellt, dass es mir gefällt, von ihr zu hören. Dass ich regelrecht auf Nachrichten von ihr gewartet habe, und wenn sie mir von ihren Dates berichtete, bemerkte ich irgendwann, dass es mir gar nicht so egal war wie gedacht. Wenn die sich dann als Flop herausgestellt haben, verspürte ich eine merkwürdige Erleichterung, aber dennoch wollte ich nicht mehr.

Gerade erst wieder in New York wollte ich mich auf die Arbeit konzentrieren, mich in die Abläufe der Firma einarbeiten und die Übernahme der *Carter-Immobilien* abfertigen. Als sie dann plötzlich leibhaftig vor mir stand und den Teppich in unserem Wartebereich mit Kaffee versorgt hat, war es irgendwie wie … ein Donnerschlag. Alle selbst auferlegten Regeln waren nicht mehr wichtig und ich wollte sie nur noch kennenlernen, egal wie. Die Verlockung, es einfach über Hunter zu machen, als der ich zu dem Zeitpunkt ohnehin schon einiges von ihr wusste, war zu groß. Ich hätte es gleich bei unserem ersten Treffen ansprechen sollen. Es als das erklären sollen, was es war, ein merkwürdiger Zufall. Aber ich habe es nicht getan und jetzt ist es zu spät.

»Gabe?«

Ich zwinkere und sehe Emma an. Hat sie was gesagt? Doch sie deutet mit einem Nicken hinter mich und ich drehe mich auf dem Hocker herum – Lauren. Oha, ist das ihr Ich-bring-dich-um-Blick?

Sieht ziemlich erfolgversprechend aus. Ich könnte sie einstellen und unter dem Namen *Inkasso-Lauren* zu den Kunden schicken, die ihre Rechnungen nicht pünktlich bezahlen.

»Zumindest siehst du genauso kacke aus wie Payton.«

Danke für die Blumen, das habe ich wohl verdient. Trotz ihres Kompliments sehe ich über ihre Schulter, in der Hoffnung, dass Payton vielleicht bei ihr ist.

»Sie ist nicht hier«, beantwortet Lauren meine unausgesprochene Frage und setzt sich auf den Hocker neben mich. »Ich nehme auch so einen«, wendet sie sich an Emma, die ohne Umschweife zwei Gläser aus dem Regal hinter sich nimmt.

»Hast du vor, irgendwann noch zu Kreuze zu kriechen, oder war es das für dich?« Irritiert sehe ich sie an und will gerade etwas sagen, als sie einfach weiterspricht. »Da hast du den Vogel aber echt abgeschossen, mein lieber Scholli.«

»Ich hab sie ja nicht betrogen oder …« Lauren und Emma sehen mich eiskalt an, sodass ich mitten im Satz innehalte. Offenbar hänge ich also noch an meinem Leben und das befindet sich hier gerade auf ganz dünnem Eis.

»Nein, das, was du gemacht hast, ist beinahe

noch schlimmer.« Lauren nippt an dem Whiskey, doch im Gegensatz zu mir schwenkt sie das Zeug noch in ihrem Mund, um den vollen Geschmack wahrzunehmen, und schluckt es erst dann herunter. »Na gut, schlimmer vielleicht nicht. Aber viel besser auch nicht. Das war ganz große …«

»Scheiße, ich weiß«, beende ich ihren Satz.

»Ich hab ihm gesagt, er soll sie anrufen«, mischt Emma sich ein, reicht Lauren die Hand über den Tresen und stellt sich vor.

»Schön, dich richtig kennenzulernen, bisher hab ich dich hier immer nur von Weitem gesehen«, flötet Lauren und ich sehe irritiert zwischen den beiden hin und her. Haben wir nicht eben gerade noch darüber gesprochen, was ich machen soll, und jetzt mutiert das hier zum Kaffeekränzchen?

»Melden wäre bestimmt nicht verkehrt, aber anrufen?« Lauren wiegelt mit dem Kopf ab. »Ich denke, du hast genau eine Chance, bevor Payton dich in die ewigen Jagdgründe schickt.« Sie lehnt sich zur Seite, klaut dem Nachbarn am Tresen die Schale mit den salzigen Erdnüssen und wirft sich ein paar davon in den Mund. »Aber du hast Glück. Du hast sie glücklich gemacht – eigentlich.« Sie wedelt mit ihrem fettigen Zeigefinger drohend vor meinem Gesicht. »Und irgendwie mag ich dich, also werde ich dir helfen.«

»Mir wobei helfen? Sie anzurufen?«

»Nein, du Frauen-Dilettant«, spuckt Lauren mir Mus aus durchgekauter Erdnuss entgegen und tippt sich gegen die Stirn. »Dabei, deine einzige Chance nicht zu vermasseln.«

31

Nicht, dass ich etwas dagegen hätte, dass Lauren die Frischluft für sich entdeckt hat, aber muss ich unbedingt dabei sein?

»Schönes Wetter zum Spazierengehen, oder?« Hört sich an wie eine Frage, ist wohl aber eher eine Feststellung.

»Traumhaft«, gebe ich maulig zurück und ziehe den Schal fester um meinen Hals. Ich weiß, dass ich unfair bin. Lauren ist seit beinahe zwei Wochen jeden Tag für mich da, zwei Wochen, in denen ich wahrlich keine schöne Gesellschaft darstelle, da kann ich ihr doch zumindest diesen kleinen Gefallen tun. Kurzerhand setze ich ein – zwar kein ganz echtes – Lächeln auf und hake mich bei ihr ein.

»Erzählst du mir, wann du zur Frischluftfanatikerin mutiert bist?«

Lauren zuckt mit den Schultern und grinst mich an. »Bin ich gar nicht, aber seit du kaum noch aus deiner Wohnung kommst, stinkst du so erbärmlich. Man kann dich quasi nur draußen ertragen.«

Ich lache auf und stoße ihr meinen Ellenbogen in die Seite. »Wirklich sehr reizend, aber ich dusche sehr wohl und das regelmäßig.«

»Alle vier Tage ist auch eine Regelmäßigkeit«, spottet sie und ich schüttle lachend den Kopf.

Wir biegen von der Water Street auf die Brooklyn Bridge, von der uns ein Liebespaar entgegenkommt. Die beiden stecken die Köpfe zusammen und lachen, wobei sie so voneinander eingenommen sind, dass sie uns gar nicht wahrnehmen und wir ausweichen müssen, damit wir nicht mit ihnen zusammenstoßen. Die mir inzwischen wohlbekannte Übelkeit steigt auf und krampft meinen Magen zusammen.

Gabe hat mich auch immer so gehalten, wenn wir spazieren gingen. Er hat nie meine Hand genommen, sondern seinen Arm um mich gelegt und mich ganz dicht an sich gezogen. Beinahe so, als sollte jeder in aller Klarheit erkennen, dass wir ohne Zweifel zusammengehören.

Nicht daran denken, Payton.

All die Erinnerungen, die ich mir immer wieder bewusst ins Gedächtnis rufe, machen es nur schlimmer und ich wünschte wirklich, ich könnte damit aufhören. Es reichen Kleinigkeiten wie die Tüte seines Lieblingsfruchtgummis, die ich beim Einkaufen sehe, oder der Fahrstuhl in der Firma, vor dem wir unser erstes Date ausgemacht haben. Einfache Dinge, die ich mit ihm in Verbindung bringe und die mich wie ein Sog nach unten ziehen, immer dann, wenn ich denke, dass es langsam aufwärtsgehen müsste. Wenn es die vier Phasen des Liebeskummers wirklich gibt, dann bin ich von der Wut wieder in die ersten beiden zurückgefallen. Ich kann es einfach nicht akzeptieren, dass es so mit uns zu Ende ging. Vielleicht will ich es ja auch gar nicht, aber es tut so weh, dass ich bei manchen meiner Weinkrämpfe fürchte, daran zu ersticken.

»Bestimmt kommen die von den Schlössern«, unterbricht Lauren meine Gedanken. Sie spielt auf die Liebesschlösser an, die Verliebte am Geländer der Brooklyn Bridge anbringen.

Inzwischen hat es solche Ausmaße angenommen, dass die Schlösser in regelmäßigen Abständen vom Geländer entfernt werden, weil es dem Gewicht nicht mehr gewachsen ist. Trotzdem ist es ein sehr schöner Brauch und ganz sicher wären Gabe und ich auch eines der kitschigen Pärchen gewesen, die ihr Schloss zwischen den Hunderten anderen angebracht hätten. Gibt es meine romantische Vorstellung von *für immer* überhaupt? Oder hat jede Liebe ihr Verfallsdatum, genauso wie die Schlösser, die irgendwann dem Sicherheitsteam der Stadt zum Opfer fallen?

An dem Brückengeländer-Abschnitt mit den Schlössern tummeln sich Menschenmassen. Verliebte Paare, die ihre Schlösser anbringen und den Schlüssel im East River versenken, damit es nie mehr geöffnet werden kann. Womit wir abermals bei der Stadt und den Bolzenschneidern wären – irgendwie traurig.

Ich schlucke gegen das beklemmende Gefühl im Hals an, am liebsten möchte ich schon wieder heulen. Obwohl ich ganz gewiss nicht dazu neige, braucht es zurzeit nur eine gedrückte Melodie, ein Paar im Fernseher, das sich trennt, oder eben Schlösser, die gewaltsam geöffnet werden, und ich spüre die aufkommenden Tränen. Problem dabei ist, wenn ich erst einmal anfange, dann kann ich nicht wieder aufhören. Daher atme ich tief durch, um mich zur Selbstbeherrschung zu zwingen.

Wir kommen näher und direkt zu Beginn der

ersten Schlösser tummelt sich eine kleine fotografierende Menschentraube. Lauren löst sich von mir und schnäuzt sich die Nase, während ich weitergehe und mich dem Pulk anschließe. Auch ein menschliches Phänomen, wenn da viele stehen und etwas ansehen, dann will man selbst auch. Schließlich muss es da dann etwas besonders Tolles zu sehen geben.

Ich stelle mich auf die Zehenspitzen und versuche, einen Blick auf das Sehenswürdige zu werfen, kann aber nichts erkennen. Also drängele ich mich durch die Menschen hindurch, bis ich das im Vergleich zu den anderen riesige rote Schloss ausmache. Das kann doch nicht … Ich schnappe überrascht nach Luft, schlage mir die Hand vor den Mund und sehe mich nach Lauren um. Sie steht einige Meter entfernt und wischt sich lächelnd mit dem Taschentuch über die Augen, winkt mir zu und geht davon. Ich sehe wieder auf das Schloss, das sicher einen Durchmesser von fünfzig Zentimetern hat, und entziffere die Gravur in der kleinen Sprechblase. *Frage des Tages:* …

Ich schluchze trocken auf, sodass sich ein paar der Menschen zu mir herumdrehen, doch ich nehme sie kaum noch wahr. Suchend sehe ich mich auf der Brücke um, er muss einfach hier sein, doch ich kann Gabe nirgends ausmachen, dafür sehe ich ein weiteres Schloss und gehe hinüber. Frage des Tages: …

Dieser Spinner, lache ich leise auf und lasse meinen Blick das Brückengeländer entlangwandern. In regelmäßigen Abständen von drei bis vier Metern hängen weitere Schlösser, alle graviert mit einer unserer Fragen. Ich nähere mich dem Ende der Brücke und es gibt nur noch ein einziges Schloss, das ich noch nicht gesehen habe. Ich hole tief Luft, bevor ich mich davorstelle. Frage des Tages: Meinst du, du kannst *uns* verzeihen?

Okay, das ist definitiv zu viel des Erträglichen, und das drückende Kribbeln in meinem Hals verschafft sich Erlösung, indem die ersten Tränen ganz von allein laufen. Ich spüre ihn bereits, ehe ich ihn sehe, und halte kurz inne, bevor ich mich langsam zu ihm herumdrehe. Als ich ihn erblicke, ist alles um uns herum verschwunden, die vorbeirasenden Autos, die vielen Menschen, die um uns herumlaufen, sind ausgeblendet, da ist nur noch er.

»Payton, ich … Das, was ich gemacht habe, lässt sich nicht entschuldigen, auch nicht mit ein paar lausigen Liebesschlössern. Ich dachte, dass ich alles perfekt machen müsste, wenn ich dich für mich gewinnen will, und anstatt auf meine Intuition zu hören, habe ich … ich.« Gabe fährt sich in einer verzweifelten Geste mit der Hand durch die Haare. »Ich habe es vermasselt, aber ich will es wiedergutmachen, an jedem Tag für den Rest unseres Lebens als dein Partner Gabe und dein bester Freund Hunter … Wenn du mir die Chance dazu gibst.«

Dem schönen Blau seiner Augen fehlt der Schalk, der sonst darin zu erkennen ist. Stattdessen wirken sie matt, was aber auch an den dunklen Augenringen liegen könnte. Er sieht so müde aus, wie ich mich fühle, und doch habe ich das erste Mal seit Wochen das Gefühl, wieder vollständig zu sein, nur weil er vor mir steht.

Gabe presst die Lippen aufeinander, und sein Blick bekommt etwas Flehendes. Überlege ich noch? Nein, im Grunde habe ich meine Entscheidung schon nach dem letzten Schloss getroffen und falle ihm nach einem großen Schritt um den Hals. Seine Arme umschließen mich, halten mich wie ein Schraubstock an sich gepresst und ich atme den mir schmerzlich vermissten Geruch tief ein.

Keine Ahnung, wie lange wir einfach nur hier stehen und uns festhalten, aber es spielt auch keine Rolle. Ja, ich bin noch immer verletzt und Gabe wird mir einiges erklären müssen. Aber wie Ethan und auch Gabe es irgendwann erwähnten, höre ich endlich einmal einzig und allein auf meine Intuition und die sagt mir ganz deutlich: Er ist es wert.

Ich trete einen Schritt zurück, um ihm ins Gesicht sehen zu können. »Ich habe *euch* vermisst.«

Gabe betrachtet mich, als würde er sich jeden Quadratzentimeter einprägen wollen. »*Wir* dich auch.« Damit küsst er mich mit einer Intensität, die alles beinhaltet, was Worte gerade nicht ausdrücken könnten und die mich schwindeln lässt.

EPILOG

GABE

Zwei Jahre später

Das Display des Smartphones leuchtet auf und ich sehe aus dem Augenwinkel, dass sie von Payton ist. Stirnrunzelnd nehme ich es an mich und sehe in Richtung Schlafzimmer, in das sie vor wenigen Minuten verschwunden ist. Ich öffne die Nachricht und muss lächeln.

Nachricht an Gabe und Hunter, Frage des Tages:
Wann wollt ihr das erste Mal Vater werden?

Mein Herz setzt einen Schlag aus und poltert dann in doppelter Geschwindigkeit weiter. Was zum Teufel … Schon geht die nächste Nachricht ein.

Antwort:
Ich schätze in circa sieben Monaten und zwei Wochen.

Ich spüre förmlich, wie mir das Blut aus dem Kopf weicht und der Schweiß ausbricht. Langsam lege ich das Smartphone auf den Schreibtisch. Das ist …

Ich stehe auf und will ins Schlafzimmer gehen, als Payton schon im Türrahmen auftaucht.

»Bist du … Wir werden?« Wie ein Grenzdebiler lasse ich den Finger zwischen uns pendeln, bis Payton zu mir kommt und ihre Hände in meinem Nacken verschränkt.

»Ja, werden wir«, sagt sie lachend und ihre Augen füllen sich mit Tränen. Möglich, dass ich auch etwas im Auge habe, aber nur möglicherweise. Glücklich lächelnd vergrabe ich mein Gesicht in ihrem Haar und finde nicht die passenden Worte, die dem Glücksgefühl in mir gerecht werden würden. Aber Payton kennt mich inzwischen derart gut, dass sie mich auch ohne versteht. »Weißt du, wie sehr ich dich liebe?«

»Genauso sehr wie ich dich«, erwidert sie lachend an meinem Hals und zieht mich noch fester an sich. »Und ich werde niemals, ich betone niemals …«

»Die vollgekackten Hosen auswaschen«, führe ich ihren Satz zu Ende und küsse sie.

ENDE

FRAGEN UND ANTWORTEN DES TAGES

Frage des Tages: Wie trinkst du deinen Kaffee?

Mit Milch und einem Teelöffel Zucker.

Frage des Tages: Was ist deine größte Fantasie?

Du geilst dich jetzt aber nicht an meinen Antworten auf oder? Na egal: Sex, wenn ich dabei erwischt werden könnte.

Frage des Tages: Was gefällt dir an einem Mann?

Zähne sind wichtig, ein schöner Rücken ebenso. Und am wichtigsten, er soll trockenen bis schwarzen Humor haben.

Frage des Tages: Bist du emotional oder rational?

Ich wünschte Letzteres, aber ich bin extrem emotional.

Frage des Tages: Wo magst du es, wenn Mann dich berührt?

Was sind denn das für merkwürdige Fragen? Bist du ein Perversling oder so was? Ich mag es, wenn Mann weiß, dass ich eine Klitoris habe. Noch besser ist es, wenn er dann sogar weiß, wo sich eben diese befindet und mich dort berührt. Ja, das finde ich schon nicht schlecht. Unter anderem …

Frage des Tages: Wohin möchtest du einmal reisen?

Nach Rom, Paris, Venedig. Überallhin wo es romantisch ist.

Frage des Tages: Was sollte man als Paar unbedingt gemacht haben?

Ich mag Dinge die nichts kosten, aber an die man sich noch Jahre später erinnert. Ein Picknick am Meer, Spazierengehen im Mondschein. Sowas eben.

Frage des Tages: Bar, nobles Restaurant oder Erlebnisgastronomie?

Bloß kein nobles Restaurant. Ich hab mal gehört, Erlebnisgastronomie soll toll sein.

Frage des Tages: Glaubst du an Liebe auf den ersten Blick?

Definitiv.

Frage des Tages: Willst du Kinder?

Um Himmels willen. Nein!

Frage des Tages: Wie wichtig ist dir Treue?

Ist das eine rhetorische Frage? Mein Partner hat sein Beglückungsprogramm nur bei mir aufzuführen, ansonsten reiße ich ihm die Eier ab und stopfe sie ihm in den Hals.

Frage des Tages: Veganer, Frutarier, Rohköstler oder sonstiges?

Ich verstehe diese sinnlose Frage nicht. Ich gehöre zu den Allesfressern.

Frage des Tages: Bei welcher Frage hättest du Angst, sie ehrlich zu beantworten?

Die Frage, was genau ich für dich empfinde, denn dann müsste ich mir gestatten, darüber nachzudenken.

Frage des Tages: Wie ist das Verhältnis zu deiner Familie?

Ein Glück, das du nur nach dem Verhältnis fragst und nicht danach, wie sie sind. Unser Verhältnis ist gut – meistens zumindest.

Frage des Tages: Romantisch oder unromantisch?

Romantisch natürlich. Was bist du denn für einer?

Frage des Tages: Könntest du emotionalen Betrug verzeihen?

Meine Antwort auf deine Frage des Tages, ob ich emotionalen Betrug verzeihen könnte, ist Nein. Genau das ist auch der Grund, warum ich mich jetzt von dir verabschieden muss. Ich habe einen Mann kennengelernt, für den ich sehr viel empfinde, und doch könnte ich nie reinen Gewissens sagen, dass ich, was uns betrifft, nicht ständig an ein Was wäre wenn? denken muss. Du warst mir ein Vertrauter und wahrer Freund, aber nun muss ich mein reales Leben weiterführen. Ich danke dir für unsere gemeinsame Zeit und wünsche dir von allem nur das Beste. Deine Payton.

NACHWORT

Zuerst einmal möchte ich sagen, dass meine Darstellung der fiktiven Dating-App in diesem Buch hier nicht das Maß aller Dinge darstellt, sondern ich bewusst versucht habe, das Ganze ein wenig auf die Schippe zu nehmen. Die Chance, dort nicht doch sein Glück zu finden, möchte ich weder bestätigen noch absprechen und schließlich hat Payton ihres ja auch dort gefunden – irgendwie zumindest.

Was aber noch wichtiger ist: Vergesst alle Regeln von Steve Edwards, die ihr hier gelesen habt. Selbstverständlich ist auch er eine rein fiktive Figur, aber seine Ratschläge sind es leider nicht. Diese und unzählige weitere habe ich tatsächlich genau so und in unglaublichen Massen recherchiert und schließe mich Ethans Meinung an: Wir sollten nur auf den einen Ratgeber hören, den wir seit Urzeiten in uns tragen – unsere Intuition.

DANKSAGUNG

Danke an jeden einzelnen Leser, der sich dazu entschieden hat, mein Buch zu lesen, und dem es dann – so hoffe ich zumindest – auch noch gefällt. Ohne euch wäre all das gar nicht möglich und ihr seid meine größte Motivation zu schreiben.

Ein großes Dankeschön geht wie immer an Susan Liliales, dafür, dass wir so herrlich ehrlich zueinander sein können.

Dasselbe gilt für Paula Herzbluth, was soll ich groß sagen, außer: Bei uns passte es einfach von Anfang an.

Und dann geht ein ganz besonderer Dank an Silvia, ohne dich würde ich immer noch verzweifelt nach einem Cover suchen. Ich habe selten einen derart herzlichen Menschen wie dich getroffen und hoffe, du bleibst immer genau so, wie du bist.

Ein weiterer ganz großer Dank geht an meine Testleserinnen Tina, Maria und Anja. Meine Unsicherheit ist bei jedem Buch extrem und ohne euch würde ich wohl doch immer kurz vorher kneifen. Schön, dass wir uns gefunden haben.

Und last but not least danke ich der Firma De'Longhi, weil eure Kaffeemaschine mir jeden Tag unzählige Tassen Kaffee macht und ohne die würde ich vermutlich keinen einzelnen Satz zustande bringen.

Eure Mia

12432855R00197

Printed in Germany
by Amazon Distribution
GmbH, Leipzig